VOYAGES

IMAGINAIRES,

ROMANESQUES, MERVEILLEUX,

ALLÉGORIQUES, AMUSANS,

COMIQUES ET CRITIQUES.

SUIVIS DES

SONGES ET VISIONS,

ET DES

ROMANS CABALISTIQUES.

CE VOLUME CONTIENT:

La fuite des Voyages de MILORD CÉTON dans les fept Planètes.

VOYAGES

IMAGINAIRES,

SONGES, VISIONS,

ET

ROMANS CABALISTIQUES.

Ornés de Figures.

TOME DIX-HUITIÈME.

Seconde division de la première classe, contenant
les Voyages Imaginaires *merveilleux.*

A AMSTERDAM,

Et se trouve à PARIS,

RUE ET HÔTEL SERPENTE.

M. DCC. LXXXVII.

VOYAGES

DE MILORD CÉTON

DANS LES SEPT PLANÈTES,

o u

LE NOUVEAU MENTOR.

VOYAGES
DE MILORD CÉTON
DANS LES SEPT PLANÈTES.

INVOCATION.

Venez esprits célestes, qui resplendissez des brillans rayons du soleil; je vous invoque, esprits lumineux; soyez complaisans, & rendez-vous aux instances que je vous fais. Et vous, flambeau de l'univers, source inépuisable de lumière, vous qui ne cessez de parcourir infatigablement l'un & l'autre hémisphère; Apollon, prince des planètes, dieu des savans, souverain du Parnasse; & vous charmante Uranie, qui présidez à la sphère du firmament étoilé; vous, brillante Melpomène, qui vous plaisez dans celle du soleil; & vous aussi, aimable Clio, qui avez inventé l'histoire, venez avec la divine Calliope, qui seule préside à l'harmonie des différentes sphères qui composent ce vaste univers; amenez avec vous

Momus, j'ai besoin qu'il suspende, pendant quelque tems, ses plaisirs & ses soins ordinaires.

Aimables dieux & déesses, fermez, je vous conjure, l'oreille aux vœux de tous ces importuns qui ne vous invoquent que pour des choses vaines ou inutiles; accourez à mon secours, venez réchauffer mon imagination, venez allumer dans mon esprit ce feu que vous avez coutume de verser dans le sein de ceux qui vous implorent, & qui fait faire tant de merveilles à tous nos grands poëtes; inspirez-moi ce que vous avez de plus touchant; donnez-moi les graces & les ornemens qui me sont nécessaires pour faire une peinture qui soit digne de mon sujet; soutenez enfin ce courage qui m'a conduite jusques dans les sphères les plus élevées : de peur que, semblable à Bellerophon, je ne tombe d'une région trop haute, & que craintive, errante, perdue & désespérée, je ne puisse fournir que la moitié de ma carrière.

Venez donc contribuer à l'heureux succès de mon entreprise : je vous conjure, esprits célestes, d'employer vos vertus & votre puissance à éloigner les génies malfaisans qui pourroient détourner les bénignes influences que je vous supplie de répandre sur mon ouvrage; le secours des dieux ne doit pas manquer à ceux qui les implorent avec un zèle égal au mien.

CINQUIÈME CIEL.

LE SOLEIL

CHAPITRE PREMIER.

DESCRIPTION du Palais d'Apollon.

PLACÉS sur les aîles du génie, qui par son vol rapide perce aisément à travers l'air en s'avançant parmi des astres innombrables qu'on voit briller de loin, semblable à des étoiles de toutes grandeurs, le ciel nous parut semé comme un champ de tous ses astres lumineux.

Le génie, après nous avoir donné le tems d'admirer ce brillant spectacle, se précipita ensuite dans l'atmosphère du soleil, & nous descendit dans un endroit que nous prîmes d'abord, Monime & moi, pour les Isles Fortunées des Hespérides. Nous ne pouvions nous lasser d'admirer ce bel astre qui parcourt, avec un appareil si éclatant, son immense carrière.

Zachiel nous fit remarquer ces plaines émaillées de mille fleurs nouvelles, ces bocages délicieux,

A ij

ces vallées fleuries, dont l'herbe tendre & la verdure étendoient fur le pré un coloris charmant. Toutes fortes de plantes nouvellement éclofes, en développant leurs couleurs variées, paroiffoient égayer le fein de la nature & la parfumoient en même-tems des plus douces odeurs. Là on voit l'humble arbriffeau & le buiffon touffu s'embraffer l'un l'autre ; ici des arbres majeftueux s'élèvent pompeufement jufqu'au ciel ; d'un autre côté, des fontaines dont les bords font garnis de bouquets & de plantes falutaires.

La variété, la grandeur & la beauté de mille & mille fpectacles nouveaux, des oifeaux étrangers à tous les autres mondes, des plantes bifarres & inconnues ; cet affemblage formoit à nos yeux un mélange inexprimable, dont le charme s'augmentoit encore par la fubtilité de l'air qui rend les couleurs plus vives, les traits plus marqués : en rapprochant tous les points de vue, les diftances en paroiffent miondres que par-tout ailleurs, où l'épaiffeur de l'air femble couvrir la terre d'un voile ; enfin on peut dire que ce monde a je ne fais quoi de magique & de furnaturel, qui ravit l'efprit & les fens ; le feu divin qui vous anime vous fait tout oublier ; on s'oublie foi-même, on ne fait plus où l'on eft ni ce qu'on eft.

En avançant dans ce globe lumineux, nous découvrîmes un mont fuperbe, dont la cime four-

cilleuse fe perd dans les nues ; des buiffons incultes
& fauvages en défendent l'approche. Ces buiffons
font précédés d'une magnifique futaie de cèdres,
de pins & de palmiers, dont les rameaux qui s'embraffent les uns dans les autres, forment par leurs
rangs difpofés par étages, un fuperbe amphithéâtre
qui préfente un coup d'œil raviffant.

Au-deffus de ce bois enchanté on voit le palais
d'Apollon. La première porte eft pratiquée fur un
roc d'albâtre. Ce palais, dont le fommet fuperbe
s'élève jufques aux cieux, renferme dans fa vafte
enceinte un parc & des jardins admirables. Nous
eûmes befoin des fecours du génie, qui, par fa
vertu, empêcha que la fplendeur de ces lieux ne
nous éblouît.

Nous promenâmes nos regards de tous côtés,
fans que l'œil & la vue rencontraffent ni obftacles
ni ombrages ; tout y brille d'une lumière éclatante ;
les feux & les rayons que darde le foleil de toutes
parts, ne font jamais interrompus par la rencontre
d'aucuns corps opaques ; l'air plus pur & plus
fferein que dans aucun monde, femble rapprocher
les objets les plus éloignés, ce qui fut pour nous
un nouveau fujet d'admiration.

Uriel, un des écuyers d'Apollon, efprit le plus
éclairé de ce monde, fachant l'arrivée du génie,
vint au-devant de lui pour le préfenter à fon
maître ; il nous conduifit dans le palais d'Apollon

par une route large & superbe, dont la pouffière
eft d'or & le pavé de diamans. Ce palais me parut
d'abord un globe de feu; des colonnes de lumières
foutiennent des arcades qu'on pourroit prendre
pour autant d'arc-en-ciels : ce qui forme une
architecture fi brillante, que nos regards eurent
peine à en foutenir l'éclat.

Après avoir traverfé plufieurs pièces, nous entrâmes dans une grande galerie, au bout de laquelle
étoit Apollon fur un trône environné de toute fa
gloire; une thiare d'or & des rayons brillans cei-
gnoient fon front; fa chevelure admirable flottoit
fur fes épaules, au gré d'un vent léger qu'animoit
le zéphir; la jeuneffe & les graces animent toutes
fes actions, & l'on voit briller dans fes yeux un
feu divin qui pénetre tous ceux qui ont le bonheur de s'approcher de ce prince, qui voulut bien,
à la prière de Zachiel, tempérer l'éclat de fa majefté que notre foibleffe n'auroit pu fupporter.

Au pied du trône étoient rangées toutes les intelligences qui conduifent les différentes évolutions de la nature. Ces intelligences me parurent
placées par degrés, felon la nobleffe de leur ori-
gine & la dignité de leurs fonctions; leurs corps
diaphanes reçoivent toutes les impreffions de la
lumière qui les pénetre & paroiffent en même têms
comme une vapeur légère teinte de couleurs fraîches,
brillantes & variées.

Apollon est regardé dans ce monde comme un souverain prophète ; c'est de lui qu'on tient l'art de la devination. Il préside principalement à la poésie, à la musique & à la médecine ; il est le chef des muses, le souverain des Parques ; sa lyre représente l'harmonie des cieux. Des neuf sœurs qui lui sont soumises, la première se nomme Uranie, elle préside à la sphère du firmament étoilé ; Polymnie, à celle de Saturne ; Terpsicore, à celle de Jupiter ; Clio conduit Mars ; Melpomène est pour le soleil ; Erato dirige Vénus ; Euterpe régle Mercure, & Thalie fait agir la lune : de ces huit sphères diversement conduites, naît une différence de tons qui forment une harmonie mélodieuse, comprise sous la neuvième Muse qu'on nomme Calliope.

Dès que Zachiel parut, Apollon, qui le reconnut d'abord pour un génie du premier ordre, à qui rien ne doit résister, le fit à l'instant approcher de son trône. Ce monarque, après avoir félicité le génie sur l'étendue de son pouvoir & sur ses différentes entreprises, eut avec lui une longue conversation sur toutes sortes de sciences. A portée de les entendre, leur éloquence élevoit mon ame & y répandoit un charme inexprimable ; un langage sublime exprimoit leurs pensées : mais je m'arrête & ne puis entreprendre de rapporter un discours qu'animoit le feu divin qui compose leur être ; il faudroit être inspiré d'Apollon lui-même pour le

A iv

rendre avec la dignité qu'il convient d'employer lorfqu'on fait parler les Dieux. Eft-ce à moi à vouloir femer des fleurs? Le lot des efprits médiocres eft d'applaudir dans le fecret du cœur, & de laiffer aux hommes extraordinaires le foin de célébrer les dieux.

Après que le génie nous eut préfentés à ce monarque qui nous fit l'accueil le plus favorable, Uriel vint nous reprendre pour nous conduire chez la princeffe Capariffe, une des favorites de ce prince. Nous trouvâmes chez cette princeffe les mufes & les graces qui s'y étoient raffemblées pour y entendre exécuter un morceau de mufique de la compofition de Terpficore.

Lorfque le génie les eut inftruites de l'objet de nos voyages, il pria ces belles déeffes de vouloir bien nous accorder leur protection, & nous favorifer en même-tems de quelqu'étincelle de leurs lumières. Elles parurent extrêmement furprifes de la hardieffe de notre entreprife, aucun mortel du globe de la terre n'ayant encore jamais paru dans cette planète non plus que dans les autres, ce qui fit que le génie fut obligé de leur faire part des moyens qu'il avoit employés pour nous y conduire. Il ajouta que nous avions déjà vifité plufieurs planètes, ce qui engagea ces déeffes, qui aiment un peu à caufer, & qui font naturellement curieufes, de nous faire cent queftions, fans prefque nous donner le tems d'y répondre.

Clio, savante dans l'histoire, parce qu'elle est journellement instruite de ce qui se passe dans tous les mondes possibles, nous demanda ce que nous avions vu de plus curieux dans ceux que nous venions de visiter : j'ai des nouvelles certaines, ajouta cette déesse, que dans plusieurs tourbillons les usages n'ont point changé, qu'on y rencontre toujours de ces prétendus savans, sans érudition, de ces périodiques qui conservent le sublime talent de mutiler toutes productions, & de les disséquer pour en rendre les lambeaux qu'ils rapportent, ridicules. Tous ces critiques qu'on voit fondre sur le mérite naissant, afin de tâcher de l'étouffer, ressemblent à des chouettes, qui par leurs cris aigus & discordans voudroient faire rentrer dans le néant des génies qui s'efforcent à prendre l'essor; on les voit faire l'analyse de livres que souvent ils n'ont point lus, qui finissent ordinairement par de plates & indécentes railleries, qui servent également à tous les ouvrages qu'ils ont intérêt de décrier.

Il est vrai, dit Monime, que nous en avons rencontré quelques-uns qui croient s'être acquis des lettres de noblesse par la digne profession de critique littéraire, quoiqu'on dise que les hautes sciences soient pour eux de l'algebre, & les arts un grimoire. Un auteur éclairé nous compare à un de ces critiques, cerbère en furie, dont l'esprit n'eſt qu'une exhalaiſon impure de la méchanceté, & qui ne jouit de l'impunité qu'à l'ombre du mépris que font tous les ſavans de ſes traits envénimés. Je conviens, dit la muſe, qu'un auteur doit rougir de ces éloges bâtards; un ſavant ne doit faire cas que de ceux qui partent d'un eſprit judicieux; d'un ſage qui penſe par lui-même, ſans avoir égard à ces critiques *microſcopiques* qui cherchent à groſſir les plus petites fautes, en comptant les *ci*, les *cas* & les *mais*, & en citant des erreurs d'impreſſion pour des défauts de grammaire; mais je n'ignore pas que le bon-ſens & la raiſon ſont bannis de bien des mondes; les ſages & les philoſophes n'oſent encore faire paroître librement leurs idées, & je doute qu'avec cette façon de penſer, les princes puiſſent goûter de vrais plaiſirs; prévenus ſans ceſſe par leurs favoris, ils ignorent ce bonheur qui fait le charme de la vie, c'eſt la certitude d'être aimé pour ſoi-même, ſans que l'ambition ou l'intérêt aient aucune part au zèle qu'on leur fait paroître.

Clio, en continuant de nous interroger, nous demanda ſi le goût tenoit encore contre la nouveauté des objets; ſi les perſonnes qui emploient le plus mal leur tems ſont toujours celles qui en ont le moins de reſte; ſi l'eſprit de préſomption & de fatuité étoit encore le partage des petits maîtres; ſi les généraux étoient préſentement plus avides

de gloire qu'ils ne l'étoient d'argent ; si on voyoit
des ministres préférer le bien de l'état à leur propre
intérêt ; si les harangues des sénateurs étoient toujours écoutées ; si les prêtres, les pontifes & les
coribantes prêchoient l'humilité & la charité par
leurs exemples, & mille autres questions qui nous
surprirent infiniment, parce que nous ignorions
jusqu'à quel point ces aimables déesses poussent
l'étendue de leurs connoissances. Clio continua
d'entretenir Monime pendant qu'Uranie & Polymnie me firent part de leur science sur la rhétorique & sur l'astrologie ; elles m'en parlèrent avec
beaucoup d'éloquence, & je jugeai par leurs discours que personne ne pouvoit les égaler sur ces
matières.

La princesse Caparisse nous proposa de passer
dans les cabinets d'Apollon, pour y admirer les
curiosités dont ils sont ornés. Le premier offrit à
nos yeux plusieurs pièces de tapisserie que Minerve
elle-même avoit travaillées ; dans une on voyoit
les trois Parques, filles de Jupiter & de Themis,
occupées à filer la trame de chaque mortel ; une
autre offroit la déesse renommée qui présente un
trône à l'honneur ; en face étoient représentées au
naturel, Cirené, Daphné, Hyacinte, Caparis &
Broncus, favoris d'Apollon.

Nous passâmes ensuite dans un autre cabinet
qui renfermoit les choses du monde les plus cu-

rieuses : nous y remarquâmes, entr'autres, ce fameux trépied sur lequel la Sibylle de Delphes rendoit ses oracles, la barbe d'Esculape, le caducée
de Mercure, le carquois de Diane, l'égide de
Minerve, les flèches & le bandeau de Cupidon,
la toilette de Vénus, l'enclume de Vulcain, &
mille autres curiosités dont je parlerai dans la
suite ; mais ce que nous admirâmes avec beaucoup d'attention, fut la harpe d'Apollon, dont les
sept cordes répondent aux sept planètes sur lesquelles il répand sa vertu & sa lumière, ce qui représente en même-tems l'harmonie des cieux.

Les muses nous conduisirent dans la biblio-
thèque du souverain du Parnasse. Je mis d'abord la
main sur un ouvrage d'un de nos philosophes, qui
traite de l'attraction ou de la théorie du monde.
Cet ouvrage me parut écrit avec tant de force &
de lumière, qu'on diroit que ce philosophe ait
pris la nature sur le fait ; je le parcourus avec avidité, en priant le génie de m'expliquer quelques
endroits trop élevés pour mes foibles connoissances.

L'attraction & l'électricité sont les causes, dit
Zachiel, de tous les phénomènes, tant physiques
que moraux. L'attraction est une force dont l'action est connue dans toute la nature ; elle opère,
non-seulement sur tous les corps matériels, en
raison directe de la masse & inverse du quart de la

diſtance ; elle agit pareillement ſur les objets in-
tellectuels, en ſuivant exactement les mêmes loix.
Elle eſt auſſi la cauſe de la mémoire dans laquelle
les idées ſe renouvellent par la forte conjonction,
ou par le ſouvenir du tems ou du lieu où les
choſes ſe ſont paſſées. On peut attribuer auſſi à
l'attraction les cauſes de l'analogie & de la ſympathie ; c'eſt elle qui nous fait pencher pour un
objet plutôt que pour un autre ; c'eſt elle qui engage deux cœurs ou deux perſonnes d'eſprit à ſe
lier d'une étroite amitié ; c'eſt elle encore qui fait
naître ce penchant ſecret qui porte les deux ſexes à
s'unir. On peut croire que l'homme eſt animé par
une double attraction, l'une qui l'entraîne au
vice & l'autre à la vertu ; l'éducation & les cir-
conſtances lui donnent toute ſon activité & ſon
énergie : en un mot, elle eſt cette cauſe inconnue, cet agent ſecret avec lequel la nature met
tout en mouvement, tient tout dans l'équilibre ;
c'eſt-à-dire, qu'elle agit univerſellement. Le tems
ne me permet pas à préſent de vous faire un plus
long détail, il faut accompagner les muſes à la
promenade.

Nous ſuivîmes ces déeſſes qui deſcendirent dans
les jardins, & prirent la route d'une grande allée
plantée de lauriers, de palmiers, d'oliviers ; entre
ces arbres on découvroit des collines enchantées,
& la gorge fleurie d'une vallée coupée de plu-

fieurs ruiffeaux qui préfentent mille nouvelles beautés. C'eft dans ces lieux charmans que la rofe croît fans épines. Là font de fombres grottes qui invitent par leur fraîcheur à profiter de leur ombre pour fe dérober aux ardeurs du foleil.

Ces retraites font tapiffées de lierres & de vignes qui s'empreffent de livrer leurs grappes de pourpre, avec une agréable fécondité; & ces richeffes font répandues en tout tems avec une égale profufion dans les campagnes qu'Apollon échauffe benignement de fes divins rayons: d'un autre côté, on voit les ruiffeaux qui tombent en murmurant doucement le long des collines, & fe jettent en divers canaux qui fe raffemblent enfuite dans un grand baffin, dont la furface préfente fon miroir de criftal à la verdure de fes rivages. Là l'humble arbriffeau & le buiffon champêtre s'embraffent l'un l'autre; plus loin on voit le cèdre majeftueux s'élever pompeufement, & porter fur fes branches des oifeaux de toute efpèce qui y forment des concerts mélodieux, & les zéphirs ne paroiffent entre les feuilles que pour les agiter légèrement.

Ce fut dans cet endroit délicieux que les mufes, & les graces, qui toujours les accompagnent, fe repoferent. Ces belles déeffes, qui fouvent aiment à badiner, fe mirent à cueillir des fleurs qu'elles fe jetoient les unes aux autres; mais ces fleurs me parurent toutes différentes de celles que la nature produit dans les autres mondes ; je ne pouvois en deviner l'espèce, lorsque Polymnie, souriant de mon ignorance, me tira d'inquiétude : ces fleurs que vous admirez avec tant d'attention, dont vous ne connoissez ni la forme, ni la figure, sont des fleurs de rhétorique & de métaphysique, c'est de cette colline d'où les tirent les savans de tous les mondes. Ce côteau que vous voyez plus loin s'élever jusqu'au haut de la montagne du Parnasse, est l'endroit où croissent les métaphores, les fictions & les hyperboles que les poëtes emploient si souvent dans leurs ouvrages.

Pendant ce discours, Monime badinoit avec les graces qui sembloient lui être devenues plus familières. Cette charmante personne se trouvant couverte d'une prodigieuse quantité de ces fleurs, vouloit à son tour leur en jeter, lorsqu'elle vit s'approcher un très-grand nombre d'animaux, qui dans les autres mondes n'habitent que les bois, les déserts, ou se retirent ordinairement dans des tanières. Monime, à l'aspect de ces animaux dont la plupart lui étoient inconnus, se trouvant saisie de crainte & de frayeur, je la vis pâlir & chercher à se cacher à l'ombre de quelques buissons ; mais Polymnie, toujours attentive & officieuse, s'appercevant de son trouble, loin de se prêter à sa foiblesse, l'arrêta, & employa, pour la rassurer,

un difcours phyfique qui eut tant de force fur
l'efprit de Monime, que non-feulement il diffipa
fes craintes, mais la mit encore en état de prendre
part aux divertiffemens que ces divers animaux
procurent fouvent à ces belles déeffes qui fe trouvèrent dans l'inftant entourées de lions, dours,
de béliers, de capricornes, de fcorpions. Monime
prit fur-tout un fingulier plaifir lorfqu'elle apperçut le taureau qui bondiffoit devant elle, &
l'éléphant matériel employer toute fon induftrie à
contourner en cent différentes façons fa trompe
flexible pour faire avancer l'écreviffe & l'empêcher d'aller à reculon. Nous découvrîmes enfin
que tous les animaux de ce monde font appri-
voifés, fe font entendre, & répondent avec pré-
cifion aux queftions qu'on leur fait.

Nous fuivîmes les mufes qui fe levèrent pour
continuer leur promenade. Ces déeffes gagnèrent
un large fentier qui alloit en ferpentant, & qui
me parut rempli de pierres brillantes. Je pris
d'abord ces pierres pour des diamans ; j'en ra-
maffai de toutes les couleurs, qui toutes jetoient
beaucoup d'éclat. Vous aimez les faillies, à ce
que je vois, dit une des mufes ; il ne tient qu'à
vous de vous en munir de toutes les efpèces ; c'eft
dans ce fentier tortueux où elles croiffent en abondance : il conduit à la fontaine d'Hypocrène.

Lorfque nous fûmes arrivés à cette fontaine, je
ne

ne pus réfifter à l'envie d'en goûter l'eau dans fa fource ; à peine en eus-je avalé quelques gouttes, que je me fentis animé d'un feu divin ; il me prit une efpèce d'enthoufiafme qui, en élevant mon ame, répandit dans mon efprit ce charme & ce brillant de la poéfie ; à l'inftant je compofai une élégie des plus tendres, que j'adreffai aux mufes, qui me firent la grace de l'approuver.

Nous reprîmes le chemin qui conduit au palais d'Apollon. Ce monarque, par confidération pour le génie, nous fit l'honneur de nous admettre à fa table : nous y fûmes régalés de l'odeur des parfums les plus exquis ; l'encens fume de toutes parts ; c'eft la feule nourriture qu'on peut prendre dans ce monde : cependant cette nourriture, quoi-qu'extrêmement légère, ne laiffe pas de fortifier ; il eft certain qu'elle ne charge point l'eftomac, auffi les habitans de ce globe ne meurent jamais d'indigeftion : c'eft pourquoi la plupart des mé-decins ne s'occupent qu'à compofer des livres qui puiffent fervir utilement dans les autres mondes.

Le génie voulut bien nous permettre de paffer plufieurs femaines à la cour d'Apollon. Pendant ce court efpace, les neufs Sœurs, toujours fou-mifes aux volontés de ce prince, fe firent un plaifir de nous inftruire, & de joindre à leurs inftruc-tions mille nouvelles fêtes, qui, quoiqu'elles ne paruſſent faites que pour l'amuſement, étoient néanmoins des leçons fort utiles.

Je remarquai que ceux qui ſont admis à la cour d'Apollon, ont un corps ſi ſubtile, qu'à peine les yeux d'un mortel peuvent-ils l'appercevoir; mais, ſemblables aux génies, lorſqu'ils veulent ſe rendre viſibles, ils ont comme eux la faculté de prendre des corps fantaſtiques, parce que la matière ſubtile obéit à l'inſtant à leur volonté.

Cette cour eſt remplie de ſavans de toute eſpèce: on y voit des aſtronomes, des géomètres, des chimiſtes, des cabaliſtes, des poëtes, des médecins, des oracles & des muſiciens, toutes perſonnes protégées par Apollon. Nous ne pouvions Monime & moi nous laſſer d'admirer un ſéjour auſſi délicieux. Cependant Zachiel nous avertit qu'il falloit nous diſpoſer à prendre congé du ſouverain du Parnaſſe, des muſes & de toute la cour d'Apollon. Les muſes nous témoignèrent avec bonté le chagrin qu'elles avoient de nous quitter. Ces belles déeſſes firent à Monime mille careſſes; elles la douèrent chacune en particulier des ſciences auxquelles elles préſident; elles ajoutèrent que, ſans la certitude où elles étoient de la recevoir, on ne lui permettroit pas de s'éloigner d'une cour pour laquelle le deſtin l'avoit fait naître.

CHAPITRE II.

FORÊT merveilleuse.

LE génie, dont l'intention étoit de nous faire visiter les diverses contrées que renferme ce globe lumineux, & de nous en faire admirer en même tems toutes les merveilles, nous fit descendre du Parnasse par une espèce de chemin couvert qui sert de route aux habitans de cette planète lorsqu'ils veulent se rendre à la montagne pour participer aux dons que le souverain du Parnasse répand sur ses peuples.

Ce chemin qui est rempli d'un sable d'or, conduit à des souterreins qu'on pourroit prendre pour des cavités de cette planète embrasée. C'est-là, sans doute, ce qui empêche les habitans de ressentir l'ardeur des rayons du soleil, parce qu'il semble que leur force augmente à mesure qu'ils s'éloignent de cet astre. Cette partie du soleil peut être comparée à nos caves, dont la fraîcheur paroît augmenter à proportion de la chaleur. Il est bon d'avertir qu'il n'y a point de nuits dans ce monde; comme c'est le centre de l'univers, Appollon y répand toujours sa lumière la plus pure : mais a fraîcheur des cavités tempere l'air & le rend plus serein que dans pas un des autres mondes.

B ij

Lorſque nous fûmes au bas de la montagne ;
nous apperçûmes une grande forêt que le génie
aſſura renfermer tout ce que la nature a de plus
précieux. Les arbres de cette forêt ſont d'une eſpèce
ſingulière ; les troncs en ſont d'or, les rameaux
d'argent & les feuilles d'émeraudes, qui, de deſſus
l'éclatante verdure de leur ſuperficie, répréſentent
comme dans un miroir les images des fruits qui
y pendent, & qui n'empruntent rien de leur beauté
aux feuilles, puiſque ce ſont autant de fioles qui
renferment l'eſprit & le bon-ſens de tous les humains. Chaque perſonne, à l'inſtant de ſa naiſſance,
a deux fioles pour partage; dans l'une eſt renfermé
ſon eſprit, & dans l'autre ſon bon-ſens : les noms
des perſonnes ſont gravés ſur le verre. Remarquez,
nous dit le génie, en nous faiſant examiner ces
fioles, que la nature toujours judicieuſe dans la
diſtribution qu'elle fait de ſes dons, ne favoriſe
jamais perſonne au préjudice d'un autre. Tous les
hommes naiſſent dans une égalité parfaite; l'éducation corrompt ou, perfectionne ſes bienfaits. Si
cela eſt, lui dis-je, pourquoi ces fioles ne ſont-
elles pas également remplies ? C'eſt, reprit le génie,
par le mauvais uſage que les hommes font des
graces qu'ils ont reçues de la nature. Vous avez
dû remarquer dans les différens mondes que nous
venons de viſiter, que le bon-ſens & la raiſon en
ſont preſque bannis. Par-tout on court après l'eſ-

prit, chacun en veut avoir, chacun se forme de nouveaux systêmes ; & cette noble simplicité que le bon-sens nous donne, que la raison nous dicte, se trouve abandonnée & semble être proscrite de tous les mondes : on ne demande que des saillies, beaucoup de feu & de vivacité, de ces phrases hyperboliques auxquelles on ne comprend rien, & que ceux qui les composent n'entendent pas eux-mêmes ; ce sont de grands mots qu'on rassemble pour dire des riens qui composent néanmoins des volumes ; mais le bon-sens, si nécessaire au bonheur des hommes, est regardé comme simplicité, bêtise, timidité, ou manque d'usage ; c'est-là ce qui fait la différence que vous remarquez dans ces fioles : vous en voyez beaucoup dont tout l'esprit s'éva-pore, parce qu'il n'y a que lui qui soit à la mode ; le bons-sens se conserve pour un tems plus heu-reux.

Vous devez encore remarquer, ajouta le génie, que cette forêt est partagée en autant de routes que ce soleil éclaire de mondes, & que dans chacune de ses allées, on y voit plusieurs sentiers qui dési-gnent les différentes provinces de ces mondes ; mais pour l'intelligence des ministres d'Apollon, chargés d'examiner toutes les révolutions qu'on voit arriver fréquemment dans les mondes planétaires, on y a gravé sur le premier arbre de chaque allée le nom.

B iij

de la planète dont l'efprit & le bon-fens de ceux
qui l'habitent font dépofés dans cette allée.

Je fuivis Monime qui commença par vifiter les
allées qui défignoient les mondes que nous venions
de parcourir; je la voyois chercher avec un foin
extrême les fioles des perfonnes que nous avions
connues. Ses recherches euffent été vaines, fi Zachiel ne fe fût prêté pour fatifaire fa curiofité. Il
lui montra les fioles de quantité de miniftres, de
généraux, de juges, de coribantes & d'une infinité d'autres perfonnes qui paffent dans ces mondes
pour des génies fupérieurs : il eft vrai que l'efprit
étoit entièrement difparu, mais pour les fioles
de bon-fens elles étoient pleines. Monime, furprife d'un phénomène fi fingulier, regarda avec
beaucoup d'attention fi elles étoient également
bouchées, fi l'air ne communiquoit pas plus à l'une
qu'à l'autre; les trouvant toutes fans aucune ouverture : je me perds dans mes recherches, dit
Monime avec un air de dépit, il faut que l'efprit
foit beaucoup plus fubtile que le bon-fens; car
comment fe perfuader que les grands perfonnages
que nous avons vus jouer les premiers rôles fur le
théâtre de leur monde aient jamais pu manquer
de bon-fens, fur-tout lorfqu'on les voit revêtus de
poftes où il eft fi néceffaire pour la conduite d'un
état. Dites moi donc, mon cher Zachiel, fi depuis

que nous avons quitté ces mondes ils ont changé
de méthode ; fans doute que l'efprit de vertige a
fuccédé au bon-fens & à la raifon.

Le génie fourit &, fans lui répondre, il nous
conduifit dans des fentiers détournés, où toutes
les fioles de bon-fens brilloient comme des efcar-
boucles, c'eft-à-dire, qu'elles étoient toutes vides,
& celles de l'efprit à moitié pleines. Je fuis prefque
fûr, dis-je à Zachiel, que les propriétaires de ces
fioles ne brillent que médiocrement dans leur
fphère. Vous vous trompez, dit le génie, puifqu'elles appartiennent à de véritables philofophes,
tous perfonnages d'un efprit jufte, profond &
éclairé dans toutes fortes de fciences ; il eft vrai
que la plupart vivent dans l'indigence, fans néanmoins fe trouver plus malheureux, parce que le
fage ne fe plaint jamais de fon infortune, le fimple
néceffaire fuffit à tous fes befoins.

Ces fentiers nous conduifirent dans l'allée de
Saturne : prefque toutes les fioles en étoient vides ;
elles reffembloient à des perles qui éblouiffoient
par l'éclat de leur blancheur. Ceci nous annonce,
dit Monime, un monde rempli de candeur, de
raifon & de bonne foi. Votre réflexion eft jufte,
dit le génie, c'eft dans Saturne où vous touverez
l'enfance du monde, cet âge d'or, cette probité
des anciens patriarches, cette bonne foi fi vantée

& en même tems si méprisée dans les autres mondes.

Nous arrivâmes insensiblement dans la partie de la forêt qui concerne notre monde. Monime & moi, curieux d'en visiter toutes les routes, nous y entrâmes avec beaucoup d'empressement. Le génie se prêta volontiers à satisfaire notre curiosité, afin de nous donner une idée frappante de la portion de lumière départie aux différentes nations qui remplissent le globe de la terre, ou pour mieux dire, de l'usage qu'ils en font. Extrêmement surpris de la variété que je remarquai suivant les divers climats, aucuns sentiers n'étoient semblables : dans l'un, presque tout le bon-sens avoit disparu ; dans l'autre ce n'étoit que l'esprit. Monime eût bien voulu que le génie lui donnât quelques instructions détaillées sur les monarques, les souverains, sur leurs généraux & sur leurs ministres, mais il remit à l'en instruire lorsque nous serions de retour dans notre monde.

CHAPITRE III.

RENCONTRE extraordinaire.

SORTIS de la forêt merveilleuse, nous traversâmes une grande plaine, pour gagner la ville des Philosophes. A quelque distance de cette ville, nous apperçûmes plusieurs personnes qui paroissoient se disputer avec beaucoup d'aigreur. Au milieu étoient deux vieillards qui nous parurent, par l'épaisseur de leurs corps, être nouvellement arrivés de quelque planète éloignée. Zachiel les reconnut aussi à l'instant. Il nous dit que l'un de ces deux vieillards étoit Paracelse, philosophe Suisse, qui a traité des secrets de la nature, de la connoissance des génies & des esprits élémentaires; l'autre étoit le grand Avicene, fameux cabaliste. Quoique je n'aie jamais douté, ajouta le génie, que ces deux grands hommes ne dussent un jour arriver dans la sphère du soleil, comme étant celle qui leur est destinée & celle dont ils avoient sans doute tiré toute l'étendue de leurs lumières, je suis néanmoins très-surpris de les y rencontrer sans avoir auparavant satisfait à l'ordre de la nature. Je ne doute pas qu'ils ne s'y soient fait transporter par quelques esprits élémentaires, qu'ils auront indubitablement fait defcendre par la force de leurs conjurations. Je connois l'étendue de la fcience d'Avicene; ce n'eft que par fes études qu'il s'eft acquis le pouvoir de commander aux génies; il m'a forcé de defcendre moi-même pour l'affifter dans diverfes opérations qu'il a entreprifes & qui lui ont acquis ce grand nom dont il jouit parmi les favans. Le génie s'avança enfuite, il écarta la foule qui entouroit ces deux vieillards, pour apprendre d'eux-mêmes le fujet de leur difpute. Avicene reconnut d'abord le génie & parut charmé de le revoir. Après lui avoir témoigné fa joie & fa furprife, il nous examina un inftant; mais trop occupé de fon aventure pour s'en diftraire en notre faveur, il ne nous fit pas la moindre politeffe.

Au nom de la prémière lumière, dit Avicene en s'adreffant à Zachiel, tirez-nous de l'embarras où nous fommes. Vous n'ignorez peut-être pas qu'il y a nombre d'années je fis la connoiffance de ce philofophe qui, comme moi, a toujours été perfuadé de l'éxiftence des efprits élémentaires; mais, pour nous affurer de leur pouvoir, nous avons formé enfemble la réfolution de les forcer à nous tranfporter dans la fphère du foleil. Le pouvoir de mes conjurations vous eft connu; vous favez que je n'ignore aucun des noms des intelligences, puifque vous-même avez été contraint de

Au nom de la première heure, tirez-nous de l'embarras où nous sommes.

Marillier. del.   Delignon. Sculp.

répondre à mes invocations : j'ai donc employé
les plus vives conjurations fur Radiel, Caracaza,
Amady & plufieurs autres que vous connoiffez ;
tous ces génies, obéiffant au nom de la première
lumière, nous ont tranfportés dans la fphere du
foleil. A peine ces efprits fe font-ils éloignés, que
nous nous fommes trouvés en bute aux railleries
d'un peuple qui, fans doute, ne fait confifter fa
fcience qu'à douter des évènemens les plus naturels;
car enfin, ces gens que vous voyez, qui fe font
raffemblés autour de nous, pouffent leur incrédulité jufqu'à nous difputer notre exiftence, & ils
ont encore l'audace de nous foutenir que depuis
long-tems nos fioles de bon-fens font tombées de
l'arbre auquel elles étoient attachées. A-t-on
jamais pu imaginer de pareilles abfurdités, pourfuivit Avicène? Ce philofophe ne fe poffédoit
plus; animé par la colère, fes veines étoient gon-
flées, fon vifage enflammé & les yeux en feu; à
peine pouvoit-il articuler quelques mots, lorfqu'une des femmes qui étoient préfentes le fit
d'abord rentrer en lui-même & rougir en même-
tems de fa foibleffe par ce peu de mots :

Si tu étois, lui dit cette femme, ce que tu t'ef-
forces en vain de vouloir nous perfuader, tu faurois
mieux modérer tes paffions. Apprends que la véritable philofophie eft fi pure, qu'elle arrache juf-

qu'aux moindres racines du vice; qu'elle lave &
nettoye l'ame pour la rendre digne de celui qui l'a
formée ; elle opère enfin ce que l'amour de la
gloire, la vanité ni le defir des louanges ne fauroient
feuls produire : ce n'eft que la philofophie qui peut
faire des hommes parfaits; mais toi qui n'as peut-
être été guidé que par l'ambition d'être admiré des
foibles mortels, tu n'as pu, conféquemment, élever ton efprit que jufqu'à un certain degré qui ne
fauroit jamais détruire les foibleffes de l'humanité,
parce que tes préjugés ou tes paffions ont offufqué
ta raifon & l'ont néceffairement empêchée d'agir
librement. Après cette petite leçon c'eft à toi
d'examiner fi ton ame eft actuellement à ce degré
de perfection qu'exige la vraie philofophie, fur-
tout après les difparates que tu viens de nous
montrer.

Avicene parut terraffé de ce reproche, qui
fervit néanmoins à le rendre beaucoup plus tranquille ; mais confus de l'avoir mérité par fon emportement, il nous quitta fans ofer proférer une
feule parole, & nous le vîmes prendre la route de
la forêt. La difpute ainfi terminée, tout le monde
difparut ; Paracelfe feul refta avec nous.

Je ferois bien curieufe, dit Monime à ce philofophe, d'être inftruite par vous-même des lumières que vous avez acquifes fur la connoiffance
des génies. Je confens, répliqua Paracelfe, de

vous faire part d'une science que je n'ai découverte que par mon travail & mes veilles ; mais le
génie qui vous protège a dû vous instruire de cette
partie essentielle qui compose la cour céleste, &
qui remplit ce vide immense qui doit nécessairement se trouver entre l'Être suprême & les foibles
humains. Il est vrai, dit Monime, que Zachiel n'a
rien négligé de ce qui a pu servir à notre instruction. Je n'ignore pas que ce vaste univers est rempli
de plusieurs sortes de génies occupés à différentes
fonctions ; mais comme vous avez approfondi
cette matière, vous me ferez plaisir de m'en instruire plus particulièrement.

Je ne résiste point, dit Paracelse, à satisfaire
votre curiosité. Vous ne devez pas ignorer que
l'Être suprême est seul parfait & accompli ; que
c'est de sa toute puissante & suprême volonté qu'il
a créé des abîmes du rien, une infinité de mondes
remplis de diverses créatures qui ont été formées
dans l'instant qu'il avoit marqué par sa sagesse. Sa
divinité produisit en même-tems une prodigieuse
quantité de substances spirituelles, séparées du
corps & de la matière, & plus excellentes que
l'homme, qui sont les génies. Ces substances spirituelles & invisibles surpassent de beaucoup les
forces humaines ; elles sont les mobiles d'une infinité de choses dont les effets les plus ordinaires
sont le mouvement des cieux & le cours des astres,

parce que les cieux qui font animés ne peuvent fe
conduire d'eux-mêmes dans un fi bel ordre & une
cadence auffi bien réglée. Un favant philofophe
affure avoir découvert, par les fimples lumières
naturelles, qu'il y avoit des intelligences motrices,
c'eft-à-dire, des génies qui doivent n'être occupés
qu'à donner le branle aux fphères céleftes & les
conduire dans leurs courfes journalières. On
peut donc conclure que la fubftance des génies
eft plus fpirituelle que les corps les plus fubtils &
les plus déliés, tels que font les vents & les
tempêtes, qui ont fi peu de corps qu'ils en font
invifibles.

Cependant plufieurs philofophes ont avancé
que les génies ne pouvoient être autre chofe que
ces météores qui fe forment en l'air; mais la plus
conftante opinion eft de croire que les génies n'ont
point de corps, parce que s'ils en avoient, il faudroit néceffairement qu'ils fuffent grands & pro-
portionnés à l'importance de leurs emplois, ce qui
ne pourroit être fans faire un bruit confidérable
dans l'air. Les génies n'ont été créés que pour
obéir aux ordres de la divinité; les uns afin de
s'en approcher & de participer à la lumière dont
elle eft le principe, ce qui fait qu'ils doivent être
dégagés de la matière, pour pénétrer, entendre &
écouter avec plus de facilité les fecrets & les ordres
de la divinité: or, comme ce font eux qui en ap-

prochent de plus près, on doit les regarder comme les créatures les plus parfaites.

Quelques savans ont été perſuadés que les gé-nies avoient été créés en même-tems que les cieux & les élémens lorſqu'ils furent tirés du néant ; & les plus fameux philoſophes aſſurent que la divi-nité, par ſa vertu toute-puiſſante, a créé, dès le commencement du tems, l'une & l'autre créature, la ſpirituelle & la corporelle ; & qu'il y a pluſieurs ordres de génies qui ont chacun des vertus parti-culières : ſemblables aux étoiles qui brillent dans le ciel, & répandent une lumière différente, ils ont auſſi diverſes propriétés.

Ces différens ordres de génies ſont diſtribués dans tous les mondes poſſibles, pour les conduire ſuivant l'ordre de leurs fonctions. Ils différent entr'eux par la nature & par leur eſſence, & ſont naturellement doués de la faculté de connoitre & d'entendre par la grandeur & l'étendue de leur eſprit ; c'eſt pourquoi ils diſtinguent tout ce qui eſt dans la nature ; ſes plus grands ſecrets leur ſont développés, l'eſſence des cieux, les pro-priétés des élémens & des autres créatures ani-mées & inanimées. Ils ſont naturellement phyſi-ciens, médecins, métaphyſiciens, aſtronomes, géographes, géomètres & mécaniciens ; l'ori-gine des vents leur eſt connue, les cauſes du flux & reflux de la mer, le cours des étoiles & plu-

fieurs autres fciences fublimes que la divinité à
imprimées dans leurs efprits dès l'inftant de leur
création, afin de les rendre plus propres à exécuter fes ordres; ils font auffi grands théologiens,
& entendent beaucoup mieux que les foibles humains, quels font les attributs de la divinité.

Les génies du premier ordre connoiffent d'un
feul regard les matières fpirituelles ainfi que les
corporelles; & fans employer de longs difcours ni
de vains raifonnemens, ils découvrent d'un même
coup-d'œil & la caufe & l'effet; l'efprit toujours
ouvert & agiffant, & fans ceffe occupés à quelques connoiffances qui leur repréfentent comme
dans un miroir les perfections qu'ils ont reçues de
l'Être fuprême; mais loin de s'enorgueillir, elles
ne leur fervent que d'aiguillon pour exercer leur
charité envers les hommes.

Ces génies ont encore, par l'étendue de leurs
connoiffances, la faculté motrice, c'eft-à-dire, la
puiffance de fe mouvoir, de mouvoir toutes chofes,
& de fe tranfporter d'un lieu à l'autre. Comme
leur fubftance eft la plus parfaite des fubftances
créées, leurs facultés font auffi les plus parfaites,
les plus agiffantes & les plus vigoureufes, puifqu'ils agiffent avec une vîteffe & une agilité nom-
pareilles; les oifeaux ne volent pas fi légèrement
dans l'air, les vents ne font pas fi impétueux, ni
les traits décochés, fi rapides que la courfe d'un
génie

génie qui traverse l'univers pour se transporter
d'un lieu dans un autre ; en un instant il passe
d'un monde à l'autre, descend du ciel en terre,
& remonte de la terre au ciel par la vigueur de
sa nature, perçant & pénétrant tout, sans trouver
de résistance en aucun lieu, parce que les génies
supérieurs, outre la puissance qu'ils ont de se
mouvoir, ont encore celle de faire agir les autres
substances spirituelles qui leur sont inférieures, &
auxquelles ils ont droit de commander : ce qui
fait qu'il est dans leur pouvoir de produire des
effets innombrables en appliquant l'actif au passif,
c'est-à-dire, en approchant les corps qui ont des
vertus pour agir auprès de ceux qui peuvent en
recevoir l'impulsion ou l'attraction. Il est encore
en leur pouvoir de faire descendre le feu du ciel,
de soulever les eaux de la mer, de causer des
inondations, de transporter les montagnes, de
déraciner les arbres, & faire enfin mille autres
prodiges, parce qu'il n'y a point de puissances sur
la terre qui leur soient égales ; mais l'amour qu'ils
ont pour la vertu, les porte sans cesse à faire des
œuvres de charité en faveur des hommes. Ces
génies sont toujours en action, & toujours prêts
à nous rendre service ; mais ce n'est point avec
cette indolence qu'on remarque dans les foibles
humains, qu'ils prennent nos intérêts : jamais le

Tome II.   C

tems ni l'éloignement ne refroidiffent leur amitié, parce que leur qualité particulière eft d'obéir à l'Être fuprême, & à tout ce qui tient à fa divinité, par une force invincible, qui les rend perfévérans & inébranlables.

Malgré la puiffance de ces génies, on ne les voit point abufer de leurs forces : toujours doux & compatiffans envers les hommes, qu'ils regardent avec une affection & un amour paternel, jamais ils n'exercent leur puiffance qu'avec un caractère de candeur, & ce n'eft que par les doux attraits de leur bonté qu'ils conduifent leurs inférieurs ; ce qui prouve que la douceur eft la plus aimable de toutes les vertus, & qu'elle a mille charmes pour gagner les cœurs & fe les affujettir. Leurs intentions toujours pures défèrent toutes leurs actions à l'Être fuprême, fans aucun mélange d'intérêts, ni aucune vue de gloire ou d'oftentation. Ainfi on peut regarder les génies de la première claffe comme des princes céleftes, mais bien différens des princes de la terre, qui n'ont en vue que l'appareil de leur grandeur.

Il faut encore remarquer que la divinité a deftiné ces premiers génies à l'économie & au foin des affaires journalières des mondes corporels ; c'eft-à-dire, qu'ils accompliffent, finiffent & terminent toutes les diftinctions & les divers ordres de nature céleste, & de ceux qui sont employés jour & nuit à veiller sur tous les mondes, sans jamais s'affoiblir par la longueur du tems.

Les mauvais génies, quoique soumis aux ordres des supérieurs, ne sont néanmoins occupés qu'à troubler cette harmonie qui doit régner entr'eux & les hommes. En parcourant sans cesse tous les mondes, afin de les corrompre en y semant la discorde, & pour les empêcher de suivre les sentiers de la vertu, ils les attaquent par de véhémentes passions, & poussent les hommes dans des extrémités condamnables, en donnant crédit au vice par de nouvelles & fausses doctrines. Mais les bons génies & ceux du premier ordre s'opposent à tous ces désordres par leurs continuelles assistances : c'est pourquoi il est de la prudence de se lier par une étroite amitié avec les génies supérieurs, & de tâcher de se rendre propices les inférieurs, afin de les engager à ne point troubler ce commerce par leurs malices ou leurs mauvaises insinuations. Je ne vous parlerai point des autres substances intermédiaires, dont vous n'ignorez aucune des qualités.

Vous avez sans doute, dit Monime, trouvé le secret, par vos observations & vos veilles, de vous attacher une de ces substances intermédiaires, ou un de ces génies supérieurs. C'est à quoi j'ai long-tems travaillé en vain, reprit Paracelse;

C ij

mais Avicene m'a été d'un grand fecours , & ce n'eft qu'en réuniffant nos connoiffances que nous fommes parvenus à nous faire obéir par les génies élémentaires.

Ce philofophe eft l'homme le plus favant qui ait jamais paru fur le globe de la terre ; il pofsède toutes les fciences fecrètes , par lefquelles on explique les différentes opérations de la nature : fameux cabalifte , il joint à ces fciences la chymie , il a le fecret de la pierre philofophale , celui de l'élixir univerfel ; il fait découvrir les tréfors , & en éloigner les mauvais génies qui s'en font rendus maîtres. Nul prodige ne lui paroît difficile dans l'exécution : il peut , quand il lui plaît , changer les hommes en quadrupèdes ou en reptiles , aucun talifman ne lui réfifte , les plus fecrets myftères de la cabale lui ont été développés : c'eft par ce moyen qu'il vient à bout de fe foumettre les efprits élémentaires , & de les affujettir à fes volontés. Ce philofophe a compofé un très-grand nombre de livres, qui traitent de tous les prodiges de la cabale ; mais ces livres font écrits d'un ftyle fi figuré , qu'à moins d'être inftruit par un génie de la première claffe , il eft prefque impoffible d'en pénétrer le fens : fon intention n'a jamais été d'en inftruire les hommes ordinaires.

Avicene a plufieurs fiècles : lorfqu'il fent fes forces diminuer , il les répare aifément par une dofe d'élixir univerfel qui, en le ranimant, lui donne en même-tems une nouvelle vigueur. Pardonnez, ajouta Paracelfe; je fuis obligé de fuivre Avicene, & je vais le rejoindre.

CHAPITRE IV.

REMARQUE fur l'Aftronomie.

LORSQUE Paracelfe nous eut quittés, nous fûmes rejoindre Zachiel, qui s'étoit avancé à la rencontre de plufieurs aftronomes. Inftruits de fon arrivée par les divers mouvemens qu'ils avoient remarqués dans les fignes du zodiaque, tous ces favans venoient au-devant du génie, comme députés de la ville des philofophes. Les principaux étoient Thalès, Anaxagore, Pitagore, Democrite, Ariftarque, Hiparque, Ptolomée, Copernic, Galilée, Gaffendi, Limberge, Vilkius, Tichobrahée, Kepler, Caffini, Defcartes & Newton. Ce dernier s'adreffant au génie, le complimenta au nom de tous les autres.

La harangue de ce philofophe finie, Zachiel nous fit approcher de ces grands hommes, afin de nous donner une teinture de l'aftronomie. Ces philofophes nous faluèrent avec gravité, en marquant néanmoins beaucoup de surprise, & nous regardant attentivement. J'avoue que leur examen se fixa sur Monime; je fus même d'abord tenté de croire que quelques-uns de ces savans la prirent pour un des signes du zodiaque, qu'on nomme *Virgo*; car je les vis à l'instant s'armer de leurs télescopes, pour examiner si ce signe brilloit encore dans le ciel avec autant d'éclat qu'ils en avoient remarqué dans les yeux de Monime.

Pour prévenir les intentions du génie qui vous conduit dans cette sphère, dit l'un de ces savans, je vais vous apprendre à connoître, avec le secours d'un de nos télescopes, plusieurs étoiles nouvellement découvertes par nos plus habiles astronomes. Depuis long-tems nous sommes à l'affût de ces étoiles, qui semblent se plaire à nous donner de l'exercice, par leurs fréquentes disparutions.

Je m'armai donc, à l'exemple de ces philosophes, de l'instrument qui devoit diriger ma vue, & me faire distinguer dans cette prodigieuse quantité d'étoiles les différentes formes de celles qui intéressoient tous ces savans, avec les noms des signes auxquels elles devoient être attachées. Messieurs, s'écria l'un d'eux avec une sorte d'enthousiasme, mais toujours l'œil collé sur son télescope, voici l'étoile que nous cherchons depuis si long-tems; elle se montre au col du signe.

Je ne puis concevoir, dit Monime en nous inretrompant, comment vous pouvez reconnoître dans l'immensité d'un ciel parsemé de tant d'étoiles, dont le brillant & l'éclat me paroissent presque égaux, les noms & les attributs de chacune de ces étoiles. Vous n'avez, à ce que je vois, répliqua le savant, aucune teinture de l'astronomie. Il est vrai, dit Monime, que cette science m'a toujours paru un peu trop abstraite pour m'y appliquer. Soyez persuadée, madame, que l'étude de la philosophie ne diminue rien de la beauté : ici toutes nos dames s'y appliquent ; & il semble que les lumières qu'elles acquièrent par cette étude, donnent encore plus de brillant à leurs yeux, & qu'elles animent en même tems toutes leurs actions, sans néanmoins altérer la douceur de leurs caractéres, ni cette gaieté qui les rend si aimables. Comme je ne fais nul doute que vous ne desiriez de les surpasser en science autant que vous les surpassez en beauté, je vais vous donner une petite leçon ; nous ne pouvons choisir un endroit plus commode.

Apprenez, poursuivit l'astronome, que tous les corps sont susceptibles de différentes modifications : le mouvement en est une des principales. Galilée a instruit plus d'un monde des loix que suivent les corps en tombant vers la terre. Newton a reconnu que la cause qui fait tomber les corps vers la terre, sans pouvoir en expliquer la nature, faisoit aussi graviter les corps célestes, les uns contre les autres. Mais le bruit vient de se répandre parmi nous, qu'un génie élémentaire, de ceux qui présIdent aux mouvemens de la terre & de la lune, venoit de découvrir la nature de cette fameuse cause à un physicien de votre planète, qui n'est point encore connu ; & l'on assure qu'il n'est pas peu embarrassé ; comment il pourra faire comprendre aux autres ce secret admirable, quoique le génie lui en ait donné une idée très-claire. Cela n'est pas étonnant, dit Monime ; les génies instruisent par inspiration ; ils impriment directement dans l'ame, par une opération simple & toute spirituelle, les connoissances qu'ils veulent lui communiquer, au lieu que les hommes ont besoin du ministère de leurs sens, qui sont matériels & grossiers, pour manifester leurs idées aux autres hommes ; qui, de leur côté, ne peuvent les saisir que par le même moyen ; ce qui rend la communication des connoissances d'homme à homme, souvent très-difficile & presque toujours imparfaite. Vos réflexions sont justes, répliqua le savant : il est aisé de reconnoître, à la netteté & à la solidité de votre raisonnement, que vous avez été instruite par un génie du premier ordre ; mais soyez persuadée que si le nouveau physicien dont nous parlons possède bien cette connoissance, il parviendra tôt ou tard à la faire comprendre. On vient à bout des plus grandes entreprises, lorsqu'on ne se rebute point du travail & des soins nécessaires pour la réussite; & l'on ne s'en rebute jamais, quand ils peuvent conduire à l'immortalité. Vous apprendrez dans nos écoles les détails de l'astronomie. On vous dira que tout astronome doit savoir distinguer les constellations, & le mouvement que chaque étoile emploie pour faire ces révolutions, de même que celui des comètes. Un esprit aussi pénétrant que le vôtre peut à présent écouter sans ennui les instructions que je vais donner.

Pendant cette conversation, j'avois quitté mon télescope. En avois-je besoin pour admirer le feu qui brilloit dans les yeux de Monime? J'avoue que j'aurois bien voulu borner à ces deux astres toutes mes observations; mais je fus obligé de reprendre le télescope pour suivre mon savant dans ses nouvelles recherches.

Remarquez, me dit-il, l'éclat de cette étoile, qui approche du brillant de celle de Vénus: l'endroit où vous la voyez est reconnu parmi nous pour la chaise de Cassiopée. Celle qui paroît un peu plus loin, qui a l'éclat d'une étoile de la troisième grandeur, paroît & disparoît périodiquement: elle fait, à peu de choses près, ses révolutions en six ans. Cette étoile ne s'éteint jamais entièrement, elle est au col de la baleine. En voici une autre que nous avons perdue pendant quelque tems, & qui nous a caufé beaucoup d'inquiétudes, parce qu'elle eft extrêmement diminuée. On la voit à préfent paroître entre la poitrine & le col du figne. Mais nous en avons perdu une qui furpaffe par fon éclat celui de Jupiter : elle étoit d'une efpèce toute différente des autres : on n'en a point encore découvert de femblable depuis qu'elle eft difparue : on la voyoit proche de l'écliptique : elle fuivoit la jambe droite du ferpentaire.

Ce fameux aftronome m'en fit remarquer encore une autre nouvellement découverte, qu'il m'affura faire fa révolution en quatre cens quatre jours deux heures dix minutes & quinze fecondes, & qui, quoiqu'elle furpaffe rarement la cinquième grandeur, ne laiffe pas de revenir très-régulièrement. On la découvre avec un télefcope de fix pieds.

Le favant me fit enfuite obferver quelques taches lumineufes qu'il avoit découvertes parmi les étoiles fixes. C'eft, pourfuivit-il, une lumière qui vient d'un très-grand efpace dans l'éther, au travers duquel eft répandu un milieu lucide, qui brille par lui-même. On ne voit aucune apparence d'étoile dans ces taches brillantes : la forme irrégulière de celles qui en ont, fait voir que leur éclat ne vient pas d'un centre lumineux. Ces taches brillantes font au nombre de fix. La plus confidérable paroît au milieu de l'épée d'Orion : elle paffe pour une feule étoile de la troifième grandeur. On en voit une

autre dans la ceinture d'Andromède, qui reſſemble
à un nuage pâle, & darde un rayon vers le nord-
eſt. La troiſième tache eſt proche de l'écliptique,
entre la tête & l'arc du Sagittaire. J'ai découvert la
quatrième en travaillant au catalogue des étoiles
méridionales: elle eſt dans le Centaure, & ne donne
que peu de lumière. Par rapport à ſa longueur,
cette tache n'a point de rayons. La cinquième
paroît devant le pied droit d'Antinoüs. C'eſt une
petite tache obſcure d'elle-même; mais l'étoile qui
brille au travers, la rend lumineuſe. La ſixième a
été découverte par haſard dans la conſtellation
d'Hercule: on la peut voir ſans téleſcope. Je ne fais
aucun doute, ajouta l'aſtronome, qu'il n'y ait
encore pluſieurs autres taches lumineuſes qui ont
ſans doute échappé à nos obſervations, & qui
doivent cependant occuper d'immenſes eſpaces,
puiſqu'elles ſont parmi les étoiles fixes : car il
ſemble qu'il y ait une lumière perpétuelle dans ces
vaſtes eſpaces; ce qui peut fournir matière de ſpé-
culations aux naturaliſtes, auſſi bien qu'aux aſtronomes.

Apprenez-moi, je vous ſupplie, demandai-je à
ce ſavant, ce que c'eſt qu'une comète. Une comète,
reprit cet aſtronome, eſt un corps ſolide; à peu près
de la grandeur de la terre, & qui paroît tout en
feu. Nous avons obſervé que ſa ligne de mouvement tombe toujours vers le ſoleil. On en a vues

qui après avoir paru tomber dans cet astre, en sor-
toient ensuite tout enflammées, & remontoient
beaucoup plus vîte qu'elles n'étoient tombées, jusqu'à ce qu'on les perdît entièrement de vue. Leur
exhalaison & leur fumée, pendant qu'elles des-
cendent ou qu'elles remontent, forment la queue
ou la chevelure qu'on leur voit. Mais si une de ces
comètes se retrouve de nouveau assez loin du soleil,
cette queue ou cette chevelure peut retomber sur
la croute du corps de la comète, & par ce moyen
la faire devenir une plus belle planète qu'elle n'étoit
auparavant. Mais depuis plus de trois mille ans
qu'il y a des astronomes qui s'occupent à observer
le mouvement des étoiles & celui des planètes,
on n'a point remarqué qu'aucune de ces planètes
connues soit encore tombée dans le soleil. Au sur-
plus, si vous voulez apprendre la véritable théorie
du mouvement des corps célestes, & en avoir un
calcul conforme à ses mouvemens, lorsque vous
serez arrivé dans la ville des Philosophes, vous
n'aurez qu'à consulter Kepler & l'illustre Newton;
ce sont ces deux grands hommes qui l'ont démontrée avec le plus de netteté.

Après avoir quitté nos astronomes, Monime se
trouvant fatiguée de tout ce fatras de science abstraite qui l'avoit horriblement ennuyée, pria le
génie de lui donner un peu de relâche. Eh bien,
dit Zachiel, pour vous dissiper, entrons dans ce

verger, on y respire un air champêtre qui chassera
l'ennui qu'a produit en vous un discours un peu
trop élevé ; le ramage des oiseaux , leurs petits
gasouillemens rappelleront votre belle humeur.
Savez-vous bien, mon cher petit papa, reprit Monime, que vous m'excédez par vos railleries, & qu'il
me prend envie de vous quereller, mais très-sérieu-
sement; depuis quelque tems vous vous faites un
jeu de m'en imposer; car qu'est-ce que ces oiseaux?
Ce ne peut être encore que des savans; je me rappelle ce que vous m'avez déjà dit de la métamor-
phose des premiers hommes, qui sûrement sont
arrivés ici tout emplumés : n'importe, je veux bien
vous suivre; peut-être n'y entendrai-je plus parler
de vos vilaines comètes. Le génie sourit, me fit
un coup-d'œil , & nous entrâmes dans le verger.

Le premier objet qui se présenta à nos yeux fut
un fameux théologien de l'Eglise anglicane, qui
a fait un traité sur l'enfer qu'il avoit placé dans le
soleil. Il faisoit de cet astre le séjour des démons &
des méchans condamnés à souffrir d'éternels tourmens. Ce savant avoit sans doute formé son sys-
tême sur ce que les saintes écritures ont nommé
l'enfer la gêne du feu, en le comparant à un lac de
feu qui brûle nuit & jour. Monime ne put s'empêcher d'éclater de rire, d'entendre parler d'un sys-
tême aussi extravagant.

Nous abordâmes ce savant qui paroissoit plongé

dans une profonde rêverie. Eh bien, lui dit Zachiel, que pensez-vous actuellement de l'empire du soleil ? Croyez-vous encore qu'il soit un séjour préparé pour les méchans ? Nos lumières sont si bornées sur la terre, reprit notre Anglois, qu'on ne doit pas être surpris si la plupart des prétendus savans tombent tous les jours dans de nouvelles erreurs ; je conviens que celle où je me suis laissé entraîner en étoit une des plus grossières : j'ignorois alors qu'il y eût plusieurs mondes, & que ces espaces immenses qui forment ce grand univers, en fût rempli ; que les étoiles fixes fussent autant de soleils qui éclairent un monde ou plusieurs autres ; mais depuis que j'habite le séjour de la lumière, mon esprit plus éclairé me fait actuellement placer l'enfer dans l'atmosphère, ou sur la surface d'une comète embrasée par les rayons du soleil : je suis donc très-persuadé que c'est dans quelques-uns de ces lieux que Lucifer & les anges de ténèbres, accompagnés des impies & des méchans qui doivent sortir des entrailles de la terre, c'est là dis-je, qu'ils souffriront les peines qui leur sont dues. Voilà encore de vos malices, dit Monime, à Zachiel ; toujours des comètes !

Le génie, sans lui répondre, s'adressa au savant : vous êtes encore dans l'erreur, lui dit-il, puisque vous ne sauriez nier qu'un être intelligent est l'auteur de tous les phénomènes de la nature ; douteriez-vous encore que l'air est habité par des êtres immatériels, dont les corps sont trop subtils & trop déliés pour être les objets de vos sens? Apprenez donc que, quoique les comètes ne vous paroissent pas des lieux fort commodes pour servir d'habitation aux êtres intelligens qui ont des corps ou des véhicules corporels, parce que la chaleur y peut être trop sensible lorsqu'elles approchent du soleil, où le froid trop excessif lorsqu'elles s'en éloignent, cependant soyez certain que ces comètes n'ont point été faites pour produire seulement de grands changemens, exciter des embrasemens ou des déluges; vous devez donc croire que les comètes, ainsi que les planètes, renferment de vastes campagnes, des lacs & des rivières, une multitude infinie d'hommes & d'animaux de toute espèce; je puis encore vous assurer que tous les mondes sont, à peu de choses près, semblables à celui que vous avez quitté, c'est-à-dire, qu'ils renferment dans leurs tourbillons un soleil, plus ou moins de planètes qu'il n'y en a dans celui de la terre, dont la grosseur est proportionnée à celle de chaque monde.

CHAPITRE V.

DES MŒURS des habitans du soleil.

APRÈS avoir quitté notre théologien, Zachiel badina un peu Monime sur l'impatience qu'elle avoit marquée en écoutant les discours de ce prétendu savant. Je dois maintenant vous instruire, continua le génie, des mœurs, des usages & de la façon de penser de ceux qui habitent ce globe lumineux. Vous avez dû remarquer l'un & l'autre, à la forme de leurs corps diaphanes, qu'il est aisé d'appercevoir à travers leurs cerveaux ce qu'ils imaginent ou ce qu'ils pensent; car il est certain que sans leurs habits on pourroit distinguer, au mouvement de leurs cœurs, les différentes passions qui les agitent : enfin on peut regarder tous les citoyens de ce monde comme de vrais squelettes vivans, dans lesquels il est aisé de distinguer les impressions que peuvent produire les passions dans le corps des humains; c'est par cette raison qu'il leur est très-difficile de cacher leurs pensées, aussi n'en prennent-ils pas la peine.

C'est ici un monde qui n'est rempli que de savans; jamais la dissimulation, la basse flatterie ni

la

la politique n'y ont été connues; ils pensent ce qu'ils disent, il exécutent ce qu'ils promettent; presque tous philosophes éclairés par la raison, l'examen de leur propre conduite est regardé chez eux comme leur premier devoir & leur principale occupation, du reste tout ce qui les environne ne sert qu'à leur délassement; toujours attentifs à se perfectionner, à retrancher leurs desirs, à réprimer leurs passions, on ne les voit point tourmentés par la folle ambition d'augmenter leurs richesses.

Dans ce monde, les hommes n'ont aucune supériorité sur les femmes, à moins que la vertu, la science, le bon-sens & la raison ne la leur donnent. Il est certain qu'une femme peut également posséder tous ces dons, sur-tout lorsqu'elle reçoit la même éducation : celles-ci ont cet avantage, les mêmes sciences & les mêmes talens leur sont enseignés; c'est par cette éducation qu'elles acquièrent la justesse du raisonnement dans les connoissances utiles & nécessaires; dès leur naissance on les instruit à penser juste, à réfléchir & à parler raisonnablement de toutes choses; on peut dire que ce n'est guère que dans ce monde où s'établit leur véritable triomphe, parce que le bon-sens, l'esprit & l'érudition brillent également dans toutes leurs expressions; ce qui prouve que la vérité ressemble à la lumière, & qu'elle frappe tous les esprits attentifs à la chercher. La nature, toujours judicieuse & libérale à distribuer à chacun des humains une portion égale de ses dons, n'a point prétendu favoriser un sexe plus que l'autre. Je ne sais par quelle fatalité on interdit aux femmes dans les autres mondes les connoissances exactes & approfondies de toutes les sciences; on ne peut jamais leur faire une injure plus marquée & dont les suites leur deviennent plus funestes; car il est certain que ce n'est que l'ignorance dans laquelle on les élève, qui occasionne leurs foiblesses, leurs superstitions & tous leurs égaremens.

C'est une remarque que vous avez dû faire dans presque tous les mondes que nous venons de visiter. Vous n'ignorez pas que la plupart des jolies femmes passent presque toujours la moitié de la journée à leur toilette : là on les voit examiner, avec un soin recherché, le rapport que des ornemens étrangers peuvent avoir avec leur figure, & ne se déterminer à tel ou tel ponpon, qu'après l'examen le plus scrupuleux de l'effet qu'il doit produire sur leurs charmes; que ne doit-on pas présumer du tems que les vieilles ou les laides y doivent employer, sur-tout lorsque les graces ne président point à leurs conseils.

Vous ne verrez pas non plus ici de ces femmes qui, d'un air simple & niais, écoutent les discours de nombre d'étourdis aussi légers que des papillons; qui ne daignent leur parler que dans la vue de les séduire par les fausses impressions qu'ils répandent dans leurs esprits. On ignore, ou l'on fait semblant d'ignorer dans plusieurs de ces mondes, l'utilité qu'on retireroit en donnant aux femmes une éducation convenable, qui procureroit à l'un & l'autre sexe leur bonheur & leur tranquillité. Ces réflexions qu'on doit être accoutumé à donner à mon génie, se présentent d'elles-mêmes sur la façon de penser & d'agir des habitans du soleil.

La plupart des philosophes de ce monde, continua le génie, loin de se prêter à l'ignorance de ces prétendus esprits forts, qui croient que le hasard, à la naissance des mondes, a balancé dans les vagues du firmament ces masses énormes, ces globes de feu qui parcourent l'espace immense de ce grand univers; que c'est le hasard qui les dirigé dans leur course majestueuse & rapide; que c'est le hasard qui fixe le cercle de leurs révolutions, & qui empêche que se heurtant ou s'entre-choquant les uns les autres, ils ne se réduisent eux-mêmes en parties élémentaires aussi imperceptibles que les atômes dont ils sont formés.

Ceux-ci au contraire regardent la nature comme une divinité superbe; ils croient que c'est une force répandue par-tout; qu'elle est essentielle à la matière; qu'elle y tient par une espèce de sympathie qui lie tous les corps & les soutient dans l'équilibre;

D ij

qu'elle eſt une puiſſance qui, ſans ſe décompoſer elle-même, a le ſecret merveilleux de varier les êtres à l'infini ; qu'on doit enfin la regarder comme un principe d'ordre & de régularité qui produit éminemment tout ce qui ſe peut produire dans ce vaſte univers.

Apprenez, mes chers enfans, dit Zachiel, que tout ce qui eſt dans la nature a beſoin d'être nourri & ſubſtanté ; le plus groſſier des élémens nourrit le plus ſubtil ; la terre nourrit la mer, & la terre jointe à la mer, nourrit l'air ; celui-ci, à ſon tour, ſert de nourriture à ces feux éthérés, à commencer par la Lune, dont les vapeurs exhalent auſſi à leur tour, de ſon humide continent, la nourriture néceſſaire aux aſtres qui ſont plus élevés ; & le ſoleil qui départ à tous ſa lumière ; reçoit à ſon tour, de ces aſtres un tribut d'humides exhalaiſons, en s'abreuvant le ſoir des eaux de leur Océan. Il eſt bon que vous ſachiez que l'air eſt un fluide huit cents fois plus léger que l'eau. Un homme ſoutient ordinairement une maſſe d'air de vingt-ſix milliers ; & ſans la faculté élaſtique de ce milieu, un fardeau auſſi énorme l'écraſeroit dans l'inſtant. La peſanteur de l'air eſt une découverte qu'on doit à Toricelli, diſciple du fameux Galilée. Paſchal en a fait de fameuſes expériences & l'a démontrée.

L'emblême dont ces ſavans ſe ſervent pour repréſenter la nature, eſt un cercle peint en bleu & tout

parfemé de flammes, au milieu duquel eft un fer-
pent avec une tête d'épervier : les flammes, le fer-
pent & la tête d'épervier repréfentent les attributs
de la divinité, & le cercle la divinité elle-même :
ils font perfuadés que la nature chérit également
fes ouvrages, qu'elle partage également fes bienfaits entre les hommes & les animaux.

CHAPITRE VI.

LE génie nous conduit dans la ville des philofophes.

MONIME, peu accoutumée à l'exercice, fe
fentant extrêmement fatiguée d'une marche
prefque continuelle, pria le génie de nous faire
repofer à l'entrée d'un vallon que forment deux
côteaux couronnés d'arbres verds ; un doux zéphir
modéroit par fon haleine la chaleur de ce lieu,
d'où par une échappée de vue, on découvroit une
des portes de la ville des philofophes.

Ce fut dans ce lieu charmant que le génie, afin
de réparer nos forces, nous fit prendre quelques
gouttes d'un baume admirable qui les augmenta,
& en même-tems le defir de nous inftruire. Zachiel s'appercevant qu'il étoit néceffaire de continuer nos obfervations fans interruption, engagea

Monime à fuivre la route qui conduit à la ville des philofophes, où nous arrivâmes en très-peu de tems.

Au milieu de cette ville eft élevé un édifice très-fpacieux ; les fondemens de cet édifice font de pierres philofophales ; de grandes galeries en diftribuent les appartemens que les graces ont embellis elles-mêmes de plufieurs peintures, où elles femblent fe repréfenter par-tout ; une frife ornée de feftons couronne ce fuperbe édifice que le génie nous dit être le palais des philofophes.

La plus grande partié de ces grands hommes demeurent enfemble, & vivent dans une liaifon tendre & une union parfaite. Ils ne reconnoiffent point cette baffe jaloufie qui, dans les autres mondes dégrade fi fort les gens de lettres, & qui néanmoins n'eft que trop ordinaire parmi eux.

Plus d'un exemple a dû vous apprendre, charmante Monime, dit Zachiel, que l'envie eft une efpèce de maladie épidémique qui fe communique dans prefque tous les cœurs. Cette maladie paffe aifément des grands chez le peuple, quoiqu'il femble qu'il ne devroit y avoir aucune jaloufie entre des perfonnes qui paroiffent fi éloignées les unes des autres par la naiffance, la condition, les poftes éminens ou les grandes dignités qui illuftrent les premiers, on peut encore ajouter

le caractère, que l'éducation devroit avoir perfectionné. N'êtes-vous pas étonnés que, malgré la
différence des sphères habitées par des hommes,
dont l'air plus pur, plus fluide ou plus grossier,
devroit influer sur l'humeur, vous n'ayez cependant remarqué dans tous ces mondes que le même
amour propre qui semble être gravé dans tous les
cœurs. C'est cet amour propre qui a toujours
suscité des envieux aux hommes illustres en tout
genre ; il n'est presque point de mondes où on ne
souffre avec regret qu'un homme encore vivant
veuille exiger par ses vertus, par son mérite & ses
grands talens, une espèce de vénération & de
respect qui, en l'élevant au-dessus des autres,
semble en même-tems abaisser ceux qui sont
forcés d'honorer ses vertus ; c'est ce qui a fait dire
à quelques savans que la gloire d'un héros vivant
blesse les yeux de ceux qui en sont les témoins,
parce qu'elle fait un parallèle trop humiliant de
son élévation à leur petitesse.

Lorsque nous fûmes entrés dans le palais, nous
remarquâmes un grand concours de gens de l'un
& de l'autre sexe qui se rassembloient dans un
salon très-spacieux : Monime, curieuse d'en apprendre le sujet, pria Zachiel de nous en instruire. Ne soyez point surprise, dit le génie, de
l'empressement de tous ces savans, apprenez que

D iv

chacun d'eux se fait gloire d'assister à la réception
de Fontenelle qui vient d'arriver dans la sphère
du soleil. Ce savant a fourni une carrière assez
longue dans le globe de la terre ; c'est un des plus
agréables génies que la France ait produits ; ses
ouvrages vous sont connus, vous les avez plus
d'une fois admirés, & je puis vous assurer qu'un
des génies de la première classe a souvent présidé
à son travail : suivons-le dans la salle de l'académie.

Ce fut dans cette salle où nous entendîmes ces
orateurs célèbres, ces foudres d'éloquence, à qui
rien ne résiste ; Cicéron, chargé de prononcer le
discours qui se devoit faire à la louange de Fontenelle, prononça sa harangue avec cette onction
qui touche, cette véhémence qui entraîne, & emporta par son éloquence rapide le cœur de tous les
grands hommes ; philosophes, jurisconsultes,
poëtes, tout applaudit à un discours qu'Apollon
lui-même n'auroit pas défavoué.

Je ne m'amuserai point à nommer ici tous les
grands personnages, tant anciens que modernes,
qui ornoient cette admirable assemblée. Le génie
nous fit remarquer le cardinal de Richelieu qui
tient une des premières places dans cette académie ; sa physionomie annonce la grandeur de son
ame, & la vaste étendue de ses lumières : Zachiel

nous assura qu'il avoit toujours été plus grand par son esprit & par ses talens, que par les dignités dont il a été revêtu.

En sortant de cette salle, nous passâmes dans une longue galerie qui distribue les appartémens des philosophes qui habitent ce palais, dont chacun ne consiste qu'en une chambre & un cabinet. Dans un de ces appartemens étoit Homère, qui nous parut fort occupé à corriger son Iliade; nous crûmes d'abord qu'Aristote lui servoit de secrétaire : mais le génie s'appercevant de notre erreur, nous apprit qu'Aristote avoit porté la lumière dans les ténèbres de la nature & de l'art; il est le père de la critique; le tems dont la justice est lente, mais sûre, a mis enfin la vérité à la place de l'erreur; il a brisé les statues du philosophe, mais il a confirmé les décisions du critique; destitué d'observations; il a donné des chimères pour des faits; formé dans l'école de Platon, & dans les écrits d'Homère, de Sophocle, d'Euripide & de Thucidide, il a puisé ses règles dans la nature des choses, & dans la connoissance du cœur humain, il les a éclaircies par les exemples des plus grands modèles. Deux mille ans se sont écoulés depuis Aristote; les critiques ont perfectionné leur art, cependant ils ne sont point encore d'accord sur l'objet de leurs travaux. Le vrai critique ne peut se dissimuler que sa tâche ne fait que commencer;

il pèse, il combine, il doute, il décide; exact &
impartial, il ne se rend qu'à la raison, ou à l'autorité qui est la raison des faits.

Le nom le plus respectable, continua le génie,
le cède quelquefois aux témoignages d'écrivains
auxquels les circonstances seules donnent un poids
momentané; prompt & fécond en ressources,
mais sans fausses subtilités, il ose sacrifier l'hypo-
thèse la plus brillante, la plus spécieuse, & ne
fait point parler à ses maîtres le langage de ses
conjectures; ami de la vérité, il cherche le genre
de preuve qui convient à son sujet, & ne porte
point le faux de l'analyse sur ces beautés délicates
qui s'effacent sous la touche la moins rude; mais
aussi peu content d'une adulation stérile, il fouille
jusques dans les principes les plus cachés du cœur
humain pour se rendre raison de ses plaisirs & de
ses dégoûts; modeste & sensé, il n'étale point ses
conjectures comme des vérités, ses inductions
comme des faits, ni ses vraisemblances comme
des démonstrations. Mais c'est assez parler sur ce
sujet: entrons dans ce cabinet.

Nous suivîmes le génie, & remarquâmes Virgile qui lisoit avec beaucoup d'emphase quelques
endroits de son Enéide à l'empereur Auguste. Ce
prince s'éloigna, & Virgile, par complaisance
pour Zachiel, voulut bien nous expliquer les an-
tiquités: la fuite d'une bande d'exilés, le combat

de quelques villageois, l'établissement d'une bi-
coque, qui forment les travaux tant vantés du
pieux Enée, que le poëte a ennoblis, & qui a
su, en les ennoblissant, les rendre encore plus intéressans par une illusion trop fine pour ne pas se
dérober au commun des lecteurs. Ce poëte embellit les mœurs héroïques, mais il les embellit
sans les déguiser. Le pâtre Latinus, & le séditieux
Turnus sont transformés en monarques puissans ;
toute l'Italie craint pour sa liberté ; Enée triomphe
des hommes & des dieux, & Virgile fait encore
faire rejaillir sur les Troyens toute la gloire des
Romains, & le fondateur de Rome fait disparoître celui de Lavinium. C'est un feu qui s'al-
lume, bientôt il embrasera toute la terre. Enée, si
l'on peut hasarder l'expression, contient le germe
de tous ses descendans. Mais jamais Virgile n'emploie mieux son art que lorsque descendu aux
enfers avec son héros, son imagination en paroît
affranchie. Le génie nous fit voir les Géorgiques,
que nous lûmes avec ce goût si vif qu'inspire le
beau, & avec ce plaisir délicieux que l'aménité
de leur objet inspire à toute ame honnête & sensible. On peut dire qu'Horace & Virgile fixèrent le
goût des Romains.

Nous quittâmes Virgile pour suivre le génie,
qui nous conduisit dans un autre appartement où
s'étoient rassemblés Epicure, Pline, Lucien, &

quelques autres, pour y difcuter fur l'efprit : voici comme un de ces philofophes nous expliqua le fentiment qu'on en doit porter.

L'efprit, nous dit-il, eft une qualité de l'ame qui élève & anime des fentimens communs, & des expreffions fimples, en leur donnant cette tournure élégante & fine qui attire l'admiration, & caufe en même-tems de la furprife ; il fert à animer nos penfées, à rendre nos expreffions vives, agréables & nouvelles. L'efprit ne peut être que l'effet d'une imagination brillante, fer- tile, & enrichie d'une grande variété d'idées. On doit diftinguer deux fortes d'efprits ; celui qui eft rempli de feu s'élève avec plus de rapidité, il va plus loin, mais il fe foutient rarement dans cette élévation ; au lieu qu'un efprit brillant, qui a de la vivacité, de l'agrément & de la juftefle, s'écarte peu de fon fujet ; ainfi l'un peut être com- paré à un excellent cuifinier qui donne un goût ex- quis aux mets les plus fimples ; & l'autre, à un ad- mirable ouvrier qui embellit d'une riche brodérie les étoffes les plus communes. Il y a de fi belles productions d'efprit, que tout le monde les fent & les admire fans en favoir la raifon. Il y en a d'autres qui font fi fines & fi délicates, que peu de perfonnes font capables d'en remarquer toutes les beautés. Nous en avons encore quelques-unes, qui, fans être parfaites, font néanmoins dites avec tant d'art, soutenues & conduites avec tant de graces, qu'elles méritent d'être admirées.

La manière de former les idées, est ce qui donne un caractère à l'esprit humain. L'esprit qui ne forme ses idées que sur des rapports réels est un esprit solide; celui qui se contente des rapports apparens est un esprit superficiel; celui qui voit les rapports tels qu'ils sont, est un esprit juste; celui qui les apprécie mal, est un esprit faux, & celui qui ne compare point, est un imbécille : ainsi l'aptitude, plus ou moins grande à comparer des idées, & à trouver des rapports, est ce qui fait dans les hommes le plus ou le moins d'esprit.

Le vrai génie est simple, il n'est ni intrigant, ni actif, il ne se compare à personne, toutes ses ressources sont en lui seul, il jouit de lui-même sans s'apprécier. On voit des gens qui par une sorte d'instinct, dont ils ignorent eux-mêmes la cause, décident ce qui se présente à leur esprit, & prennent toujours le bon parti; ces personnes guidées simplement par le goût, ne jugent que sur leurs lumières naturelles; leur raison n'est point offusquée par l'amour propre, tout agit de concert entr'eux, tout y est sur un même ton, & cet accord les fait juger sainement des objets, & leur en forme une idée véritable.

Cherchons maintenant, continua ce savant, la cause physique de l'esprit, que je crois qu'on peut attribuer à un tempéramment bien composé, dans lequel se trouve un assemblage de fibres extrême-ment déliées, joint à une grande abondance d'es-prits animaux très-subtils ; ces esprits doivent avoir un mouvement fort rapide, afin de mettre l'ame en état d'opérer avec beaucoup plus de viva-cité ; ce ne peut être que par ce moyen que l'ima-gination parcourt aisément toute la nature, qu'elle contemple une infinité d'objets, & qu'en obser-vant la ressemblance ou la différence de leurs qua-lités, elle assortit & réunit les idées qui lui con-viennent mieux ; de-là naissent ces pensées frap-pantes, ces belles allusions, ces métaphores har-dies, & ces sentimens qui excitent l'admiration en faisant paroître les pensées les plus communes sous une nouvelle forme qui ne manque jamais d'exciter en nous une sorte de plaisir qui se fait sentir à tout notre être.

Nous passâmes dans le cabinet de Ciceron, le génie nous fit examiner plusieurs de ses ouvrages; entr'autres, son traité de l'Amitié, sur lequel le génie nous fit faire ces réflexions : les ames hu-maines, nous dit-il, ont besoin d'être accouplées pour valoir tout leur prix, & la force unie des amis est incomparablement plus grande que la somme de leurs forces particulières. Rien n'a tant de poids sur le cœur humain que la voix de l'amitié recon-nue, qui ne nous parle jamais que pour notre intérêt : on peut croire qu'un ami se trompe, mais non qu'il veuille nous tromper ; si quelquefois on résiste à ses conseils, jamais on ne les méprise.

Si l'on n'a besoin que de soi pour réprimer ses penchans, souvent un ami est nécessaire pour nous aider à discerner ceux qu'il est permis de suivre. L'amitié d'un homme sage regarde sous un autre point de vue les objets que nous avons intérêt de bien connoître. L'amitié est un sentiment vif & céleste, qui donne de la chaleur aux raisonnemens d'un ami ; les épanchemens de l'amitié se retiennent devant un témoin, quel qu'il soit ; on veut être recueilli pour ainsi dire l'un dans l'autre ; les moindres distractions sont désolantes, la moindre contrainte est insupportable ; lorsque le cœur porte un mot à la bouche, il est si doux de pouvoir le prononcer sans gêne, il semble que la présence d'un seul étranger retienne le sentiment, & comprime des ames qui s'entendroient si bien sans lui. Le charme de la société qui règne entre de vrais amis, consiste dans cette ouverture de cœur qui met en commun toutes les pensées, & qui fait que chacun se sentant tel qu'il doit être, se montre aussi tel qu'il est.

Un vulgaire attachement peut se passer de retour, mais jamais l'amitié ; elle peut être un échange ou un contrat comme les autres, mais elle est le plus saint de tous. Le mot d'ami n'a point d'autre expreſſion que lui-même. Le progrès de l'amitié eſt naturel, il a ſa raiſon dans la ſituation des amis, & dans leur caractère : à meſure qu'on avance en âge, tous les ſentimens ſe concentrent, on perd tous les jours quelque choſe de ce qui nous fut cher ſans pouvoir le remplacer ; on meurt ainſi par degrés juſqu'à ce que n'aimant enfin que ſoi-même, on ait ceſſé de ſentir & de vivre ſans ceſſer d'exiſter ; mais un cœur ſenſible emploie toutes ſes forces contre cette mort anticipée : lorſque le froid gagne les extrémités, il raſſemble autour de lui toute ſa chaleur naturelle ; plus il perd, plus il s'attache à ce qui lui reſte, & il tient au dernier objet par les liens de tous les autres.

Après ce diſcours, le génie nous fit encore admirer dans les ouvrages de Ciceron ſon traité des Offices, celui des Loix, celui de la Vieilleſſe, ſes Philippiques, & d'autres où ce prince de l'éloquence parle avec éloge du ſyſtême des Platoniciens, de ceux des Peripatéticiens & des Stoïciens ; mais il montre beaucoup de mépris pour les autres ſectes, qu'il attaque avec force & véhémence. Zachiel nous aſſura que l'éloquence de ce grand homme s'étoit acquis ſur le cœur de ſes concitoyens des droits d'autant plus certains, qu'ennemi de toute tyrannie & de toute contrainte, il n'employa jamais pour les gagner que la ſeule perſuaſion. Dès ſa
plus

plus tendre jeuneſſe il étudia toutes les ſciences avec une application infatigable ; il ſe remplit l'eſprit de toutes les connoiſſances qui pouvoient l'orner & l'embellir, mais il ne commença de parler en public qu'à l'âge de vingt-ſept ans ; ce fut pour une cauſe qui attira ſur lui les yeux de toute la République.

Les plus prudens orateurs, craignant d'offenſer Silla, avoient abandonné l'affaire de Roſcius, accuſé de parricide ; Ciceron ſeul eut la hardieſſe d'entreprendre ſa défenſe contre le favori du dictateur. Le ſuccès qu'eut cette action fut le premier degré de ſa gloire ; mais cet avantage fit trop d'éclat pour ne pas donner de la jalouſie à Silla, & inſpirer de l'animoſité à Chriſogonus ; cet affranchi qui s'étoit rendu maître de celui qui l'étoit de toute la République, ſuſcita à Ciceron, par ſes mauvais offices, une perſécution qui dura juſqu'à la mort de ce dictateur, de ſorte que Ciceron fut obligé de ſortir de Rome pour éviter l'orage prêt à tomber ſur ſa tête, en prenant néanmoins la précaution de faire courir le bruit qu'il n'en ſortoit que par l'avis de ſon médecin, qui lui avoit conſeillé, pour conſerver ſa ſanté, d'interrompre pendant quelque tems ſes études. Ciceron prit ce prétexte afin de ne pas diminuer la gloire de ſon action par une apparence de crainte ou de légèreté qui auroit pu être blâmée

dè ceux même dont il avoit eu les approbations.
Ainfi il fixa pendant quelque tems fa demeure à
Athènes , où fe trouvant libre & débarraffé de
tout autre foin, il étudia les diverfes opinions des
différentes feétes de philofophie qui étoient alors
en vogue : cette foif ardente qui l'animoit à s'inftruire de toutes les fciences , l'engagea de vifiter
toute l'Afie , pour entendre ceux qui avoient le
plus de réputation ; c'eft par ce moyen qu'il fut
profiter de fes voyages , en fe livrant à une étude
beaucoup plus réglée & plus affidue qu'il n'eût pu
faire à Rome dans fon cabinet.

Pendant le cours de fes voyages, il rencontra
dans Rhodes Apollonius Molon, qui avoit été fon
maître d'éloquence en Italie. Cet orateur l'entendant réciter quelques-unes de fes pièces en grec,
ne put s'empêcher de dire : Ciceron va encore
ravir aux Grecs la feule gloire qui leur reftoit de
furpaffer les autres par l'éloquence, pour en faire
honneur aux Romains qui ont déjà remporté celle
de la valeur.

Ciceron apprit dans fes voyages l'aftronomie,
la géométrie, la philofophie ancienne & moderne,
la théologie de fa religion, le droit athénien &
toutes les loix de la Grece; Diodotus lui enfeigna
le myftère des nombres de Pithagore & fon harmonie, il étudia la morale des Stoïciens fous
Philon & Clitomachus; Zenon & Phedras lui

montrèrent la doctrine d'Epicure qu'il a blâmé dans ses écrits : il revint enfin à Rome après la mort de Silla, avec un esprit enrichi de plusieurs belles connoissances, & une santé fortifiée par l'exercice qu'il avoit été obligé de faire pendant le cours de ses voyages.

Zachiel nous conduisit ensuite chez Thucidide, que nous trouvâmes avec Démosthène ; ce dernier paroissoit étudier les ouvrages de ce grand auteur, dont la narration est toujours simple, claire & naturelle ; mais cette simplicité a quelque chose de noble qui se soutient par la beauté de l'expres- sion & par la vérité dont il ne s'écarte jamais ; éloigné en cela d'Herodote qui l'a précédé, & dont la manière d'écrire est plus divertissante par sa grande variété, & par le tour qu'il donne aux évènemens ou aux choses qu'il rapporte, comme il ne se contraint pas pour la vérité, il lui est plus facile d'amuser & de plaire.

Le génie nous apprit que Démosthène s'étoit prescrit l'usage d'une espèce de morale populaire, dont toutes les maximes se rapportoient au bien public, à la gloire & à l'intérêt de sa patrie ; c'est par cette conduite qu'il s'est acquis, à un si haut degré, la confiance des peuples ; ses avis étoient écoutés comme des conseils salutaires, & il étoit regardé comme le génie tutélaire de la patrie, parce que chacun étoit convaincu qu'il n'ouvroit

E ij

la bouche que pour appuyer l'autorité des loix &
pour le service de l'état ; l'honneur & la probité
dont il faisoit profession , l'invocation des Dieux
qu'il ne manquoit jamais de faire dans ses
harangues , lui avoient procuré cette opinion de
piété & de religion qui fait de si grands effets sur
les esprits , parce que cette vertu est la règle & la
mesure de toutes les autres.

Rien ne contribua davantage au crédit de
Démosthène, que la liberté qu'il prit de déclamer
contre Philippe. Il est certain qu'on ne peut rien
imaginer de plus glorieux à un simple citoyen
d'Athènes , que la hardiesse qu'il montra en se
déclarant contre un roi déjà si puissant dans sa
république, qu'il en partageoit tous les esprits ; mais
le pouvoir de ce prince, ses armées , ses menaces ,
ni ses promesses ne purent jamais l'ébranler ;
& tout l'or de Macédoine ne fut pas capable de
l'éblouir ; il fut toujours impénétrable aux offres
qu'on lui fit faire pour tâcher de le corrompre ,
ce qui fit dire à Antipater, successeur d'Alexandre , que s'il avoit eu un ministre aussi incorrup-
tible que Démosthène , il auroit été invulnérable.
Qu'il y a de souverains qui à juste titre pourroient
en dire autant !

Ce qu'ajoute Antipater donne encore une plus
grande idée de la vertu de cet orateur : c'est, dit-
il , le seul amour de sa patrie qui l'a fait entrer

dans le gouvernement de l'état, & qui lui fit employer la vertu dans un poste que les autres ne recherchent que dans la vue d'élever leur fortune. Que ne donnerois-je pas pour avoir un homme qui lui ressemble, afin de pouvoir prendre ses avis sur les affaires présentes, & pour entendre cette voix de la liberté au milieu des applaudissemens des flatteurs? Je sens trop combien un conseil aussi sincère que le sien me seroit utile parmi les déguisemens de la Cour.

Ce prince, qui n'avoit rien retenu d'Alexandre, que son ambition, croyoit sans doute qu'il se seroit bientôt rendu le maître du monde avec un ministre aussi désintéressé, parce qu'on ne pouvoit ni le corrompre, ni le tromper, ni le surprendre. Que ne fit-il point aussi pour l'avoir? Mais Démosthène, par une grandeur d'ame sans exemple, préféra la mort à toutes les caresses d'Antipater; & prenant le poison en présence d'Archios, qui le pressoit de se rendre au pouvoir du vainqueur de la Grèce : reporte, dit-il, à ton maître que Démosthène ne veut rien devoir au tyran de sa patrie. Telle fut la probité de ce grand homme, dont Lucien fait un éloge parfait. Par son éloquence il eut l'art de se rendre maître de l'esprit du peuple le plus fier, le plus inconstant & le plus intraitable qui fût jamais. Cette populace mutine & jalouse du mérite de ceux qui se distinguoient dans sa républi-

que, foumettoit néanmoins fa raifon à celle de
Démofthène, contrainte de fléchir fous le poids
d'une auffi grande autorité.

CHAPITRE VII.

SUITE d'Obfervations.

LE génie nous conduifit dans le cabinet d'Arif-
tote, qui inftruifoit plufieurs de fes difciples fur la
véritable éloquence : il dit qu'elle excite du trouble dans l'efprit en renverfant fes penfées & en
domptant fa raifon, qu'elle ne marche qu'à grand
bruit, que fes traits éblouiffent comme les éclairs
& frappent de même que la foudre, qu'elle eft
femblable à ces tourbillons qui renverfent les plus
grands arbres auffi vîte que les foibles rofeaux ;
ainfi la perfuafion eft une efpèce de conquête remportée fur le cœur de l'homme. Il ajoute que l'orateur éloquent doit s'appliquer à connoître le génie
& les intérêts de ceux qu'il veut perfuader, en
tacnant d'accorder fon air, fes tons & fes paroles
avec fes penfées, afin de n'en point troubler l'harmonie par quelque chofe d'étranger.

Il eft vrai que le cœur de l'homme eft la chofe
du monde la plus impénétrable, & qu'il faut
une grande attention pour pouvoir fonder la pro-

fondeur de cet abîme, ou pour trouver les moyens
de reconnoître & de démêler les détours qu'il faut
prendre pour y entrer & y pratiquer des intelligences qu'on ne peut guère acquérir que par le
secours des passions, c'est-à-dire, que semblable
à des conquérans, on peut y tenter des surprises,
tantôt par la crainte ou par l'espérance, tantôt en
y excitant des désirs, en y allumant la colère, ou en
faisant naître enfin tous les mouvemens qui sont
capables de l'intéresser en faveur de celui qui parle;
mais à moins de connoître parfaitement le cœur
qu'on entreprend de toucher, & de trouver les
endroits qui peuvent le rendre sensible, le succès
en sera toujours difficile.

Mais que ce don de toucher les cœurs & celui
de s'en rendre maître est rare à trouver ! L'inconstance des hommes, le changement de leurs inclinations, l'altération de leurs humeurs, la diversité
de leurs intérêts, celle des conjonctures, des lieux,
& même de la fortune, qui souvent a beaucoup
de part à cette disposition générale des esprits,
sur-tout dans les grands évènemens qui doivent
être des sujets d'une attention perpétuelle, lorsqu'il est question d'inspirer de nouvelles résolu-
tions à des personnes qu'on veut faire entrer dans
ses vues ou dans ses opinions.

Après l'instruction de ce philosophe, nous le
suivîmes chez Pindare, où Socrate, Platon, Thu-

cydide, Hipéride, Epicure, Pithagore, & plusieurs autres philosophes venoient de se rendre.
Je ne rapporterai point la conversation que ces
savans eurent ensemble, dans la crainte d'ennuyer
mon lecteur par de trop longs récits; je dirai seulement que Monime goûta beaucoup les préceptes
de Pithagore.

Ce philosophe enseigne que toute personne qui
se trouve à la tête d'un état, doit travailler sans
cesse à en entretenir cette harmonie qui fait la félicité des particuliers, des familles, & qui s'étend
même sur tout le corps de l'état; que pour cet
effet on ne doit rien épargner pour chasser de
l'esprit l'ignorance; du cœur, l'intempérence & les
mauvais desirs; des familles, les dissensions & les
querelles, & de toutes les sociétés, les factions &
tout esprit de parti. Ce philosophe recommande
particulièrement la pudeur & la modestie; il blâme
tout excès dans la joie & dans la tristesse; il exige
qu'on soit toujours égal dans les divers évènemens
de la vie, & conseille de ne parler & de n'agir
qu'après s'être bien consulté.

En sortant de la galerie des philosophes, nous
traversâmes une grande cour, au bout de laquelle
est un gros pavillon carré qui porte son dôme jusqu'aux nues. Ce bâtiment est habité par les plus
grands poëtes; Homere, Euripide, Seneque,
Horace, Corneille & le tendre Racine, étoient

logés enfemble; Juvenal, Terence, Plaute, Ana-
créon, Marot & Moliere, étoient vis-à-vis; Efope
& le charmant & naïf Lafontaine s'entretenoient
de leurs fables, en déplorant le malheur des
hommes, qui ne peuvent fouffrir la vérité, à
moins qu'elle ne foit mafquée fous l'enveloppe
d'une fable ou d'une allégorie. Ne diroit-on pas
que le vrai a befoin d'emprunter la figure du faux,
pour être agréablement reçu de l'efprit humain?
Mais le menfonge y entre naturellement fous fa
propre figure. Boileau Defpreaux & le fameux
Rouffeau occupoient le même appartement; Fontenelle & Crébillon, nouvellement arrivés, s'é-
toient joints enfemble.

Nous remarquâmes à gauche un joli édifice
deftiné au logement des femmes illuftres, c'eft-à-
dire, de toutes celles qui fe font diftinguées dans
les autres mondes par leur fcience & par leurs
talens : une longue terraffe termine cet édifice :
cette terraffe, dont l'expofition eft admirable, conduit à un berceau de myrthes & de rofes. Monime,
enchantée de ce lieu charmant, demanda à Zachiel
la permiffion de s'y repofer. Arrivés fous le berceau,
le génie nous fit remarquer madame de Mainte-
non qui, d'un air majeftueux & tendre, montroit
à madame de Sévigné plufieurs lettres qu'un fecré-
taire habile avoit écrites en fon nom, mais dont

elle défavouoit une partie; Sapho, Deshoulieres, de Villedieu, & plusieurs autres, se promenoient sur cette terrasse, entre lesquelles le génie nous fit remarquer l'ingénieuse du Châtelet, l'Uranie d'un savant de notre monde, que Zachiel nous assura être un des plus grands génies de son siècle. Il nous fit encore remarquer Paschal, Labruiere, Fenelon, Bossuet, Montesquieu, Bayle, la Rochefoucault, & une infinité d'autres que leur mérite a conduits dans la sphère du soleil.

Le génie nous conduisit ensuite dans une grande pièce, où tous les citoyens se rassemblent pour assister aux instructions qui se donnent publiquement. Ces instructions, semblables aux rayons du soleil, se communiquent généreusement aux grands comme aux petits, qui tous doivent également participer à l'éclat de cet astre, source immortelle de lumière & de science.

Zachiel nous dit d'écouter avec attention le discours qu'un de ces savans alloit prononcer, afin de ne laisser échapper aucune des connoissances qui pourroient nous être utiles, de nous mettre au fait des divers sentimens de la plupart de ces philosophes, & nous donner, en même-tems, une idée de leur façon de penser.

Servons-nous de notre raison, dit l'orateur, pour chercher la vérité; mais craignons de nous égarer dans des chemins peu battus : les lumières de l'esprit apprennent à douter & s'arrêter lorsqu'on ne peut éclaircir ses doutes. Vous me répondrez peut-être que le doute est sans action, & qu'il en faut aux hommes; cependant depuis qu'on cherche à découvrir la vérité, on ne peut encore s'assurer de l'avoir trouvée, quoique les hommes emploient chaque jour un courage incroyable à la recherche des choses dont ils sont entêtés; ils croient sans doute que ce qui est échappé aux lumières des autres est réservé à leur découverte; ils ont au moins l'espérance; & cette espérance, quoique souvent vaine, leur est toujours agréable; enfin si la vérité ne se démontre ni aux uns ni aux autres, le plaisir de la même erreur les console : elle leur est due.

Nos plus savans philosophes, continua cet orateur, nous apprennent que nous ne sommes que des fragmens dispersés de la divinité même, ou des gouttes séparées de son essence, des esprits volatils de l'éternité, fixés par la destinée ou par le hasard dans les véhicules du tems & de la matière. Vous ne devez pas ignorer que la masse entière de l'univers corporel n'est qu'une toile extrêmement déliée, tirée des entrailles d'un être infini, & travaillée par lui-même avec un art inimitable, pour y prendre des formes, des idées & des ames immatérielles : telles sont les productions naturelles de l'intelligence éternelle. Il eſt donc certain que nous ne ſommes qu'autant de particules traveſties de la divinité, réduites en corps par certains aimans ou charmes cachés, avec leſquels nous avons de la ſympathie. Mais ſans nous arrêter à cette opinion, nous conviendrons qu'il ne paroît rien de ferme & de conſtant, que les cieux & les aſtres qui le compoſent & qui perſévèrent toujours, dans l'immutabilité de leurs cours, qui ne changent jamais de globe & ne quittent jamais leurs poſtes : Apollon ſe lève & ſe couche aux heures accoutumées; ſa ſœur obſerve conſtamment les périodes qui lui ſont marquées pour croître ou pour décroître; ces deux aſtres ne varient que comme les ſaiſons de l'année, c'eſt à-dire, avec une admirable régularité & des retours toujours conſtans & fixes.

Mais il ne faut pas croire que tous les mondes ſe reſſemblent. Depuis que nos obſervationsſe ſont fixées ſur le tourbillon qui renferme le globe de Mercure, nous y avons remarqué une perpétuelle tranſmigration des états & formes de gouvernemens. Par les obſervations qu'on a faites, & en examinant les fioles de bon-ſens que renferme la forêt, on a découvert que ce monde eſt actuellement agité par un flux & reflux perpétuel; leurs bachas, ſemblables aux chimiſtes, ne ſont plus occupés qu'à tirer la quinteſſence de la ſubſtance

des sujets, pour la faire passer dans leurs coffres &
dans ceux de leurs créatures, & ne laissent aux
pauvres peuples que la matière terrestre, & aux
souverains que le murmure & les plaintes des
citoyens. Ces calamités que nous ne saurions ignorer
doivent nous faire bénir la divinité, en lui offrant
de nouveaux sacrifices, afin de lui rendre graces de
nous avoir conduits dans un monde rempli de
lumière, de justice & d'équité, & de ce que le
prince qui nous gouverne veut bien départir également ses dons à tous ses fidelles sujets. Ce philosophe, après s'être étendu sur la politique & sur la
façon de bien gouverner, congédia l'assemblée.

Le génie nous fit passer dans un autre bâtiment
qu'il nous dit être le logement des sept sages de la
Grèce. En y entrant, le premier qui s'offrit à nos
yeux fut Thalès, homme d'un grand esprit, qui
néanmoins s'étoit laissé mourir de faim & de soif
plutôt que de sortir d'un théâtre d'où il regardoit
un combat de gladiateurs.

Solon parut ensuite, & nous eûmes avec lui une
assez longue conversation sur les loix qu'il a données
à Athènes. L'établissement d'un corps de loix,
nous dit ce savant, est nécessaire dans toute administration. Le projet que j'ai formé, en donnant
des loix à ma patrie, a été d'établir des règles qui
pussent joindre la sûreté publique & l'intérêt par-

ticulier de chaque citoyen. L'adminiftration de la
juftice, cette émanation précieufe de la divinité,
doit principalement pofer fur des formes qui lui
foient propres : nulle perfonne ne doit fe permettre
de les violer, fans attaquer le nerf & le foutien de
l'état : la juftice n'auroit plus rien que d'arbitraire,
elle ne feroit plus qu'un vain nom, auffi peu redoutable au crime qu'inutile à l'innocence. Ainfi les loix,
fi néceffaires à l'économie publique, le font également à toutes les branches de la fociété ; elles évitent
bien des maux & procurent une infinité de biens.
Si la loi n'eft que la volonté de celui qui gouverne,
on ne peut la connoître avec certitude ; de-là
un grand nombre de fujets fe croient autorifés à
violer cette règle de droit, écrite par la main du
tout-puiffant fur les vivantes tablettes du cœur,
dans l'efpérance de n'être pas expofés au châtiment ;
& ceux qui la fuivent ne fauroient jouir du témoignage intérieur de cette fécurité qu'on doit trouver
dans la protection de la loi connue, lorfqu'on ne
ne l'a jamais violée.

Or fi l'offenfe ou le crime ne font pas fixés, ni
le châtiment prefcrit, c'eft un motif de moins pour
la probité, auquel on doit néceffairement fuppléer,
autant pour ceux qui peuvent être tentés de com-
mettre le crime, que pour ceux qui pourroient en
fouffrir ; d'ailleurs fi un fouverain veut fe difpenfer

de gouverner par des loix écrites & publiées, il
doit exercer le gouvernement par lui-même, mais
il est à craindre qu'il ne succombe sous un fardeau
que personne n'est capable de soutenir seul ; si c'est
par le ministère de quelques-uns de ses sujets, il est
encore à craindre que l'infériorité de leur rang ne
les expose, soit à des tentations dont on ne peut
espérer qu'ils aient toujours la force de se défendre,
soit à des préventions qu'il leur sera peut-être impossible de surmonter. Ainsi pour exercer l'administration avec équité, il faut nécessairement une loi
qui fixe l'offense & qui prescrive la punition ; alors
l'intégrité suffit seule, & la sentence ne dépend plus
de l'opinion, mais des faits. Rarement la justice
sera corrompue, & dans le cas où l'intégrité pourroit manquer, le défaut n'en pouvant être rejeté
sur aucune erreur, on feroit du moins arrêté par
l'idée de l'infamie & le danger qui résulteroit d'une
prévarication manifeste.

Solon ajouta qu'il avoit laissé son corps en Chypre
après quatre-vingts ans de vie sur le globe de la
terre, en recommandant à ses principaux officiers
de le brûler & d'en jeter les cendres au vent, dans
la crainte qu'elles ne fussent portées à Athènes,
parce qu'à la vue de ses reliques les athéniens se
feroient crus dégagés du serment qu'ils avoient fait
d'observer ses loix, du moins jusqu'à son retour. Ce

sage nous fit lire l'épitaphe qu'il avoit composée lui-même pour être gravée sur le tombeau qu'il s'étoit fait construire avant son départ; peut-être ne sera-t-on pas fâché de la retrouver ici.

Je laisse à mes amis tout le soin de ma gloire,
    Et je ne veux en ma mémoire
    Ni d'autre tombeau que leurs cœurs,
    Ni d'autre éloge que leurs pleurs.

Après avoir quitté Solon, nous entrâmes dans l'appartement du roi Périandre. Ce prince essaya en vain de couper l'isthme de Corinthe. Zachiel nous dit que Periandre eut tant d'amour pour la reine sa femme, qu'il eut mille peines à la quitter après sa mort.

Nous joignîmes Cléobule, qui a passé pour le plus bel homme de la Grèce. Ce sage avoit apris la philosophie d'un Egyptien: il nous assura que le culte que cette nation rendoit aux animaux n'étoit qu'un culte civil & politique, sans que le fond de leur religion y eût aucune part. Comme ils tiroient leur principale subsistance de la culture des terres, ils firent une loi, par laquelle ils déclarèrent que tous les animaux qui servoient au labourage & ceux qui détruisoient la vermine, seroient sacrés & inviolables, & que quiconque les tueroit volontairement
ment

ment ou par accident, seroit puni de mort, regardant les animaux comme les instrumens de la providence divine qui les leur avoit donnés pour le soutien de la vie humaine; ce n'étoit que dans cette vue qu'ils les consacroient.

Nous vîmes ensuite ce fameux Chelon, qui mourut de joie lorsqu'il apprit la nouvelle d'une victoire remportée par le fils d'Olympias. Voici les trois sentences qui lui ont acquis le nom de sage.

Le grand savoir c'est se connoître; faites tout ce que vous devez; n'empruntez jamais pour paroître, & ne commencez jamais de procès. Chelon nous conduisit dans l'appartement de Bias, prince de Prianne en Ionie. Ce prince étoit si content de son esprit, que lorsque sa ville fut prise, il en sortit en disant qu'il emportoit tous ses biens avec lui. Le septième sage est Pitracus de Melène qui délivra Lesbos du tyran Melanchre, & qui tua en duel Phrinon, chef des ennemis.

J'ai peine à croire, dit Monime, que ce soit-là les sept sages dont il est tant parlé dans nos histoires; convenez, mon cher Zachiel, que s'il paroissoit actuellement dans notre monde de pareils personnages, on pourroit bien les prendre pour des fous; j'en excepte cependant Solon. Mais qui est celui que je vois paroître? N'est-ce point un huitième sage? C'est, dit le génie en souriant, Scaron, qui a traduit en vers burlesques quelques morceaux de l'Enéide de Virgile & des Métamorphofes d'Ovide. Je fuis charmée, reprit Monime, de le connoître; je me fouviens d'avoir lu quelques-uns de fes ouvrages qui m'ont fort amufée, & je fuis très-perfuadée qu'il vaut lui feul tous vos fages.

Monfieur, dis-je à Scaron en m'avançant vers lui, voici une belle dame qui vous préfère à tous les fages. Madame m'honore beaucoup, reprit Scaron, mais, je puis l'affurer que je n'ai jamais compofé aucun de ces gros volumes qui tendent à prouver que la maladie, les douleurs, ni les fouffrances, jointes au manque de fortune, ne doivent point altérer la gaieté du fage. Cependant, dit Monime, vous étiez en état de le prouver beaucoup mieux qu'un autre, puifque tous vos ouvrages font une preuve bien convaincante que vous avez toujours confervé, au milieu d'une infinité de maux, cette gaieté & cette patience qui eft la meilleure efpèce de fageffe, ou pour mieux dire, la feule qu'il y ait; car qui peut fe vanter d'être affez indépendant de la nature pour n'en craindre aucune furprife? Mais, par malheur, malgré tous les favans difcours de vos philofophes, s'ils vouloient parler de bonne foi, ils avoueroient qu'elle conferve toujours fes droits, qu'elle a fes premiers mouvemens qu'ils ne lui peuvent jamais ôter, à moins d'en faire de vrais automates montés à l'unisson. Scaron nous quitta après avoir dit à Momime les choses du monde les plus agréables; il fut rejoindre Marot.

Un peu plus loin nous rencontrâmes plusieurs disciples de Pithagore, entr'autres Philolaüs qui étoit de Corinthe. Ce philosophe avoit formé la république de Thebes, & lui avoit donné des loix: les Thebains le regardoient comme leur oracle; ils le croyoient descendu d'une fille de Bacchus nommée Bacchée: ses ouvrages étoient si fort estimés, que Platon, qui n'étoit pas riche, en acheta trois volumes la valeur de douze mille livres, que Dion de Syracuse lui avoit données pour son entretien. Malgré toute la science & la sublimité de la doctrine de ce savant, Zachiel nous dit qu'il avoit été obligé, lorsqu'il habitoit notre terre, de vendre des huiles pour fournir à sa subsistance. Ce philosophe a traité de l'amour d'une façon toute métaphysique; mais quelques-uns lui reprochent de n'avoir pas toujours eu l'esprit seul pour objet, & d'avoir souvent mis le corps de la partie. Zachiel nous fit remarquer Anaxaque, que le tyran Nicocréon avoit fait broyer dans un mortier.

CHAPITRE VIII.

SUITE d'Observations.

SUETONE, s'avançant vers le génie, se plaignit
amèrement d'avoir été confondu sur la terre avec
une foule d'historiens qu'on accusoit d'être men-
teurs, c'est-à-dire, de ces partisans flatteurs ou
aveugles qui disent la vérité par caprice, & la
médisance & le mensonge par inclination. Il est
vrai, ajouta Suetone, qu'un pauvre historien se
trouve souvent fort embarrassé par la contrainte
où il est de flatter le souverain, sur-tout lorsqu'il
est chargé d'écrire les évènemens qui se sont passés
sous son règne. Cependant il est de l'intérêt de la
nation qu'on permette à un savant de dire la vérité
sans flatterie & sans crainte, afin que la postérité
puisse, en lisant l'histoire de ses ancêtres, apprendre
à imiter les bons exemples, à s'éloigner & à avoir
même de l'horreur pour la conduite des méchans.
Il est certain qu'un homme qui entreprend de
décrire l'histoire, doit commencer par se dépouiller
des sentimens naturels de l'amour ou de la haine;
il ne doit envisager ni patrie, ni parens, ni amis,
puisqu'il devient juge & souverain des évènemens

qu'il traite, & des princes dont il décrit les actions.

Cette conversation fut interrompue par Kepler, un des astronomes qui étoient venus au-devant de nous dans la plaine. Ce savant, me reconnoissant pour un de ses compatriotes, me dit qu'il étoit charmé de nous rencontrer, afin de nous procurer de nouvelles leçons : il nous conduisit dans une très-grande salle remplie de divers instrumens utiles à leur art.

Au milieu de cette salle étoit une table sur laquelle on voyoit arrangés des sphères, des globes, des compas, des quarts de cercle, des règles d'astrolabes, le compas de proportion de Justebrigne, la sphère armillaire d'Archimède, la boussole, dont le véritable inventeur est Flaviogicia, Napolitain, le télescope de Newton, le microscope, le baromètre & le thermomètre de Farinmith, l'aréomètre de Volq, la machine pneumatique de Bayle, le gnomon, le graphomètre, la machine électrique, & mille autres instrumens aussi utiles que curieux, avec plusieurs cartes pleines d'observations astronomiques. Vis-à-vis étoit un vénérable vieillard, attentif à examiner le cours des astres, qui, à l'aide d'une longue lunette que Galilée avoit composée avec beaucoup de soin & d'application, lui faisoit découvrir si les planètes tournent sur leur centre, si les routes

F iij

de l'air font compofées de petites étoiles, fi les éclipfes font occafionnées lorfque la lune a toute fa moitié obfcure tournée vers la terre, ou s'il faut qu'elle foit directement fous le foleil pour former une éclipfe.

Ce favant, après une longue application, quitta fa lunette pour écrire une efpèce de centurie, par laquelle il annonce que le ciel de Saturne & celui de trépidation n'ayant point achevé leur cours, il doit encore fe paffer plus de vingt-quatre mille ans avant que les globes céleftes aient achevé leur tour.

Voilà, dit Monime en fouriant, un philofophe qui ne m'eft point inconnu, & je fuis fort trompée fi dans notre monde ce n'eft pas fon portrait qu'on voit à la tête de tous les almanachs : mon Dieu, qu'on a bien faifi fa figure! Il eft vrai, dit Zachiel, que c'eft le fameux Noftradamus, un des plus grands aftronomes qui ait jamais paru fur le globe de la terre; c'eft lui qui a prédit plufieurs chofes qui font arrivées, & qui a laiffé de fi belles centuries que tout le monde s'efforce de faire cadrer aux évènemens extraordinaires.

Je ne dois pas vous laiffer ignorer, pourfuivit le génie, que dans les Indes orientales de votre monde, leurs aftronomes font très-perfuadés que lorfque le foleil & la lune s'éclipfent, ils y font pouffés par un certain démon qui a les griffes

très-noires, & qui, pour leur faire de la peine, se
plaît de les étendre sur ces deux astres, dont il
cherche à se saisir, afin de les priver de la lumière;
& les pauvres Indiens, persuadés de cette folie,
se jettent dans les rivières, s'y enfoncent jusqu'au
cou; leur dévotion les y fait rester aussi long-tems
que l'eclipse dure, pour obtenir du soleil & de la
lune qu'ils emploient toute leur force & leur adresse
à se défendre contre les ruses de ce malin démon.
D'autres croient que ces deux astres sont brouillés
ensemble lorsqu'ils s'éclipsent, & font mille ex-
travagances pour tâcher de les raccommoder. Mais
rien n'approche de la folie des Grecs, qui croyoient
la lune ensorcelée par des magiciens qui la faisoient
descendre du ciel pour répandre sur leurs herbes
une certaine écume malfaisante, c'est pourquoi ils
purifioient l'air avec des parfums aussi-tôt que
l'éclipse étoit passée.

Nous passâmes ensuite dans une autre salle très-
spacieuse, où se rassemble indistinctement la plupart des habitans qui veulent assister aux instructions
des philosophes. Ptolomée, Copernic, Architas &
plusieurs autres y étoient. Il s'éleva une dispute
entre les deux premiers, qui ont toujours été d'un
sentiment différent sur le cours des astres. Ptolomée soutenoit qu'il falloit que la terre fût toujours
en repos au centre de son tourbillon, que tous les
corps célestes devoient faire leurs révolutions

F iv

autour d'elle afin de l'éclairer, ce qui devoit
naturellement former différens cercles, suivant
l'éloignement où ils se trouvent. Mais Copernic,
saisi d'une noble fureur d'astronome, l'interrompit
& lui soutint en allemand que la terre n'étoit pas
digne d'occuper la première place parmi les astres,
que cet honneur n'étoit dû qu'au soleil, & qu'il
étoit certain que toutes les planètes doivent décrire
leur cours autour de ce globe lumineux, que par
conséquent il doit être le centre du cercle que
décrit Mercure; Vénus vient ensuite suivie de la
Terre qui, plus éloignée, doit, par cette raison,
décrire un plus grand cercle que les deux planètes
qui la précèdent; Mars, Jupiter & Saturne doivent
suivre selon leur rang, mais ce dernier doit employer beaucoup plus de tems à faire sa révolution
qu'aucune des autres planètes : ainsi, ajouta Copernic, il ne nous reste plus que la Lune à qui je
permets de suivre la Terre en tournant toujours autour d'elle, & en la gratifiant de toutes ses varia-
tions.

Architas, philosophe pithagoricien, approuva
le sentiment de Copernic; & en examinant le tourbillon du soleil, il considéroit cet astre comme
une étoile fixe qui brille de sa propre lumière. Ils
cherchèrent ensemble quelle peut être la composi-
tion de ce globe, ainsi que des planètes qui tournent
autour de lui, celle des satellites ou lunes qui en

accompagnent une partie; enfuite ils calculèrent exactement la diftance des aftres renfermés dans le tourbillon du foleil aufli-bien que celui de leurs mouvemens, foit fur eux-mêmes, foit autour de cet aftre qui eft leur centre commun. Ils expliquèrent les différens fentimens des plus grands aftronomes, fur la nature des comètes connues, regardées comme des efpèces de planètes errantes. On fit aufli un examen de ces efpaces ou nuages lumineux qui fe découvrent parmi les étoiles. On finit enfin par un détail circonftancié de tout ce qui concerne les corps céleftes. On examina l'atmofphère de la terre, connue dans ce monde fous le nom de région des vapeurs, confidérée comme une planète particulière qui roule dans les airs; on examina la compofition de ce globe, fes inégalités qu'on nomme montagnes, ce qu'elle renferme dans fon fein, la grande quantité de feu & de foufre dont elle eft également pénétrée. On parla enfuite des foudres, des météores, des arc-en-ciels, des aurores boréales, du flux & reflux de la mer; on fit voir ce qui peut occafionner les tempêtes & les autres météores; on mefura les abîmes que renferment les mers, en obfervant la nature de cet élément, les qualités qui lui font communes, celles que lui donnent la diverfité des climats, l'inconftance des faifons & la différence des vents.

Nous quittâmes cette école pour entrer dans

une autre où étoit Seneque, Zenon, Crifipe, Confucius, Pline, Montagne, Erafme, & plufieurs autres philofophes dont les noms doivent être fort indifférens à mes lecteurs. J'ai peine à concevoir, dit l'un d'eux, pourquoi, dans prefque tous les mondes, la plupart des hommes font toujours combattus par de folles paffions & des réflexions fages, pourquoi ils emploient des vues fi longues pour une fi courte durée, tant de fcience pour des chofes vaines & inutiles, & tant d'ignorance fur les plus importantes; pourquoi cette ardeur pour la liberté & cette inclination à la fervitude; pourquoi enfin ils ont une fi forte envie d'être heureux, & une fi grande incapacité pour le devenir.

C'eft, reprit un de ces philofophes, que leur prétendue fageffe n'eft point un effet de leur raifon, & qu'il n'appartient qu'à la raifon de gouverner les hommes & de régler leur conduite. Le genre humain devroit gagner à s'inftruire; mais fi les fiecles éclairés font auffi corrompus que les autres, c'eft que la lumiere ne peut encore s'y répandre également; qu'elle eft concentrée dans un trop petit nombre d'efprits, pour que les rayons qui s'en échappent aient affez de force pour pouvoir découvrir aux ames communes l'attrait & les avantages qu'on tire de la fcience & de la vertu comparées aux dangers du vice : la culture de l'efprit, l'exertice de la vertu, celui des talens, peuvent seuls nous distraire de nos maux, & nous consoler dans nos peines; la nature a également partagé aux deux sexes les besoins & les passions; la raison pourroit réprimer les desirs, mais le premier mouvement qui est celui de la nature, porte toujours les hommes à s'y livrer.

On cherche à s'élever dans les cieux pour y découvrir des points fixes; on veut savoir si ce sont les loix de l'attraction ou celles de l'impulsion qui maintiennent l'ordre qui nous frappe dans la marche régulière des corps célestes; on se perd dans des conjectures philosophiques; on s'éloigne de la raison, & ce qu'on appelle un plan d'étude, ne devient qu'une combinaison de folie raisonnée qui ne leur laisse pas la faculté de réfléchir un seul instant sur eux-mêmes.

Je ne rapporterai point la suite de l'entretien que ces savans eurent ensemble; il roula sur les avantages & les agrémens de l'union & de l'amitié, sur la bonté & l'humanité, sur l'ordre, sur les admirables opérations de la nature, sur les conditions & les bornes de la vertu, sur les avantages qu'elle procure, sur les règles inviolables de la raison, sur la véritable philosophie & sur l'histoire & la poésie.

Monime se trouvant un peu fatiguée, refusa d'entrer dans une autre salle où l'on enseigne la façon d'unir phyſiquement les vérités de chaque contradictoire ; par exemple , que le bleu eſt noir, qu'on peut être & n'être pas en même - tems , qu'il peut y avoir des montagnes ſans vallées, que le néant eſt quelque choſe , que tout ce qui eſt n'eſt point , qu'une & deux ne font qu'un, que la plus petite partie eſt auſſi grande que le tout, qu'un atome peut paroître un éléphant , la manière de trouver la quadrature du cercle, le mouvement perpétuel , & mille autres connoiſſances auſſi curieuſes , dont je me diſpenſe de faire le détail , attendu que pluſieurs ſavans de notre monde ſe font fort étendus ſur ces matières.

Le génie s'appercevant que l'air de philoſophie étoit trop peſant pour Monime , nous fit ſortir de la ville ; nous gagnâmes une allée couverte , où nous nous repoſâmes aſſez long-tems. Zachiel qui ne vouloit perdre aucun inſtant qui pût ſervir à notre inſtruction , nous dit que n'ayant pu nous conduire dans toutes les ſalles d'académie , par rapport à la délicateſſe du tempéramment de Monime , il alloit y ſuppléer en nous rapportant les divers ſentimens de la plupart de ces philoſophes.

Quelques-uns , pourſuivit le génie, enſeignent que les ames, après la mort, viennent par un principe de reſſemblance ſe rejoindre à cette maſſe de lumière qui eſt le ſoleil , & que leur ſphère n'eſt formée d'autre chose que de l'esprit de tout ce qui a du mouvement dans tous les mondes qui les entourent, comme de Mercure, de Venus & de la Lune, de Mars de Jupiter, de ses satellites, de Saturne, de ses lunes & de son grand anneau; ils croient que dès qu'un homme, un animal ou une plante expire, l'ame du premier & l'esprit des autres montent sans s'éteindre jusqu'à leur sphère, de même qu'on voit la lumière d'une bougie s'élever en pointe lorsqu'elle est à sa fin. Quand toutes ces ames se sont réunies à la source du jour, & qu'elles sont purgées de la grosse matière qui les enveloppe; c'est alors qu'elles exercent des fonctions bien plus nobles que celles de croître, de sentir & de raisonner, puisqu'elles sont réunies au soleil pour en former les esprits vitaux; & c'est par la chaleur de mille millions de ces ames rectifiées que le soleil forme une espèce d'élixir qu'il influe ensuite à la matière des autres mondes, afin de leur donner la puissance de croître & d'engendrer avec celle de rendre les corps capables de se sentir.

Ces philosophes ajoutent qu'il y a trois sortes d'esprits répandus dans les mondes, dont les plus grossiers viennent animer les bêtes & font végéter les plantes qui sont dans leur sphère; que les plus subtils s'insinuent dans les rayons du soleil, mais que ceux des philosophes qui n'ont rien contracté d'impur dans leur première habitation, arrivent tout entiers dans la sphère du jour & y sont reçus comme citoyens, parce qu'on ne doit pas douter que la matière qui les a composés lors de leur génération, a dû se mêler si exactement, que rien ne l'a pu séparer ; semblable à celle qui forme les astres dont toutes les parties sont pour ainsi dire brouillées par une infinité d'enchaînemens que les plus forts dissolvans ne sauroient jamais relâcher.

Dans le tourbillon de ce monde les hommes ne finissent que de mort naturelle, c'est-à-dire, qu'ils ne sont sujets à aucune maladie, & vivent ordinairement huit à neuf mille ans ; mais lorsque par les continuels excès de travail & d'étude où leur tempéramment de feu les incline, l'ordre de la matière se brouille, & la nature qui sent qu'il faudroit plus de tems pour réparer les ruines de son être, que pour en composer un nouveau, aspire elle-même à se dissoudre ; de sorte qu'on voit de jour en jour tomber la personne en particules semblables à de la cendre rouge : cette mort est celle des gens d'un esprit médiocre, car pour les philosophes, ils prétendent qu'ils ne meurent point & qu'ils ne font que changer de forme pour aller revivre ailleurs, ce qui, loin d'être un mal, ne sert au contraire qu'à perfectionner leur raison, leurs talens & leur jugement, qui les conduit à un nombre infini de nouvelles connoissances. Cependant on a remarqué plus d'une fois qu'un philosophe, à force d'exercer son esprit, de fatiguer son imagination, & d'entasser images sur images, grossit tellement sa cervelle, que le crâne ne la pouvant plus contenir, est forcé de se fendre avec éclat; cette façon de mourir est sans doute la plus distinguée, aussi est-elle celle des plus grands génies.

Presque tous les habitans de ce monde jouissent d'une tranquillité d'esprit & d'une paix inaltérable; on ne les voit point exposés à l'inconstance ou à la trahison de faux amis, ni aux pièges invisibles d'ennemis cachés, parce que la fraude est regardée chez eux comme un crime aussi énorme que le vol & l'assassin: leurs Législateurs ont établi pour principe certain que les soins & la vigilance d'un esprit ordinaire peuvent garantir ses biens contre les attaques des bandits, mais que la probité n'a point de défense contre la fourberie & la mauvaise foi des hommes.

Ici les philosophes vivent dans une grande considération: également recherchés des grands & de tous les citoyens, on leur confie l'éducation des princes & princesses; l'avantage qu'ils retirent de cette éducation est le privilège de leur annoncer la vérité en tout tems, & de la porter jusqu'au pied du trône, où l'on peut dire qu'elle paroît si rarement dans les autres mondes.

Chacun d'eux est chargé de traiter les matières qui l'affectent le plus. Monime nous dit qu'elle avoit trouvé fort singulier, dans la visite que nous avions faite de leurs écoles, que Platon & Socrate eussent choisi pour leur partie les matières qui concernent l'amour, & qu'ils se fussent chargés du soin d'en instruire singulièrement les femmes qui, comme je l'ai déjà fait remarquer, participent à la même éducation ; aussi ne les voit-on point, comme dans les autres mondes, le jouet d'une illusion puérile, ni les esclaves des préjugés ; mais cet avidité qu'elles ont pour les sciences ne sert qu'à les mettre en état de réfléchir sur tous les évènemens de la vie, & loin de chercher à s'en parer par un étalage pompeux, elles n'en paroissent que plus modestes.

Ces peuples n'ont ni temples, ni autels ; ils croient que ce seroit diminuer la majesté de la divinité qui est celle qui remplit tout par sa puissance & par ses bienfaits, en renfermant pour ainsi dire cette majesté dans les bornes étroites d'un temple : tout l'univers, disent-ils, annonce sa puissance, sa grandeur & ses biens ; tout l'univers par conséquent doit lui servir de temple & d'autel. Où peut-on mieux connoître & adorer la divinité qu'aux endroits où elle se peint avec plus d'avantage ? C'est pourquoi ils font ordinairement leurs prières dans les plaines les plus spa-
cieuses

cieuse ou sur des montagnes élevées, regardant
les astres comme pénétrés de la divinité. Les
êtres créés ne font, disent-ils, que les parties
d'un tout prodigieux, dont la nature est le corps,
& la divinité l'ame ; c'est elle qui brille dans les
étoiles, qui anime les hommes, qui fleurit dans
les arbres, qui vit dans tout ce qui a vie, qui
s'étend dans tout, se répand sans se diviser,
agit sans s'épuiser, & donne la forme aux hommes ainsi qu'aux animaux ; enfin elle remplit,
lie & anime également tout : telle est en substance
une partie des instructions qu'on donne à ces
peuples.

CHAPITRE IX.

RENCONTRE de Sephis, & son Histoire.

ZACHIEL nous fit remarquer une jeune personne qui, par le secours d'un génie du premier
ordre, venoit de franchir le vide immense qui
sépare la planète de Mars d'avec celle du Soleil.
Les deux génies s'abordèrent sans montrer aucune
surprise. Nelapha en ces lieux ! dit Zachiel, je
vous croyois arrivé dans Saturne. Il est vrai,
reprit Nelapha ; que la dernière fois que nous
nous sommes rencontrés je me disposois à en

prendre la route ; mais en traverfant le monde de Mars , de tendres plaintes ont frappé mes oreilles ; furpris de les entendre je defcends , perce les nues , & j'apperçois à la foible lueur des étoiles un vieillard refpectable qui me parut être dans la plus grande défolation. J'ai écouté long-tems fes plaintes fans me rendre vifible : un confident qui l'accompagnoit lui repréfenta le danger où il s'expofoit s'il venoit à être découvert ; le vieillard ne lui répondit que par de profonds foupirs , puis fe tournant vers la mer & s'appercevant par fon murmure qu'elle commençoit à s'agiter : juftes Dieux ! s'écria-t-il , ferez-vous toujours infenfibles à mes prières ? Et vous , vents impétueux , refpectez le vaiffeau fragile qui porte l'objet de mon amour ; doux zéphirs , écartez les orages , rangez-vous à la poupe , enflez doucement les voiles ; ondes , aplaniffez-vous , & qu'un fillon léger , effleurant votre fein paifible , indique à peine la trace de fa courfe rapide ; rochers , écartez-vous de fon paffage ; nuages , formez un voile qui la dérobe aux yeux de ceux qui pourroient la trahir ; & vous lune au teint d'argent , que votre douteufe lumière favorife cette heureufe fuite , ralentiffez votre courfe , gardez-vous d'atteindre l'horifon , attendez , pour difparoître , que l'aube du jour lui prête le fecours de fon flambeau.

Ainsi parla ce respectable vieillard qui se retira après avoir perdu de vûe le vaisseau qui faisoit l'objet de sa crainte & celui de son espérance. Je le suivis dans son palais, où m'étant rendu visible, j'employai ce que je crus de plus consolant pour calmer sa douleur, en lui promettant de voler au secours de l'objet de sa tendresse. Après l'avoir quitté, fidelle à ma promesse & guidé par le desir de rendre à la vertu les secours dont elle n'est que trop souvent privée, je pars, & d'un vol rapide je traverse la mer; ses mugissemens me font craindre que le vaisseau, après avoir été le jouet des vents & d'une affreuse tempête, ne se soit brisé contre quelque roche. Je descends en planant toujours sur les bords de la mer, où j'apperçois les débris d'un vaisseau sur les rives d'une isle déserte; j'avance & trouve étendue sur le sable cette jeune personne, que l'aspect d'un affreux serpent prêt à la dévorer avoit rendue immobile: mon cœur en cet instant se sentit saisi d'horreur, une force majeure m'entraîne vers elle, j'écarte le monstre, & la saisissant dans mes bras je l'enveloppe d'un nuage; je remonte, & d'un vol rapide je fends les airs pour venir la déposer dans le Soleil, où j'étois sûr de vous rencontrer; c'est à vos soins que je la confie, elle est digne d'accompagner l'aimable Monime; une cuillerée d'élixir élémentaire que je viens de lui faire prendre a entièrement

tanimé ſes eſprits. Cette belle perſonne vous inſ-
truira de ſes aventures. Vous n'ignorez pas que je
ſuis obligé d'obéir à des ordres ſupérieurs, & ne
puis différer plus long-tems à remplir ma miſſion.

Nelapha dit encore quelques mots à Zachiel
dans une langue qui nous étoit inconnue, après
quoi nous le vîmes reprendre ſon vol vers le palais
d'Apollon. Cette rencontre me fit connoître que
les génies entr'eux ne ſe font aucun compliment;
ils expliquent ſans ſupplication leurs deſirs & leur
volonté; comme ils n'exigent jamais que des choſes juſtes, ils ne trouvent auſſi nulle ſorte d'oppoſition.

Monime, charmée d'avoir une compagne de
voyage, s'approche de la belle étrangère, lui fait
mille tendres careſſes, auxquelles elle répondit
avec beaucoup de grace. Cependant l'inquiétude
de ſon ſort ſe fit remarquer dans ſes yeux : raſſu-
rez-vous, charmante perſonne, dit Monime en
lui prenant les mains qu'elle ſerroit tendrement
dans les ſiennes; ſi juſqu'à préſent la fortune a
paru vous être contraire, vous ne devez plus
redouter ſes coups; le génie qui vous prend ſous
ſa protection eſt au-deſſus de toutes les puiſſances
humaines, il ne permettra pas que vous ſuccom-
biez ſous le poids de vos perſécuteurs.

A ce diſcours cette jeune perſonne pouſſa un
profond ſoupir, ſes yeux ſe remplirent de larmes

qu'elle s'efforçoit en vain de retenir, ce qui engagea Zachiel à confirmer le discours de Monime par de nouvelles promesses de la protéger & de lui procurer tous les agrémens nécessaires à sa tranquillité. Cette belle personne, soulagée par ces assurances, commença à nous montrer un visage plus serein ; elle parcourut des yeux tout ce qui l'environnoit, cherchant sans doute à découvrir quelle étoit la contrée qu'elle alloit habiter, fort éloignée de penser qu'elle avoit quitté le globe qui l'a vu naître, n'étant point encore instruite de la pluralité des mondes. Mais Monime qui desiroit ardemment d'apprendre le sujet de ses disgraces, la supplia, avec instance, de vouloir bien nous en faire le récit. Cette jeune personne, sans trop se faire prier, céda volontiers à l'empressement de Monime, & commença ainsi l'histoire de ses malheurs.

Je me nomme Sephise, & vous voyez en moi l'infortunée fille du roi Bolomine. Mon malheureux père, forcé de céder son royaume à celui que les brigues & les mauvaises manœuvres en avoient rendu le maître, abandonné de ses sujets, réduit à mener une vie laborieuse ; ce prince infortuné vécut long-tems dans un exil volontaire qu'il s'étoit choisi au milieu d'un désert, je fus la seule compagne de sa misère ; ma mère perdit la vie en me

G üj

donnant le jour; un seul domestique avec ma nourrice formoient toute sa suite, & ce malheureux prince prit encore lui-même le soin de mon éducation; mais beaucoup plus grand que ses malheurs, il m'instruisit des miens dès que ma raison commença à se développer.

Ma chère Sephise, me dit un jour mon père en me serrant tendrement dans ses bras, toi seule fais ma joie & mes maux, tu fais ma félicité & ma peine, sans toi la vie me seroit à charge, & ce n'est que pour toi qu'elle me devient un supplice. Hélas! toute ma philosophie m'abandonne, lorsque je réfléchis au déplorable sort qui nous accable. Pourquoi faut-il que le destin, toujours contraire à mes vœux, nous force de vivre sans cesse dans la plus cruelle humiliation, tandis qu'un usurpateur triomphe de nos maux!

Hélas! s'écria Sephise en s'interrompant elle-même, peut-être qu'en ce moment j'offensois les dieux, en pensant qu'ils venoient d'ôter à mon père le bon-sens & la raison; je le regardois avec des yeux où sans doute la douleur de le voir dans cet état étoit peinte : oh, mon père! lui dis-je en me jetant à son col & baignant son visage de mes larmes, qui peut donc vous troubler à ce point? Hélas! trop contente de mon sort, je le préférerois toujours à toutes les couronnes de l'univers, & ne formerois jamais d'autres vœux que pour la

confervation de vos jours. Je jouis tranquillement de toute votre tendreffe, peut-il y avoir un
bien comparable à celui de vous prouver chaque
jour mon refpect? Ceffez donc d'empoifonner un
bien fi cher & fi précieux pour mon cœur, par
d'inutiles & vains regrets. Mon père plus attendri
encore par mes careffes, ne put retenir fes larmes
qui fe confondirent avec les miennes ; cet atten-
driffement dura quelques inftans, après quoi mon
père, revenu de fon trouble, me fit un long détail
de toutes fes infortunes ; il me laiffa enfuite avec
Fenix, ma nourrice.

Cependant mon père du fond de fa retraite s'étoit
confervé des correfpondances avec quelques-uns
de fes fujets qui lui étoient reftés fidelles : un de
fes officiers vint un jour lui annoncer les conquêtes
rapides d'un monarque à qui tout cédoit, & qui
venoit de chaffer l'ufurpateur ; après avoir défait
toute fon armée ; que le projet de ce prince étoit
de fe rendre maître de toute la Bolomie, & qu'il
étoit tems de paroître pour réclamer les droits qu'il
avoit fur ce royaume. Le roi mon père, charmé
d'apprendre cette nouvelle, ne balança point à
fuivre cet officier, après qu'il l'eut affuré qu'il avoit
raffemblé un grand nombre de fes fujets qui lui
étoient reftés fidelles.

Nous partîmes à l'inftant & arrivâmes en peu

de jours au camp des vainqueurs. Nous fûmes d'abord introduits dans la tente du roi, qui nous reçut avec toute l'affection qu'on peut attendre d'un prince aussi généreux que sensible aux malheurs d'un souverain qui méritoit par ses vertus un sort plus heureux. Ces deux princes eurent ensemble une longue conversation, qui se termina de la part du conquérant par les plus fortes assurances de ne point rentrer dans ses états qu'il n'eût rétabli mon père sur le trône de ses ancêtres.

L'effet suivit de près les promesses, & le roi de Bolomine rentra triomphant dans sa ville capitale aux acclamations d'un peuple toujours avide de nouveauté. Le roi se fit d'abord conduire au temple d'Hercule, où je l'accompagnai, pour rendre grâces aux dieux des faveurs qu'ils venoient de lui accorder. Mais sa douleur fut extrême, lorsqu'il vit que ce temple avoit été pillé & qu'on en avoit enlevé toutes les richesses. Mon père regretta sur-tout deux colonnes d'une beauté admirable. Le roi fit offrir plusieurs sacrifices; & après avoir achevé nos prières, nous entrâmes dans le palais au son de mille instrumens.

Deux années se passèrent pendant lesquelles le roi fut sans cesse occupé à tâcher de pacifier les troubles qui régnoient encore dans ses états. L'usurpateur chassé honteusement, ne se crut pas abattu;

il renouvela ſes intrigues & ſes cabales qui ſuſci-
tèrent de nouveaux troubles, malgré les ſoins du
roi.

Privée ſouvent pendant des mois entiers de la
douceur d'embraſſer mon père, je regrettois ce tems
heureux où je jouiſſois ſans ceſſe de la ſatisfaction
de l'entretenir, où ſon cœur rempli de tendreſſe
n'étoit ſenſible qu'au plaiſir de m'inſtruire, de perfectionner mon ame, de la former pour la vertu;
c'étoit alors les ſeuls biens qu'il envioit. Funeſtes
grandeurs, vains honneurs, biens frivoles, hélas!
pourquoi êtes-vous venus me ravir la paix dont je
jouiſſois? Peu flattée de tout ce qui m'environne,
non, ce n'eſt point au ſein des grandeurs qu'on
trouve la vraie félicité. Depuis que je ſuis à la cour
qu'y ai-je remarqué? Des courtiſans adulateurs qui
bornent toute leur étude à nous déguiſer la verité,
à tâcher de pénétrer dans l'intérieur de notre ame
pour tirer un plus ſûr avantage de nos foibleſſes.

Fenix, ſurpriſe de m'entendre regretter ſans ceſſe
mon déſert, entreprenoit en vain d'en faire le parallèle avec tout ce que la Cour a de plus ſéduiſant;
ces peintures ne faiſoient que redoubler mes ennuis, un noir preſſentiment ſembloit m'annoncer
de nouveaux malheurs, & je comparois mon ſéjour
à la cour, à ces ſonges légers que l'aube, avant-
courier du jour, apporte ſur ſes aîles dorées, &

qu'on voit s'envoler avec les ombres dès que l'éclat du foleil vient frapper nos paupières.

Quoi, madame, me dit un jour Fenix, vous verrai-je toujours en proie à cette fombre tristefe? Je n'en ai point été furprife lorfque vous aviez lieu de craindre pour les jours du roi votre père; à préfent qu'il eft de retour, jouiffez au moins tranquillement du plaifir de le revoir & des honneurs qui vous environnent de toutes parts. Que ces honneurs, chère Fenix, font peu capables de toucher une ame comme la mienne! Je ne' puis être fenfible qu'à la tendreffe de mon père; je fais que rien ne peut me la ravir. Hélas! il vient encore de me dire que tous les foins qu'il prend pour s'affermir fur fon trône & pour en chaffer la division & les brigues, ne font que dans la vue de fe procurer la fatisfaction de m'y voir placée; cependant, ma Fenix, un affreux preffentiment que je ne puis vaincre, vient fans ceffe empoifonner le repos de mes jours.

Mon père ne jouit pas long-tems de cette ombre de tranquillité; la guerre fe ralluma avec plus de fureur, & pour comble de maux, la famine vint encore fe joindre à ce fléau. Alors tous les temples fe remplirent; chaque jour on offroit de nouveaux facrifices pour tâcher d'appaifer la colère des dieux.

Pendant ces calamités, quelques miniftres fanatiques & ennemis cachés du fang de Bolomine, inspirèrent au peuple le defir de confulter l'oracle d'Apollon, afin d'apprendre par quelle forte de facrifice on pourroit calmer le courroux des dieux, & fe délivrer des fléaux qui défoloient l'état. Un de ces miniftres fut chargé des préfens qu'on devoit offrir, afin d'obtenir de l'oracle une réponfe favorable.

Pendant le voyage de ce miniftre, j'accompagnois tous les jours mon père au pied des autels. Ce prince me paroiffoit tranquille; une ame pure que le fort injufte pourfuit, trouve fa confolation dans le témoignage de fa confcience; elle efpère que le tems, cet ami fidelle de la vérité & de la juftice, fera un jour éclater fon innocence. Cependant le miniftre annonça fon retour; mais hélas! ce ne fut que pour remplir tout le palais de trouble & d'horreur. Le perfide fe fit une fecrète joie de faire publier au peuple qu'à fon approche vers le temple tout y avoit retenti d'un bruit femblable à celui du tonnerre, que des feux brillans s'étoient fait voir dans l'air, que l'antre de la prêtreffe avoit tremblé, & qu'enfin agitée par le dieu qui l'animoit, elle avoit prononcé cet oracle :

LA divinité, offenfée par les crimes d'un peuple ingrat, ne peut s'appaifer que par le fang d'une vierge pure; Bolomine tient feul ce tréfor.

Cette réponse me fut d'abord cachée avec un soin extrême ; mais lorsque j'eus appris le retour de l'envoyé, je paſſai dans l'appartement du roi mon père, pour y apprendre de lui-même ſi les dieux s'étoient enfin expliqués ; je m'approche dans l'eſpoir de recevoir ſes tendres embraſſemens ; que vois-je ! mon père interdit recule à mon aſpect, une pâleur mortelle couvre ſon front, ſes yeux éteints par la douleur, ſe détournent de deſſus moi, il les élève enſuite avec les bras vers le ciel : dieux injuſtes ! s'écrie-t-il, & il reſte immobile ; un inſtant après il ordonne qu'on ſe retire & qu'on faſſe venir la princeſſe ſa fille. J'étois ſeule dans ſon cabinet ; ſaiſie d'effroi, mes genoux tremblans pouvoient à peine me ſoutenir, & le cœur palpitant de crainte m'ôtoit preſque la reſpiration : ô mon père ! m'écriai-je d'une voix entrecoupée, en tombant à ſes pieds, de grace ſoulagez votre douleur en m'apprenant de quels nouveaux malheurs nous ſommes encore menacés ; hélas ! qui peut occaſionner le trouble qui vous agite ? Que l'état où je vois mon père me fait regretter ces jours tranquilles que nous paſſions dans la retraite ! Au nom des dieux… levez-vous, ma fille, & ceſſez d'implorer des dieux dont la puiſſance ſupérieure ne ſert qu'à les rendre plus injuſtes & plus inſenſés.

Surpriſe d'entendre de la bouche de mon père un diſcours ſi oppoſé aux ſentimens de piété qu'il avoit toujours montrés envers les dieux, je n'osai y répliquer. Restés tous deux dans un morne silence, j'attendois, pour me retirer, les ordres de mon père, lorsque jetant sur moi des yeux où une douleur mêlée de tendresse étoit peinte : eh bien ! ma fille, je consens que vous retourniez dans notre ancien exil, ces dieux cruels l'exigent; il faut leur obéir; hélas! puissiez-vous n'en être jamais sortie! Allez, ma fille, rentrez dans votre appartement, je me charge du soin de faire tout préparer pour votre départ.

Saisie de la plus violente douleur, j'obéis au roi sans oser lui répondre ni le faire expliquer sur les causes d'une résolution si extraordinaire. Fenix étonnée du trouble qui m'agitoit, s'empressa d'en apprendre le sujet; seule confidente de mes peines, je ne fis nulle difficulté de lui raconter les motifs qui occasionnoient mon désespoir : tu connois, ajoutai-je, les sentimens dont mon ame est pénétrée; tu sais la tendresse & le respect que j'ai toujours eus pour mon père : ce n'est pas, ma Fenix, que je doute aujourd'hui de la sienne, il n'a jamais cessé de m'en donner chaque jour de nouvelles preuves : cependant, le croirois-tu? Fenix, mon père m'ordonne de m'éloigner, & dans ce moment même tout se prépare pour cette funeste séparation.

A ce récit, Fenix plus instruite que moi du mal-

heureux fort qui m'étoit deftiné, ne fit que fou-
pirer; fes regards inquiets parcouroient triftement
mon cabinet : tu trouves, repris-je, que je fuis
long-tems feule, cela t'afflige; mais en effet, pourquoi cet abandon? Ces lâches courtifans, dont il y
a deux heures j'étois encore entourée, regarderoient-
ils mon voyage comme un exil? Par quel endroit
l'aurois-je mérité? Toujours foumife aux ordres
du roi mon père, je n'ai jamais defiré d'autre gloire
que celle de m'en faire aimer. Fenix, ma chère
Fenix, parcours ce palais, informe-toi de tout ce
qui s'y paffe; tâche fur toutes chofes, ma Fenix,
d'apprendre la réponfe de l'oracle.

Mais que vois-je! le roi s'avance; que fignifie
cet air fombre? Hélas! que vient-il m'annoncer?
dieux! veillez du moins fur des jours fi chers, &
s'il vous faut une victime, acceptez le facrifice que
je vous offre de ma vie, & ajoutez mes jours à ceux
d'un roi qui vous a toujours refpectés. Ah, mon
père! par pitié pour vous & pour moi, ceffez d'accabler une malheureufe princeffe tourmentée par
des craintes mille fois plus cruelles que la mort.
Par quelle affreufe fatalité faut-il que je m'éloigne
de vous? Qui peut vous avoir infpiré une réfolution
fi contraire à mon repos? Comment ai-je pu tomber
dans la difgrace de mon père & de mon roi? Au
nom des dieux, expliquez un myftère dans lequel
toute ma raifon s'abîme & fe confond.

Ma fille, reprit mon père, en me serrant tendrement dans ses bras, calmez cette agitation qui met le comble à ma douleur; toujours plus digne de ma tendresse & de mon amour, soyez certaine que rien ne pourra jamais affoiblir ces sentimens; mais, ma fille, il faut céder pour un tems à notre malheureux destin, en montrant une ame encore plus grande que les maux dont il nous accable. Que ces Dieux que vous implorez avec tant de zèle, vous soient plus propices & vous conduisent dans un endroit où vous puissiez jouir du repos qu'ils m'ont toujours refusé. Hélas! repris-je, quel repos puis-je goûter éloignée de vous? Ma fille, j'ose me flatter que vous ne serez pas long-tems privée de ma présence. Dans ce moment Germinus, confident du roi, vint lui annoncer que le vaisseau étoit prêt; mon père s'arrachant alors de mes bras, ordonna à son confident de ne rien négliger pour assurer ma fuite.

Restée seule avec Germinus: princesse, me dit-il, le roi vous a sans doute instruite de ses volontés; tout est calme dans le palais, les vents nous favorisent, au nom des dieux, madame, ne différez pas de profiter de cet instant. J'obéirai sans doute, repris-je en poussant un profond soupir. Mais Fenix ne revient point, je ne puis m'éloigner sans elle. De quel soin, madame, vous occupez-vous? dit Germinus. Fenix ne court aucun risque, les momens font précieux, de grace abandonnez ces lieux funeftes, & foyez perfuadée que de votre fuite dépend toute la tranquillité d'un monarque qui vous chérit plus que fa vie.

Fenix parut dans l'inftant, fon vifage étoit baigné de larmes; eh bien! dis-je, ma Fenix, qu'as-tu appris? Quel eft donc ce fatal myftère fi difficile à développer? Hélas! madame, ce n'eft point ici le lieu de vous en inftruire; fuyez pour jamais un peuple injufte & ingrat qui vous demande à grands cris pour vous immoler à fon indigne fuperftition. Qu'entends-je! on en veut à ma vie! Ah! fi ma mort peut affurer le repos de mon père, je ne balance point; qu'on me conduife au temple, les dieux l'ont fans doute ordonné; fi je fuis une victime digne de leur être offerte, de grace ne me privez pas de la douceur d'en faire le facrifice fans répugnance. Princeffe, reprit Fenix, vous oubliez que la vie du roi votre père eft attachée à la vôtre; fi vous vous obftinez à périr, vous vous rendrez coupable d'un parricide qui ne peut qu'irriter les dieux, puifque le roi a juré de ne point vous furvivre un inftant. Que ce ferment eft tendre, mais qu'il eft cruel! Hélas! que me fert la vie fi je dois la paffer éloignée de mon père!

Une rumeur qui fe fit entendre, obligea Germinus de m'enlever malgré ma réfiftance; il gagna le vaiffeau fans aucun obftacle. Fenix qui nous avoit

avoit suivis, employoit tout ce que la raison put lui
dicter pour adoucir mes maux. Mais à peine deux
jours s'étoient écoulés que le ciel se couvre d'affreux
nuages, d'horribles météores se font voir, la mer
se gonfle, & ses flots mugissans présagent la tempête, le matelot saisi d'horreur, annonce par ses
cris une mort inévitable; dans cet affreux désordre,
tranquille au milieu des dangers: juste dieu! m'écriai-
je, tu poursuis ta victime, elle ne peut échapper à
tes coups; pardonne au moins à ce peuple innocent
de ma fuite, prolonge les jours d'un père malheureux qui a toujours aimé & chéri la vertu, & reçois
enfin le sacrifice de ma vie. En achevant ces mots
je me précipite dans la mer; mais Neptune refusant
de me recevoir, me rejette dans une isle déserte,
où je reste sans connoissance.

Un terrein pierreux & inégal, semble défendre
l'approche de ce lieu à tout autre qu'aux animaux
malfaisans, aux reptiles venimeux & aux monstres
dont il doit être le repaire; un torrent qui se précipite du haut d'une montagne aride vient se briser
avec fracas contre des rochers énormes; l'onde
bouillonnante & couverte d'écume rejaillit au loin,
& par sa course incertaine & fangeuse, met le
comble aux horreurs de cette effroyable solitude.

Lorsque j'eus repris mes sens, je crus voir la
nature expirante, rien de si effrayant ne s'étoit encore offert à mes yeux; une vaste plaine dépouillée

Tome II.   H

de verdure & entourée de précipices me retraçoit tous mes malheurs. Je defcends en moi-même, je m'interroge, je me demande avec effroi fi tout ce que je me rappelle eft conforme à la vérité; je cherche à me flatter, mais en vain; comment pouvoir fe refufer à la conviction qui m'accable? Je me retrace confufément toute l'étendue de mes infortunes, l'incertitude de ma fituation actuelle & l'affemblage des maux dont je fuis encore menacée: toute la nature eft déchaînée contre moi, m'écriai-je, à l'approche d'un monftre affreux, tremblante & éperdue, je veux fuir, les forces me manquent & je tombe fans connoiffance. Je ne puis vous dire de quel moyen s'eft fervi le jeune homme qui m'a conduite vers vous pour me fouftraire à la fureur du monftre; ni quelle route il a tenue pour m'amener en ces lieux; j'ignore auffi quelles peuvent être les raifons qui l'obligent à m'abandonner fi-tôt.

Ne craignez rien, belle Sephife, dit Zachiel, l'être fuprême qui connoît la pureté de votre ame & qui fait qu'elle n'a jamais été fouillée d'aucun crime, vous a conduite au féjour des heureux pour y jouir d'un bonheur qui ne périra jamais. Vous êtes ici dans la fphère du foleil, où vous devez vous purifier de toute matière terreftre, jufqu'à ce que, femblable à une perle, vous alliez enfuite orner le col de la Vierge, qui eft un des fignes du zodiaque.

Sephife furprife du difcours du génie, lui en demanda l'explication. Le génie la fatisfit en peu de mots, & nous la vîmes peu de tems après changer de forme & s'envoler vers le lieu qui lui étoit deftiné. Mais avant de fortir de la planète, Zachiel nous fit voir, par le moyen d'un télefcope, que cette aimable princeffe étoit transformée en une étoile de la fixième grandeur qui paroît attachée au col de la Vierge. Je ne doute pas que nos aftronomes n'en faffent bientôt la découverte, & que ceux qui naîtront fous des fignes qui fe trouveront en bon afpect avec cette étoile, ne foient doués de cet amour filial qui forme les premiers liens entre les êtres raifonnables.

CHAPITRE X.

Qui contient ce qu'on verra.

POUR fuivre nos obfervations, le génie nous conduifit vers une carrière que nous vifitâmes avec beaucoup d'attention. Cet endroit eft rempli d'une prodigieufe quantité de chimiftes, que Monime prit d'abord pour des charbonniers, tant ils étoient noirs & enfumés. Ces bonnes gens travailloient avec une ardeur incroyable fous les ordres de Fla-

Hij

mel; ce fameux philosophe étoit à leur tête &
paroissoit diriger tous leurs travaux; il les encou-
rageoit en leur promettant de fixer sur leurs opérations les rayons du soleil; & ces personnes ani-
mées par le desir de s'instruire, écoutoient avec
respect les instructions de leur directeur; ils recueil-
loient comme autant d'oracles toutes les paroles de
Flamel, auxquelles je suis presque certain qu'ils ne
comprenoient rien.

A peine fûmes-nous sortis de la carrière philo-
sophale, qu'une figure grotesque se présenta devant
nous; Monime en parut d'abord effrayée; mais
Zachiel qui le reconnut pour un oracle, la rassura
& lui donna en même tems la curiosité d'entendre
le récit de ses aventures, par lesquelles il pourroit
nous instruire de quelques faits intéressans.

D'où viens-tu, lui dit le génie en l'abordant?
Tu me parois bien fatigué. Il est vrai, dit l'oracle,
que mes voyages m'ont presque anéanti. Depuis
plusieurs siècles que je parcours différens mondes,
je n'ai pas manqué d'occupations; si vous voulez
vous reposer à l'ombre de ces lauriers, je pourrai
vous faire part de quelques-unes de mes prouesses.
Mais que vois-je, dit l'oracle en nous regardant
Monime & moi avec beaucoup d'attention? Ou je
suis un mauvais oracle, ou les deux personnes qui
vous accompagnent sont des habitans du globe de
la terre qui n'ont point encore subi le joug que la

nature a impofé à tous les mortels: comment donc
ont-ils pu parvenir jufqu'ici ? Si ta fcience étoit auffi
fûre que tu l'ofes affurer, reprit le génie, tu ne
devrois pas ignorer toute l'étendue de mon pouvoir, ni les moyens dont je me fuis fervi pour les
conduire jufqu'ici. Quoi qu'il en foit, je t'ordonne
de leur apprendre ce qui t'eft arrivé dans leur monde.
Je ne puis me difpenfer d'obéir à un génie fupérieur, dit l'oracle, qui commença ainfi :

Arrivé dans le globe de la terre, je me fuis rendu
en Grèce, où je me fis connoître, après la mort de
Socrate, pour fon démon. J'ai inftruit à Thebes
Epaminondas ; enfuite paffant chez les Romains, je
me fuis attaché à Caton, puis à Brutus. Perfonne
n'ignore que tous ces grands perfonnages n'ont
laiffé à leur place que le fantôme de leurs vertus ;
c'eft pourquoi j'engageai quelques-uns de mes
compagnons de fuivre mon exemple en fe retirant
dans des temples, dans des cavernes ou dans des
antres profonds ; mais les peuples étoient fi ftupides
& fi groffiers, que nous perdîmes bientôt tout le
plaifir que nous prenions autrefois à les tromper ;
cet amufement nous devint infipide. Il eft bon d'inftruire cette belle dame que mes camarades & moi,
d'accord enfemble, avons exécuté mille chofes
extraordinaires fous différens noms que le fanatifme
& la fuperftition avoient mis en vogue, fingulière-
ment celui d'oracles, de dieux foyers, de Lares,

de Lamiers, de Farfadets, de Naïades, d'Incubes, d'Ombres, de Manes, de Spectres & de Fantômes; nous prîmes donc le parti d'abandonner cette terre fous le regne d'Augufte; ce fut peu de tems après m'être apparu à Drufus, lorfqu'il partit pour porter la guerre en Allemagne, & que je lui défendis de paffer outre.

Cependant j'y ai depuis fait encore plufieurs voyages. C'eft moi qui fuis apparu à Cardan dans le tems qu'il étudioit; je l'ai inftruit de plufieurs chofes très-curieufes. Agrippa s'eft auffi conduit par mes confeils. J'ai guidé Campanelle dans fes opérations. Je me fuis rendu au nombre de ces favans connus fous le nom de chevaliers de la Rofe-Croix, & leur ai enfeigné quantité de fecrets naturels qui les ont fait paffer pour de grands magiciens. C'eft moi qui ai fufcité plufieurs fectes nouvelles de fanatiques qui veulent s'arroger les droits que nous avons toujours eus de prédire l'avenir. J'ai appris à ces fourbes de nouvelle efpèce mille tours de foupleffe, en les habituant dès leur plus tendre enfance à plier leur corps en cent façons différentes, afin de prendre avec plus de facilité des attitudes extraordinaires.

Ennuyé enfin de ne rencontrer fur le globe de la terre que des hommes la plupart fous, ignorans ou imbécilles, qui néanmoins toujours guidés par leur amour propre, fe perfuadent aifément qu'ils font de la nature des anges, je me difpofois donc à remonter dans quelqu'autre monde, lorfque le hafard me fit faire la connoiflance d'un fage qui fait la gloire de fa nation & la honte de ceux qui le connoiffent, fans daigner récompenfer en lui la vertu dont il eft la vivante image.

Ce fage pofsède toutes les fciences & tous les talens dont un feul fuffiroit pour le faire admirer; mais croiroit-on que l'affemblage de fi rares vertus foit refté enfeveli fous le poids de l'infortune la plus affreufe? O fiècle de fer! m'écriai-je en admirant ce philofophe; injuftes citoyens qui ne vous plaifez qu'à récompenfer le vice & faire languir la vertu fous le fardeau de l'indigence! fouffre, lui dis-je, homme admirable que je corrige le fort en t'enfeignant les moyens de te rendre heureux, accepte ces trois fioles; l'une eft remplie d'huile de talc, l'autre de poudre de projection, & la troifième d'or potable. Ce fage me refufa avec un dédain plus généreux que ne fit Diogène lorfqu'il reçut les offres & les complimens d'Alexandre.

Je ne connois pas, me dit-il, le prix du préfent que tu m'offres; foumis aux décrets de l'être fuprème, ma vie fe paffe dans une tranquille paix; content de mon état, je n'ambitionne rien, je plains feulement le fort de ces mortels, qui, toujours indigens au fein de l'opulence, & toujours appauvris par de nouveaux defirs, cherchent en vain le plaifir &

la volupté, fans pouvoir jamais goûter ni l'un ni l'autre.

Je quittai mon fage après avoir paffé deux jours avec lui. Je ne puis rien ajouter à fon éloge, finon qu'il eft peut-être le feul philofophe & le feul homme libre qui foit actuellement fur le globe de la terre; car prefque tous ceux que j'y ai connus m'ont paru fi fort au-deffous de l'homme, que j'ai remarqué des animaux au-deffus d'eux par leur inftinct. La plûpart des autres mondes fe reffemblent affez, c'eft ce qui m'a déterminé à reprendre la route du foleil, afin de me renfermer dans mon antre, à moins que les ordres d'Apollon ne me faffent retourner dans quelques-uns de fes temples.

Lorfque l'oracle nous eut quittés, Zachiel nous conduifit dans la forêt de Dodonne. Cette forêt eft remplie de chênes qui, lorfque les vents agitent & fecouent leurs branches, les feuilles fe fentant animées par ce mouvement, prononcent d'une voix affez diftincte leurs oracles. Au milieu de cette forêt font deux colonnes fort élevées; fur l'une eft un baffin d'airain, & fur l'autre la ftatue d'un enfant qui tient à fa main un fouet, dont les cordes, auffi d'airain, font fi artiftement arrangées, que lorfque pouffées par les vents fur le baffin, elles y forment des fons différens, que les Gorgones qui font au nombre de trois, expliquent chacune d'une manière différente, en donnant fouvent plufieurs

fignifications qui fe rapportent toujours aux de-
mandes ou aux queftions qu'on leur fait

Au fortir de cette forêt nous entrâmes dans un
pays montagneux; rempli d'antres & de cavernes,
par conféquent très-propre à l'habitation des Sy-
billes & des Oracles. C'étoit auffi l'endroit qu'Apollon avoit défigné pour fervir de logement aux
prêtres & prêtreffes qu'il avoit doués du don de
prophétie, par la commodité & l'avantage qu'ils
devoient trouver dans le fecret de leurs myftères,
& encore par les exhalaifons divines qui en fortent.

Il eft vrai qu'il femble que les antres & les cavernes infpirent d'eux-mêmes je ne fais quelle
horreur qui prépare l'efprit à recevoir certaines
infpirations qui ne font faites que pour frapper
l'imagination. L'homme, toujours curieux de lire
dans l'avenir, ne vit que de projets, d'illufions
chimériques & d'efpérances; conféquemment il ne
peut jamais être heureux que par anticipation,
puifque l'efprit humain n'a prefque jamais paffé de
l'imagination à la réalité, fans perdre les trois quarts
de fes plaifirs.

Ces antres font à moitié chemin de la montagne
du Parnaffe; ils font environnés de rochers & de
précipices affreux. Nous fuivîmes un grand concours de peuples attirés dans ces lieux, par l'envie
de fatisfaire leur curiofité. Arrivés dans l'endroit où
la Pithie rendoit fes oracles, nous la découvrîmes

dans une espèce de sanctuaire obscur, dont l'ouverture étoit couverte de branches de lauriers. La Pithie étoit assise sur le trépied sacré. Cette femme, après s'être remplie d'une fumée odoriférante, parut s'animer d'une fureur divine, un violent enthousiasme la saisit, ses yeux s'enflamment, son visage s'anime, ses veines se gonflent, & l'on voit ses cheveux se hérisser : de violentes convulsions l'agitent, & l'esprit rempli de fureur, elle nous parut hors d'haleine; cette terrible agitation dura plus d'une heure; alors reprenant ses sens avec un air plus serein, elle prononce plusieurs oracles, les uns en vers, & les autres en prose, qui furent débités par le moyen d'une trompette parlante, dont les sons en se multipliant dans les rochers & les voûtes de ce ténébreux sanctuaire, en augmentant la voix, forment un retentissement qui imprime de la terreur & fait frémir les plus intrépides. Le trépied de la Pithie est environné & tout couvert de lauriers ; les parfums qu'on brûle dans son antre, y répandent une fumée qui ressemble à un nuage épais qui en dérobe presque la vue & empêche en même-tems de voir les préparations de la Pithie, qui sans doute a plus d'une raison pour dérober la connoissance de ses mystères.

Lorsque la cérémonie fut achévée, Zachiel nous conduisit par des chemins tortueux dans l'antre de la Pithie. Aucun mortel n'osoit y aborder, c'est pourquoi cette femme parut extrêmement furprife de nous voir; fes yeux commençoient à s'enflammer, peut-être alloit-elle prononcer fur nous fes anathêmes, lorfque le génie l'arrêta en fe faifant connoître. A quoi, dit-elle, dois-je attribuer l'honneur d'être vifitée par un génie du premier ordre ? Tu ne le dois, reprit Zachiel, qu'au defir d'inftruire ces deux perfonnes qui font fous ma protection, par de vivans tableaux de tout ce qui s'eft paffé, ainfi je t'ordonne de répondre auffi jufte que tu le peux à toutes leurs queftions, qui ne doivent point s'étendre fur l'avenir.

Monime lui demanda d'abord les noms des plus fameux oracles. Celui qui a été le plus renommé, eft fans contredit l'oracle d'Apollon, qui a régné long-tems à Delphes, où il étoit regardé comme infaillible. Dans les premiers tems de fon règne, on choifit les plus belles filles d'entre celles qui étoient confacrées à Diane, pour y prononcer les oracles de fon frère; & l'on continua jufqu'à un certain Enechrate de Theffalie, homme qui avoit toujours eu beaucoup de dévotion pour le trépied; mais fa ferveur changea bientôt d'objet, & ce ne fut plus qu'en l'honneur d'une des prêtreffes qu'il forma des vœux; la difficulté qu'il trouvoit à lui préfenter fes offrandes, lui fit prendre le parti de l'enlever, afin de facrifier auprès d'elle avec plus de facilité & moins de crainte.

Cette aventure alarma toutes les prêtreſſer. Apollon & Diane furent, conſultés ſur le parti qu'on devoit prendre; l'un & l'autre furent ſourds à la voix des prêtreſſes & ne répondirent rien, ce qui fit juger qu'on devoit enſevelir cette affaire dans un profond myſtère, afin d'empêcher qu'on ne fût inſtruit d'un ſcandale qui auroit ruiné la réputation de l'oracle. Il fut donc décidé dans une aſſemblée générale, qu'on n'admettroit plus dans les ſacrés myſtères que des filles qui auroient paſſé cinquante ans, pour empêcher l'amour de venir troubler leurs ſacrifices & diminuer la grande confiance qu'on y avoit toujours eue.

Il eſt bon que vous ſachiez, ajouta la Pithie, que le talent & toute la ſcience des oracles ne conſiſtent qu'à ſavoir tromper habilement. Les plus renommés ont toujours été les plus adroits à déguiſer leurs fourberies; ce n'étoit ſingulièrement qu'avec des geſtes & des paroles équivoques, qu'ils enveloppoient le ſens de leurs réponſes, en les rendant ſi obſcures qu'ils, auroient eu beſoin eux-mêmes d'un autre oracle pour les expliquer. Il me paroît, dit Monime, que vous excellez dans cet art. Une autre eût rougi de ce compliment mais la Pithie le retourna à ſon avantage.

Nous viſitâmes enſuite l'oracle de Thémis & les deux de Trophonius; quoique ce dernier ne fût qu'un simple héros, cependant ses oracles se rendoient avec beaucoup plus de cérémonie que ceux des dieux mêmes : on avoit élevé deux temples à son intention, dont l'un étoit en Libadie & l'autre à Thèbes.

On ne pouvoit être admis dans l'antre de Trophonius sans avoir passé plusieurs jours dans une espèce de petite chapelle dédiée à la bonne fortune & aux bons génies. Dans cet endroit on recevoit des expiations de toute espèce, mais il falloit, pour les mériter, s'abstenir d'eau chaude & se laver dans le fleuve Hircinias ; après quoi on offroit en votre nom des sacrifices à toute la famille du héros. Pendant ce tems on n'étoit nourri que de chair qui avoit été sacrifiée, après avoir consulté les entrailles des victimes, afin de voir si Trophonius trouveroit bon qu'on prît la liberté de descendre dans son antre.

Mais ce n'étoit jamais que la dernière victime, qui devoit être un bélier, qui décidoit de la réponse; si elle étoit favorable on vous faisoit sortir de cette chapelle pendant la nuit pour vous conduire au fleuve Hircinias, où deux jeunes enfans vous frottoient tout le corps d'huile de myrthe, & vous faisoient ensuite remonter le fleuve jusqu'à sa source : là on vous faisoit boire de deux sortes d'eaux, la première étoit du fleuve Léthé, dont on vous fai-

foit prendre un grand verre, afin d'effacer de votre
efprit toutes les penfées profanes qui vous avoient
occupé pendant le cours de votre vie; un inftant
après, c'eft-à-dire, lorfqu'on jugeoit que l'eau pouvoit avoir fait fon effet, on vous préfentoit dans une
coupe d'or, de celle de Mnemofine, qui avoit la
vertu de graver dans la mémoire tout ce qu'on
devoit voir dans l'antre facré du héros.

Après ces préparations vous approchiez de la
ftatue de Trophonius, afin d'y faire vos prières;
alors, revêtu d'une tunique de lin, on vous ceignoit
le corps de plufieurs bandelettes facrées auxquelles
étoient attachées de grandes vertus, après quoi on
vous conduifoit vers l'oracle. Cet oracle étoit fur
le haut d'une montagne efcarpée dans une enceinte
formée de marbre blanc, au milieu de laquelle
s'élevoient des obélifques d'airain qui entouroient
l'entrée de la caverne facrée de Trophonius, dont
l'ouverture reffembloit à la bouche d'un four; on
ne pouvoit defcendre dans cette caverne que par
le moyen d'une échelle; mais lorfqu'on y étoit
defcendu, on trouvoit encore une autre caverne
dont l'entrée étoit fi étroite qu'on ne pouvoit y
paffer qu'en fe couchant fur la terre la face en l'air;
dans cette pofture un vénérable vieillard vous mettoit dans chaque main des boules compofées de certains fimples qui avoient la vertu d'éloigner les

mauvais génies ; alors on paſſoit les deux pieds dans l'ouverture de la caverne, & auſſi-tôt on ſe ſentoit entraîner en-dedans avec beaucoup de force.

C'étoit là que l'avenir vous étoit découvert de différentes manières. Aux uns on leur faiſoit paſſer devant eux les évènemens qui faiſoient l'objet de leur curioſité ; d'autres entendoient le récit des aventures que le deſtin leur préparoit ; d'autres enfin, effrayés par mille fantômes affreux, ne pouvoient rien diſtinguer dans l'avenir, ceux-ci étoient ſans contredit en plus grand nombre. Cependant on ſortoit de l'antre comme on y étoit entré ; on vous portoit au temple de la bonne Fortune, où l'on vous laiſſoit encore tout étourdi des merveilles que vous veniez de voir. Après ce récit, on demanda à Monime ſi elle vouloit deſcendre dans l'antre du héros. Vous me faites frémir, dit Monime, je n'ai jamais été curieuſe de lire dans l'avenir, & ſi j'avois eu cette maladie, votre relation m'en guériroit pour toujours.

Nous ſuivîmes notre route & paſſâmes devant pluſieurs cavernes où s'étoient retirés la plupart des anciens oracles. Nous remarquâmes celui de Cerès qui faiſoit voir dans un miroir magique pluſieurs évènemens curieux. Celui de Jupiter Ammon qui ſe tenoit autrefois en Lybie ; celui de la tête d'Orphée qu'on gardoit en l'iſle de Lesbos ; celui

d'Hercule qui avoit eu long-tems la vogue dans la
Péloponie sur la côte du golfe de Corinthe; celui
de Venus si renommé, & ceux de Latone, mère
d'Apollon & d'Esculape. Nous vîmes encore plusieurs antres fameux qui donnèrent occasion au
génie de nous faire faire de nouvelles réflexions.

Vous devez remarquer, nous dit Zachiel, que dans
tous les mondes, la maladie la plus ancienne, la plus
invétérée & la plus incurable qui ait jamais régné
parmi le genre humain, a toujours été la pernicieuse
envie de connôître les évènemens futurs, sans que le
voile obscur qui leur cache leur destinée, ni l'expérience de plusieurs siècles, ni une infinité de tentatives inutiles par leur peu de succès, aient encore pu
guérir les hommes de cette malheureuse manie;
on ne peut les corriger d'une erreur si agréablement
reçue; toujours aussi crédules que leurs ancêtres,
comme eux ils ne cessent de prêter l'oreille à la
fraude & à l'imposture; ce qui a trompé mille &
mille fois n'a point perdu pour cela le funeste droit
de tromper encore.

On a vu sur la terre, les Toscans introduire chez
les Romains, la manière de prédire l'avenir sur les
météores, sur les éclairs & sur les tonnèrres. On en
voyoit qui donnoient une liste exacte de leurs différentes espèces; ils circonstancioient leurs noms &
les pronostiques qu'on en pouvoit tirer; lorsqu'on
　　　　　　　　　　　　　　　　　　　　fait

t ufage de fa raifon, on a peine à comprendre nment l'efprit humain a pu donner dans des eurs auffi groffières.

Cependant ces erreurs, tout abfurdes qu'elles us paroiffent, ont été reçues par les peuples les s éclairés; croiroit-on que des philofophes nt jamais pu croire à des dieux dont les exemples peuvent infpirer que des defirs vicieux; car en uminant la mythologie des payens, quelle eft la nduite qu'ils font tenir à Jupiter? Quelles font qualités qu'ils donnent à leur dieu Mars qui roît fier, brutal & fanguinaire. La rufe, la fou-effe & la friponnerie étoient le partage du mef-ger des dieux. Pluton ne fe plaifoit qu'à entendre s cris des malheureux. Venus qu'ils font naître l'écume des flots, devient dans l'inftant mère l'amour, fans qu'on fache qui a pu l'aider à ire ce beau chef-d'œuvre; on la dépeint aimable, luptueufe & emportée dans fes caprices. Junon t jaloufe & vindicative. Enfin en parcourant tous s dieux, je n'en trouve pas un à qui on puiffe dicieufement donner ce titre.

Ainfi chacun de ces dieux fe trouve chargé des férentes paffions qui animent l'ame, & de tous leur offrit des facrifices, on forma des miniftres, qui bientôt devinrent des oracles. Sans doute que ces peuples étoient perfuadés de trouver de la partialité dans ces divinités établies par des hommes artificieux, fourbes ou ignorans. Ces dieux devoient donc toujours diftinguer d'entre la foule ceux dont les goûts fe trouvoient conformes à leurs inclinations; conféquemment ils leur devoient des fentimens de préférence, puifque le culte qu'ils leur rendoient fe trouvoit toujours relatif à leurs caractères.

On a vu des victimes humaines expirer fur l'autel de Mars; des milliers de courtifannes fe font dévouées aux temples de Venus, & quantité de femmes diftinguées dans la ville de Babylonne, immolèrent leur pudeur à cette déeffe, afin de fe procurer & à leurs concitoyens les plus précieufes faveurs de la déeffe.

Mais, dit Monime, fi dans les autres mondes où l'on adore auffi les fauffes divinités, on faifoit en même-tems les mêmes facrifices à la déeffe ou aux autres dieux, il me paroît que ces dieux devroient être fort embarraffés d'allier les différens intérêts des nations, qui ne font pas moins oppofés que leurs mœurs; car comment accorder les querelles de deux peuples qui demandent tous deux la même chofe? Je crois que cela doit mettre fouvent beaucoup de division dans l'Olympe. Vous avez dû voir, reprit Zachiel, par le récit qu'Homère nous a fait de la guerre de Troye, que le parti que les dieux prirent dans cette guerre occasionna un bouleversement général dans le ciel.

Le Scamandre vit briller l'égide de Minerve; il fut aussi témoin de l'effet des flèches sorties du carquois d'Apollon; il sentit le redoutable trident de Neptune, qui souleva toute la machine, qui fit tourner le globe de la terre, & pensa la mettre hors de son pivot; c'est pourquoi on convint qu'il n'y avoit que les arrêts inévitables du destin qui pussent rétablir la paix entre ces dieux animés par la plus affreuse vengeance, ou lorsqu'ils conviendroient mutuellement de rester neutres, en ne se mêlant aucunement des querelles du genre humain.

Ne diroit-on pas, reprit Monime, en examinant la conduite qu'on impute à ces fausses divinités, que la plupart des temples magnifiques qu'on leur a élevés n'ont été bâtis que pour servir de maisons de plaisance à leurs dieux, c'est-à-dire, ce qu'on appelle petites maisons dans l'empire de la lune, puisqu'ils croient qu'ils viennent souvent les habiter pour se délasser de leurs occupations & s'amuser en même tems des fêtes qu'on donne en leur honneur? On peut présumer aussi qu'ils ont voulu récompenser la piété des hommes en faisant naître parmi eux un

grand nombre de héros qui participent par leur naiſſance à la divinité de celui qui leur a donné l'être;
c'eſt-là ſans doute ce qui forme cette multitude
de demi-dieux qu'on ne doit qu'aux charmes des
belles mortelles.

Il eſt vrai, dit Zachiel, que pluſieurs mondes
d'eſclaves ont décerné le titre de dieux à des
monſtres indignes de porter le nom d'hommes.
C'étoit faire ſa cour à Alexandre, de le croire fils
de Jupiter. Les Romains, qui étoient éclairés,
virent ſans s'émouvoir réunir dans la perſonne de
Ceſar un Dieu, un prêtre & un athée ; il vit élever
des temples à ſa clémence : collègue de Romulus,
il reçut les vœux de la nation ; ſa ſtatue étoit poſée,
dans les fêtes ſacrées, auprès de celle de Jupiter,
qu'un inſtant après il alloit lui-même invoquer.
Domitien fut auſſi confondu avec Jupiter ; la flatterie & l'adulation le nommèrent bienfaiĉteur de
la terre : leurs droits à la divinité étoient les mêmes,
& leur nature & leur puiſſance étoient égales.

CHAPITRE XI.

LE génie nous conduit à l'embouchure de différens fleuves.

APRÈS nous être affez long-tems répofés fous un épais feuillage, que des pampres chargés de fruits & entrelacés de lierre rendoient des plus agréables, le génie nous fit traverfer un très-fpacieux vallon rempli de fleurs deftinées à former les couronnes & les guirlandes de Zéphir & de Flore. Ce vallon nous conduifit infenfiblement à l'embouchure de trois grands fleuves qui fervent à arrofer les campagnes brillantes de ce monde lumineux.

Le premier & le plus large de ces fleuves fe nomme le fleuve de la Mémoire; le fecond, plus étroit mais plus profond, eft celui de l'Imagination; & le troifième, beaucoup plus petit que les deux autres, eft celui du Jugement.

Vous ne devez pas ignorer l'un & l'autre, dit le génie, qu'il fe trouve dans l'ame plufieurs facultés fubalternes qui doivent fervir à la raifon, qui ne doit jamais ceffer d'en être la fouveraine. Entre ces facultés, l'imagination tient toujours le premier rang; c'eft elle qui reçoit les impreffions des

I iij

objets extérieurs dont les sens se trouvent souvent affectés; c'est elle qui forme de ces mêmes objets des images & des figures, sur le rapport ou sur la discordance desquelles notre raison doit fonder ce que nous affirmons comme des vérités, ou ce que nous rejetons comme des mensonges.

Quand la nature se livre au repos, la raison semble se retirer de son siège, & c'est alors que l'imagination, qui se plaît à faire des peintures, travaille plus librement; mais faute de savoir assortir ces images, lorsqu'elle n'a plus la raison pour guide, on la voit le plus souvent, pendant le sommeil, produire des mélanges bifarres, & assembler sans aucun soin les choses qui se rapportent le moins, la mémoire les conserve, &, guidée par le bon-sens, elle peut quelquefois en faire un choix utile. Vous savez que la mémoire est la gardienne de nos pensées, de nos plaisirs & de nos peines; le bon-sens & la raison sont donc absolument nécessaires pour diriger les deux autres.

Le génie nous fit ensuite remarquer sur les rives de la Mémoire, certains animaux amphibies qui semblent souvent prêts à vous dévorer. Monime fit son possible pour en apprivoiser quelques-uns; mais lorsqu'elle vouloit s'en approcher, ils redoubloient leurs cris en la regardant d'un air furieux. Ces animaux ne se nourrissent que de l'eau du fleuve, & paffent les jours à répéter d'une voix rauque & aiguë tout ce qu'ils ont entendu dire. Du reste, nous ne vîmes fur les bords de ce fleuve que des perroquets, des corbeaux, des geais, des pies, des fanfonnets, des linots, des pinçons, & de toutes les autres efpèces d'oifeaux, gafouillans ce qu'ils ont appris : ce qui forme un ramage fort important. L'eau de ce fleuve paroît gluante, elle exhale une vapeur noire, femblable à une épaiffe fumée, & roule avec beaucoup de bruit.

Le fleuve de l'Imagination coule avec plus de rapidité; fa liqueur légère & brillante étincelle de toutes parts; femblable à un torrent d'éclairs, il n'obferve en voltigeant aucun ordre certain : mais en fixant attentivement les yeux fur fes ondes toujours agitées, on apperçoit que ce qu'il roule fur fon fond eft du pur or potable, fon écume forme l'huile de talc. Monime eut la curiofité d'en goûter, je fuivis fon exemple, & nou la trouvâmes d'un goût exquis.

Sur les bords de ce fleuve font répandues quantité de pierres précieufes qui fe trouvent mêlées avec un fable d'or. Nous y remarquâmes, entre autres, plufieurs de ces cailloux qui ont la vertu de rendre légers tous ceux qui les portent; il y en a d'autres qui en fe les appliquant d'un certain côté vous rendent invifibles. Ce fleuve renferme des

I iv

salamandres; les aigles viennent souvent aussi s'y promener; on y voit des syrennes & plusieurs autres espèces de créatures qui se plaisent à voltiger sur ces eaux; ces rives sont bordées par une magnifique futaie de cèdres & de palmiers, dont les branches sont chargées de phénix & de rossignols qui y forment un concert délicieux; nous vîmes aussi beaucoup d'arbres fruitiers; Zachiel en fit remarquer à Monime plusieurs sur lesquels avoient été greffés ceux du jardin des Hespérides, où la discorde cueillit la pomme qui mit la division entre les trois déesses, remplit tout l'Olympe de troubles & fit tant de mal aux Troyens.

Ce qu'il y a de plus remarquable dans le cours de ces deux fleuves, c'est que, comme ils coulent à côté l'un de l'autre, il arrive souvent qu'aux endroits où la Mémoire a le plus d'étendue, l'Imagination paroît beaucoup plus étroite; & lorsque l'Imagination s'étend avec plus de rapidité & de brillant, alors la Mémoire n'est plus qu'un simple petit ruisseau, comme si l'un de ces deux fleuves ne se nourrissoit qu'aux dépens de l'autre.

Un peu plus loin, sur la droite, est le canal du Jugement. Ce canal qui paroît d'une profondeur extrême, présente aux yeux une eau claire, sans être brillante; ses eaux paroissent couler très-lentement : mais lorsque par des canaux souterreins l'Imagina-

tion fe communique à ce fleuve, fes eaux naturellement froides prennent alors un degré de chaleur
tempéré qui change fon fable en diamans d'un prix
ineftimable; il croît parmi la vafe de fon lit des
plantes d'ellébore, dont les racines nettoyent &
purifient fes eaux. Ce fleuve fe diftribue, ainfi que
les deux autres, en une infinité de petits canaux
qui groffiffent en s'éloignant & vont fe confondre
pour former un grand lac.

Le génie nous conduifit enfuite dans une route
bordée d'allées larges & fuperbes; nous marchâmes
long-tems fur une poudre d'or, & arrivâmes enfin
à un des ports d'un grand Océan, que le génie nous
dit être la mer d'Efpérance; c'eft fur cette mer que
nous devions nous embarquer : vous voyez, dit
Zachiel, que la nature n'a rien épargné pour fournir aux habitans de ce monde toutes les reffources
qui leur font néceffaires pour les rendre parfaitement heureux, puifqu'elle leur a encore accordé
l'efpérance, qui eft un tréfor qu'on peut pofféder
au fein même de l'indigence. L'efpérance adoucit
les maux; elle fert à ranimer le cœur, à foutenir
les defirs & à confoler dans toutes les difgraces de
la vie. Monime voulut goûter de ces eaux qui lui
parurent auffi douces que du lait & d'un goût fort
agréable.

Cette mer renferme des richeffes immenfes ;
fon flux & reflux n'eft occafionné que par une pro-

digieufe quantité d'Efpérances qui fe perdent dans tous les mondes poffibles, & viennent fe jetter à grands flots dans cette mer comme étant leur fource: fouvent elle eft agitée par des vents orageux qui forment de grandes tempêtes; c'eft ce qui rend fes eaux tantôt claires & brillantes, & quelquefois troubles & bourbeufes: mais lorfqu'elle eft calme & tranquille, on voit que ce qu'elle roule dans fon fein font toujours d'immenfes richeffes; elle engendre un grand nombre d'animaux d'efpèces fingulières. On voit fur fes rives quantité de fimples qui vous attirent par leurs parfums, & dont les feuilles reffemblent à la fenfitive; le myrthe & le laurier y forment des allées délicieufes.

En côtoyant ces bords, nous rencontrâmes un jeune marin qui paroiffoit dans la plus grande défolation de la perte d'un navire qu'il n'avoit pû fauver de la fureur de l'onde. Ce jeune homme donnoit les plus tendres regrets à la perte des braves officiers qui fervoiént fous fon commandement. Zachiel voulant profiter de l'ignorance de ce jeune commandant pour nous donner quelques leçons fur la marine: fi ce jeune homme, nous dit-il, eût été inftruit des premiers élémens qui doivent former un marin, il n'auroit pas expofé fon vaiffeau à une perte inévitable.

Le principal objet qui doit fixer l'attention d'un homme de mer, eft d'examiner fes navires, de

connoître leurs qualités, leur folidité, leurs pro-
portions, leurs vîteffes ou leurs lenteurs ; ces connoiffances doivent régler fes opérations ; les vents
qui ont été créés par la nature pour purifier l'air en
l'agitant, & pour amener ou diffiper les pluies,
pour répandre les germes des plantes ou pour les
tranfporter, ou enfin pour fortifier les végétaux par
des fecouffes utiles ; ces vents, dis-je, doivent faire
fa feconde étude ; ce font eux qui décident prefque
toujours du fuccès des combats. Il eft donc néceffaire de les connoître, pour tâcher de vaincre leurs
obftacles en réglant fur eux le choix des poftes pour
en tirer de grands avantages, lorfqu'ils font favorables, ou pour les combattre lorfqu'ils font contraires.

La troifième qui regarde la mer, eft d'eftimer
l'action des vagues qui choquent continuellement
fon navire ; il doit obéir aux mouvemens toujours
agités de fa furface, connoître & mettre à profit la
direction de fes courans, calculer les tems de fes
marées, examiner leurs forces & leurs effets, afin
d'en profiter ; tous ces détails fi multipliés ne peuvent
être que la fuite de beaucoup d'étude & d'une expérience confommée ; c'eft de ces connoiffances com-
binées que réfulte l'art du pilote.

Vous ne devez pas ignorer mon cher Céton,
ajouta Zachiel, que l'homme a befoin d'apprendre
jufqu'aux chofes les plus fimples. C'eft une réme-

rité bien groſſière d'oſer ſe flatter de réuſſir ſans
étude, puiſqu'elle ſeule donne les connoiſſances
utiles; l'autorité donne les titres, la nature produit
les graces & ſouvent les talens; mais la morale, la
philoſophie & l'hiſtoire ſont ſeules capables de produire la ſageſſe, la juſtice, la joie, les plaiſirs purs
& une gloire ſans tache.

SIXIÈME CIEL.

JUPITER.

CHAPITRE PREMIER.

DESCRIPTION *de l'Empire des Joviniens.*

ZACHIEL jugeant qu'il n'y avoit plus rien qui pût nous arrêter dans le globe du Soleil, nous proposa de reprendre les tourbillons pour gagner la planète de Jupiter, qui est, comme l'on sait, une des plus grandes & des plus éloignées de notre monde, ou bien de nous y faire transporter par des atômes ; Monime préféra cette dernière commodité, ne voulant plus se mettre aux risques d'être écrafée par le choc de ces tourbillons, dont la rapidité est capable de déranger le cerveau le plus ferme.

Le génie nous fit mettre sur un groupe d'atômes crochus qui se tenoient comme enchaînés les uns dans les autres. Ces atômes, qui ne sont pas si effrayans que les tourbillons, nous conduisirent assez commodément dans la planète de Jupiter.

Le ravissement que j'éprouvai pendant ce voyage, dans l'admiration de mille & mille beautés diverses, emportoit mon ame avec plus de rapidité que nous ne les traversions. Mes yeux parcouroient & embrassoient tout-à-la-fois une infinité d'objets aussi variés qu'agréables ; le ciel me présentoit sans cesse de nouvelles images, dont la pompe, la magnificence & le majestueux désordre attiroient toute mon attention ; mon esprit s'y livroit tout entier, un calme délicieux le pénétroit, & je jouissois de ce vaste univers comme s'il étoit à moi, lorsque Monime fit un cri qui me tira de mon extase ; elle n'avoit pu résister à un violent mouvement de frayeur excité par la vue de ce vide immense que le génie nous fit traverser avec beaucoup de rapidité sans aucun accident.

Nous arrivâmes enfin dans le globe de Jupiter au moment que l'Aurore, éveillée par les Heures qui courent sans cesse, s'apprêtoit à ouvrir les portes du jour, & la nuit percée de ces traits naissans est obligée de fuir devant eux. Alors nous commençâmes à découvrir le sommet chevelu des forêts & la cime grisâtre des montagnes, & à respirer un air qui porte à l'ame une douce volupté qui semble donner aux habitans de ce monde un sens de plus.

Le génie nous fit traverser une vaste étendue

de terre qui nous parut d'abord tout-à-fait semblable à celle de Mercure , & nous crûmes long-tems, Monime & moi , que le genie s'étoit trompé de chemin, & qu'au lieu de nous conduire à Jupiter, il nous avoit fait rentrer dans Mercure par une route différente. La reſſemblance qui ſe trouve entre ces deux planètes eſt ſi grande , qu'il n'eſt guère poſſible de ne s'y pas méprendre ; & ce ne fut qu'après bien du tems & bien des obſervations que nous parvînmes à entrevoir quelques traits de différence. Dans les campagnes la miſère y eſt la même, & les malheureux qui les habitent y ont également l'air de gens à qui l'on envie juſqu'au chaume qui couvre leur cabane & l'air qu'ils reſpirent.

En approchant d'une des villes capitales , nous remarquâmes que les terres , quoique graſſes & fertiles , y ſont pareillement deſtinées aux ſeuls plaiſirs des yeux , c'eſt-à-dire , qu'au lieu qu'elles ſoient préparées pour d'utiles récoltes , elles ne préſentent de toutes parts que des ornemens ſuperflus , des parterres émaillés des plus belles fleurs , des allées dont les arbres ſont taillés en mille formes différentes , des parcs d'un contour immenſe , des caſcades , des napes d'eau , des tapis de gazons ornés de ſtatues d'un travail exquis , des boſquets & des labyrinthes admirablement bien deſſinés ; enfin on diroit que la terre qui doit être par-tout la mère nourrice des hommes, n'est ici qu'un théâtre de pure représentation & de spectacle pour satisfaire seulement la vue.

Les mœurs de ce monde sont encore plus ressemblantes à celui de Mercure ; même luxe, même dépense, mêmes usages, mêmes manières, même air de hauteur & même orgueil, mais principalement même avidité d'acquérir des richesses, même profusion pour les dissiper, même facilité à contracter des dettes & même usage pour n'en acquitter aucune.

Ne diroit-on pas, dit Monime, que leur orgueil les porte à se croire formés de la rognure des anges, puisqu'ils ne peuvent souffrir que leurs inférieurs osent s'expliquer sur les sentimens d'amitié ; sans doute qu'ils préférent les fastueux respects qu'exige leur dignité, à cette tendresse & à cette amitié qui semblent n'être bien goûtées que par les dieux ; ce sont ces faux principes qui privent les grands de la plus vive douceur de la vie ; car il est certain que ceux qu'une tendre sympathie porteroit à se lier d'amitié, se trouvent forcés, par l'impression du préjugé, de réprimer les mouvemens de leurs cœurs, afin d'éviter de donner des témoignages trop marqués de leur inclination, dans la crainte de n'en être payés que par un mépris humiliant au lieu de la reconnoissance qu'ils seroient en droit d'en attendre. Monime finit

finit ses remarques par vouloir me perfuader qu'il falloit que les Joviniens euffent trouvé le fecret de franchir les efpaces immenfes qui les féparent du monde de Mercure, & que ces deux peuples fuffent en commerce enfemble. Je n'étois pas éloigné de ce fentiment ; mais Zachiel nous détrompa.

Vous ne devez pas douter, dit le génie, que je ne connoiffe parfaitement le caractère des uns & des autres ; foyez certaine, belle Monime, qu'il n'en eft point de plus oppofé : la finance qui règne dans Mercure ne conçoit rien de plus frivole que la nobleffe, & la nobleffe qui eft toute à Jupiter, n'a que du mépris pour la finance ; cependant les perfonnes fenfées comparent la haute naiffance à une pyramide élevée au milieu d'un vafte champ, où chacun peut à fon gré en examiner la perfection ou les défauts. Un grand, par fon élévation, femblable à cette pyramide, paroît à découvert ; on l'apprécie, on pénètre fes deffeins, on en devine les fecrets motifs, & le public, juge impartial, prononce impunément fon arrêt ; le mafque de la vertu ne le trompe qu'un tems, il lit au fond des cœurs ; dignités, richeffes, honneurs, rien ne le met à couvert de la cenfure ; informé de tous fes écarts, on les publie, & fon éclat ne fert fouvent qu'à le décrier ; mais cela n'empêche pas qu'ici, comme ailleurs, le riche finan-

Tome II. K

cier ne veuille trancher du noble , & que le noble mal-aifé n'employe tous fes talens pour approcher de la profufion du riche.

J'avois remarqué dans la planète de Mercure que le plus grand nombre des citoyens portoit de grands anneaux , qui font les marques diftinctives qui décorent les perfonnes de qualité , quoiqu'ils n'euffent aucun titre qui les autorife à fe parer de cette marque de diftinction : dans celle de Jupiter c'eft une efpèce de poignard à peu-près de la forme de nos couteaux de chaffe , qu'ils portent à leur ceinture. Ce fer qu'il n'eft permis d'avoir qu'à ceux qui défendent la patrie , par un abus inconcevable , fert encore d'ornement à ceux qui ne font occupés qu'à fa ruine. Je ne pouvois concevoir des contradictions fi frappantes , mon éducation anglaife m'avoit appris que ce fer eft un privilège qui n'appartient qu'aux guerriers & aux nobles ; j'avois peine à m'accoutumer à voir des commis & des gardes - portes anticiper fur les droits de la nobleffe.

Mon féjour dans la Jovinie me donna tout le tems de m'apprivoifer à cet ufage fi contraire à nos façons anglaifes ; j'y vis tout le monde, fans diftinction d'état ni de condition , armé de ce même fer qu'ils ne quittent tous non plus que leurs fouliers ; on m'affura que plufieurs couchoient avec.

Invités un jour à dîner chez un seigneur, nous nous fîmes conduire, en sortant de chez lui, Monime & moi, au spectacle le plus fréquenté, où l'on représente à grands frais non seulement toutes les merveilles de la nature, mais beaucoup d'autres prodiges encore plus grands, que personne ne peut jamais voir que sur ce théâtre, où l'on voit pêle mêle des dieux, des lutins, des monstres, des rois, des bergers, des fées, des enchanteurs, des furies, des feux, des batailles & un bal : cet assemblage si magnifique est représenté dans une grande salle dont les deux côtés sont garnis de coulisses assez semblables à nos feuilles de paravents, où sont grossièrement peints les objets que la scène doit représenter. C'est-là où toutes les personnes de condition se rassemblent, parce qu'il est du bel air pour un homme d'un certain ton de n'en pas manquer un seul.

Après avoir parcouru des yeux tout ce qui m'environnoit, je les fixai par hasard sur un jeune homme d'une assez belle physionomie ; mon attention à l'examiner le fit rougir ; je cherchois à me rappeler ses traits & l'endroit où je pouvois l'avoir vu ; pour m'en assurer je me déterminai à lui parler : votre visage ne m'est pas inconnu, lui dis-je, n'est-ce pas chez M. le Vicomte de la Chimeradiere ? N'y étiez-vous pas à dîner ?

K ij

Cette queſtion démonta d'abord mon jeune homme , il ne put diſſimuler ſon embarras ; mais prenant auſſi-tôt ſon parti : Monſieur , me dit-il à l'oreille , de grace , ne me perdez pas auprès de mon maître ; je ne puis nier que ce ne ſoit moi qui vient de vous verſer à boire à la table de Monſeigneur. Je vous avouerai ingénument qu'il m'a pris aujourd'hui une ſi forte envie de trancher du petit-maître , que je n'ai pu y réſiſter ; Monſeigneur me fait l'honneur de me diſtinguer de ſes autres domeſtiques , je ſuis ce qu'on appelle ſon griſon ; c'eſt moi qui l'accompagne ordinairement dans ſes expéditions nocturnes ; c'eſt-à-dire , repris-je , qu'il eſt l'Amphitrion & que tu es ſon Socie. Préciſément , Monſieur , dit ce jeune éveillé , enhardi par ma plaiſanterie ; comme mon maître vient de partir pour la campagne où il doit reſter deux jours , j'ai voulu profiter de ce tems pour voir ſi je pourrois le copier dans plus d'un rôle. Je crois qu'il vous eſt aiſé de remarquer que je ne ſuis paré que de ſes plumes ; mais ce n'eſt pas là le plus intéreſſant de mon hiſtoire , & ſi Monſieur me le permet , j'aurai l'honneur de lui faire part d'un projet qui eſt ſur le point de la concluſion. L'effronterie de ce domeſtique m'amuſant beaucoup , je conſentis à l'entendre.

Vous n'ignorez pas , Monſieur , pourſuivit-il ,

qu'il est de la dignité d'un grand Seigneur d'avoir pour maîtresses des filles de théâtre ; mon maître, qui ne déroge en rien à cet usage, en prit une nouvelle hier au soir & s'en est dégoûté ce matin. Ce Seigneur généreux dans toutes ses actions, pour éviter les reproches de la belle, lui envoie deux cens louis, qui sont sans doute le prix qu'elle met à ses faveurs ; comme son plus zélé serviteur, il me les a remis ce matin pour les donner à cette nymphe ; la probité dont je fais gloire ne me permet pas d'en rien ôter, mais la galanterie où je me pique aussi d'exceller, à l'exemple de mon maître, semble me convier de me servir de cette même somme pour tâcher d'obtenir de la belle une petite part dans ses bonnes graces : c'est ce qui m'a fait prendre le parti de lui écrire sous le nom d'un Seigneur étranger. Je ne vous cacherai point que j'ai copié ce billet sur un des brouillons de mon maître, pour lui annoncer d'un style aussi familier, que je comptois aller souper chez elle en sortant du spectacle, en lui portant une offrande assez considérable pour la rendre sensible à mes feux ; j'en ai reçu une réponse conforme à mes desirs. Vous voyez, Monsieur, que je ne fais aucun tort à mon maître, si je puis, à la faveur de l'encens qu'il me charge d'offrir à cette déesse, participer aux mêmes faveurs, ne pouvant autrement les obtenir.

K iij

Je trouvai l'idée de ce garçon si plaisante, que j'en fis part le soir même à Zachiel, qui, loin d'en être surpris, m'assura que ces aventures étoient très-fréquentes chez les Joviniens. La plupart des domestiques, sur-tout ceux des Seigneurs, ont presque tous un habit bourgeois, lorsque ceux de leurs maîtres ne peuvent leur servir, quand ils veulent contrefaire les messieurs ou copier leurs maîtres, s'introduire au spectacle, ou dans d'autres endroits où l'on ne souffre point les gens de livrée.

Rien n'est plus abject, au jugement des Joviniens, poursuivit Zachiel, que de n'avoir d'autre titre que celui de bourgeois, ce qui fait qu'on les voit mettre tout en œuvre pour s'en procurer un plus distingué, afin de se donner un nom. Un marchand ambitionne d'élever son fils dans la magistrature; le fermier d'un seigneur, devenu riche par son travail, met le sien dans le militaire, & prenant à la lettre cette expression figurée, *se donner un nom*, ne cherchent point d'autre finesse que celle de changer celui de leur famille en en retranchant quelques lettres, ou y ajoutant quelques syllabes; par cette espèce de combinaison le fils de Pierrot se transforme aisément en Pirtori, qui est un des plus beaux & des plus anciens noms de cet empire; il ne faut pas oublier de mettre avant le nom la particule *du* ou *de*; cette précaution est importante , car on passe toujours pour un très-petit personnage lorsqu'on ne se fait pas nommer Monsieur de.....

Il est vrai que cette manie va si loin , qu'on voulut révoquer en doute que je fusse un homme de naissance, pour cette seule raison que je m'appelois Céton ; ce nom fut jugé du dernier bourgeois , rien de moins seigneurial ni de moins susceptible de le devenir ; de Céton ne valoit guère mieux , sur-tout étant seul , car c'étoit encore un nouveau sujet de scandale pour ces Seigneurs, de m'entendre dire tout naturellement que Céton étoit mon seul nom & que je n'en avois point d'autres ; ils m'en vouloient au moins encore trois ou quatre , & trouvoient que Céton étoit trop court & qu'il falloit nécessairement l'alonger.

Je fus donc forcé, pour me faire distinguer, de céder à ce bisarre caprice , & de me faire nommer, tout le tems que nous restâmes chez les Joviniens, Milord de Crétonsins des Albions de la Glocester ; tous ces noms m'attirèrent beaucoup de considération & de respect. Monime suivit mon exemple , elle réunit comme moi les trois premiers noms qui se présentèrent à son esprit, qui étoient de Monimont de Kaquerbec d'Hibemalk, à quoi Zachiel voulut qu'elle ajoutât princesse de Georgie , qualité qu'il lui avoit déjà fait prendre dans le monde de Venus , sans nous dire cepen-

dant les raisons qui le déterminoient à la nommer
ainsi.

Nous commençâmes par visiter les provinces
les plus considérables de la Jovinie. Arrivés dans
une de leurs capitales, nous fûmes introduits chez
les plus grands Seigneurs, car presque tous les
Joviniens veulent trancher du grand ; tout le
monde veut être noble à quelque prix que ce
soit ; parce que la noblesse se vend dans ce monde
de même qu'on vend du drap dans le nôtre. Un
artisan, un marchand, un financier, traite de
la noblesse comme on fait en Angleterre pour le
fret d'un vaisseau : aussi on y voit de la noblesse
à tout prix ; & pourvu qu'on ait de l'argent, le
chemin pour y parvenir est presque tout fait.
Lorsqu'on est en état d'acheter une terre, on croit
aller de pair avec la plus haute noblesse ; on est
déjà Seigneur rentier, on dit mes vassaux, on
jouit du droit de chasse, on parle de son château,
on roule en équipage, on porte le nom de sa
terre, & bientôt on est branché de la famille
des anciens possesseurs.

On nous conta l'histoire d'un gros paysan qui
prit la ferme d'une terre à très-bon compte. Le
propriétaire, peu soigneux de son bien, l'avoit
laissé dévaster ; mais le paysan fin & rusé, qui en
connoissoit les limites, les fit valoir, la cultiva
avec grand soin ; fit plusieurs avances à son

maître qui, étant un dissipateur, mourut chargé de dettes ; le fermier au contraire, qui pendant sa régie avoit économisé, se trouva créancier de sommes considérables, dont il pressoit le paiement, en menaçant de faire des frais, à moins qu'on ne consentît à lui céder la terre pour une somme assez modique qu'il offroit de payer comptant ; les héritiers acceptèrent sa proposition, pour éviter la saisie-réelle qui auroit emporté le reste ; ainsi chacun trouvant son compte à ce marché, le fermier se rendit propriétaire de cette terre, & son fils prit bientôt le titre pompeux de Marquis de...... & ses petits-fils étant parvenus aux charges de l'état, les plus grands Seigneurs se tiennent honorés de leur appartenir.

Ces sortes d'usurpations sur la noblesse y sont très-faciles à la faveur d'une possession peu connue, mais fort recherchée ; on a recours aux faiseurs de généalogies, qui passent leur vie au milieu de la poussière & des parchemins, à déchiffrer de vieux titres à qui ils font dire tout ce qu'ils jugent à propos, sans que personne s'avise de les contredire ; on n'a qu'à les bien payer, ils vous feront descendre de la race que vous choisirez : en voici un exemple dont nous avons été les témoins oculaires.

Monime avoit fait la connoissance d'une jeune demoiselle très-jolie & remplie d'un mérite distin-

gué : cette demoiselle, déjà très-riche, étoit venue
à la ville pour se faire adjuger une succession considérable, se croyant la seule qui fût en droit de
la recueillir, lorsqu'un villageois vint anéantir
toutes sès espérances. Cet homme sortit très-jeune
de son village pour entrer chez une dame en qualité d'housard.

C'est un usage parmi les dames Joviniennes,
presque toutes font élever de petits garçons qu'elles
habillent d'une façon grotesque pour se faire porter la robe ; celui-ci s'étoit produit en cette qualité chez cette dame, elle lui avoit fait prendre le
nom de son village qui est celui de Jarnac. Devenu
grand & fort intelligent, elle le plaça auprès d'un
jeune petit-maître, que la chronique dit avoir été
son amant. Quoi qu'il en soit, Jarnac sut si bien
s'insinuer dans l'esprit de son maître, qu'il gagna
entièrement sa confiance & y amassa beaucoup
d'argent, ce qui par la suite le faisoit vivre dans
la maison avec une sorte de distinction.

Le hasard fit un jour rencontrer Jarnac dans un
endroit où on lui montra l'héritière de son seigneur.
Surpris d'apprendre qu'il étoit mort sans postérité,
& charmé en même tems de la beauté de cette
demoiselle, il revint à l'hôtel tout rêveur. D'abord
l'amour lui fit naître l'idée de profiter de son nom
pour se porter héritier de ce Seigneur. Sûr de
l'amitié de son maître, il ne balança point à lui

faire confidence de son projet, en le priant de lui indiquer les moyens de réussir.

Le maître, charmé de trouver une occasion de faire la fortune de ce domestique sans qu'il lui en coûte rien, commença par le badiner sur sa nouvelle grandeur, & finit par lui conseiller d'aller trouver un généalogiste, & de le tenter par une somme considérable, dont il promit de répondre. Jarnac n'eut pas besoin de la caution de son maître, l'argent qu'il avoit sû économiser chez lui, servit à gagner le généalogiste. Une bourse pleine d'or, avec la promesse d'en donner deux fois autant, en cas de réussite, fit si bien ouvrir les yeux au docte parcheminier, qu'il lui fabriqua plusieurs beaux & bons contrats, sur la foi desquels il fut déclaré descendre en droite ligne des premiers ayeux du Seigneur de Jarnac, & le riche héritage lui fut accordé de plein droit : mais par une noble délicatesse, & pour satisfaire son amour, il se prêta de bonne grace à consoler la jeune héritière, en lui offrant de l'épouser & de partager avec elle sa fortune. Jarnac étoit d'une très-jolie figure, d'une taille admirable ; il savoit copier parfaitement son maître ; & dès qu'il fût seigneurifié, il en prit bientôt toutes les façons. La demoiselle ne laissa échapper aucune de ses qualités : ainsi, soit qu'elle crût de bonne-foi qu'il pouvoit appartenir par quelque côté à la maison de Jarnac, où qu'elle fût simplement touchée de sa bonne mine, elle consentit enfin d'unir sa fortune à la sienne; & nous fûmes témoins de leur mariage qui se fit avec pompe & de la dernière magnificence.

Les Joviniens connoissent, comme les habitans de notre monde, plusieurs sortes d'armoiries & d'écussons qui servent à distinguer les grandes maisons, & on ne sauroit mieux prouver parmi eux qu'on est de la même souche, qu'en faisant voir qu'on a toujours constamment porté les mêmes armes. Les hommes les plus nouvellement ennoblis se font gloire d'en orner leurs équipages, tandis que l'ancienne noblesse y renonce. Autrefois on ne voyoit aucune voiture où les armes du maitre ne fussent empreintes sur les quatre faces; cet usage est entièrement aboli, on y a substitué des fleurs qui ne désignent rien: des génies, des divinités fabuleuses, ou de jolis paysages ont pris leur place. On nous assura qu'ils avoient trouvé l'ancienne méthode trop gênante, & qu'il étoit du premier ridicule de ne pouvoir paroître en public sans annoncer sa qualité; on présume que leurs plaisirs demandent l'incognito, c'est sans doute ce qui leur a fait choisir ce moyen de le garder; & ce qui confirme encore cette conjecture, c'est que plusieurs ont changé leurs livrées, par la seule raison qu'elle étoit trop connue. Il n'est pas rare non plus de voir que ceux qui sont décorés de cordons, de médailles ou d'autres attributs d'Ordre de chevalerie, les cachent ou les mettent dans leur poche.

On nous conta à ce sujet une aventure arrivée récemment à un Seigneur nommé Paragon, qui s'étant rencontré dans un endroit fort suspect, sans aucune marque de distinction, y fut grievement insulté par quelques spadassins, hommes du peuple qui n'ont d'autres talens que celui de savoir bien espadonner. Paragon échauffé par le jus de bacchus, l'étoit aussi par les agaceries d'une nymphe qui, loin de soupçonner sa dignité, le regardoit comme un de ces vieux débauchés très-propres à plumer; dans cette vue elle cherchoit à lui faire perdre le peu de raison qui lui restoit, afin de tâcher de le dépouiller entièrement. Sa bourse déjà escamotée, on lui tira ses bijoux l'un après l'autre, mais lorsque Paragon s'apperçut qu'il lui manquoit une grosse boîte d'or, renfermant le portrait de sa maîtresse, il la redemanda avec empressement; la dame du tripot nia d'abord l'avoir vue. Paragon, qui auroit donné une partie de sa fortune pour ravoir sa boîte, s'emporta & se servit d'épithètes qui, quoiqu'elles convinssent à la profession de cette femme, ne laissèrent pas de l'offenser; elle y riposta avec les mêmes accompagnemens dont s'étoit servi Paragon; la dispute s'échauffa, les spadassins s'en mêlèrent;

quelques soufflets furent donnés & rendus , on mit l'épée à la main ; mais le seigneur Paragon ne trouvant point la sienne pour se défendre , alloit indubitablement être mis en pièces , si le bruit qu'ils faisoient n'eût invité les voisins à appeler du secours ; ces brigans se sauvèrent avec leur donzelle , au moyen d'une porte secrete qui donnoit dans une autre rue , & le seigneur Paragon se vit dans la nécessité d'avaler à longs traits toute la honte d'une pareille aventure , sans pouvoir se flatter d'en obtenir aucune vengeance.

CHAPITRE II.

PORTRAIT des Joviniens.

DANS la Jovinie les grands Seigneurs , & ce qui s'appelle l'ancienne noblesse , y sont affables, humains, sans arrogance & sans fierté : mais les nouveaux nobles font les rodomonts , & semblent avoir sucé avec le lait la vanité , l'orgueil & la fierté ; ils se croient seuls respectables , exigent des soumissions, se méprisent entr'eux, se portent envie & se haïssent. Ce monde tire sans doute de la lune l'air contagieux du faste , & de Venus celui de la mollesse & de la volupté ; ce n'est que magnificence dans les meubles , que somptuosité dans les équipages , que profusion dans les repas & que rafinement dans les plaisirs ; ils méprisent le marchand , & ce dernier prime souvent sur eux : vous avez vos titres , leur dit-il , & moi j'ai mon coffre fort , avec lequel je puis , quand je veux, acheter de la noblesse.

Les riches ont des charges qui leur rapportent des honneurs & du profit ; le peuple les mon-seigneurise , on leur donne du très-haut & du très-puissant ; ils ont des vassaux, de beaux parcs, de beaux châteaux , de grands hôtels & l'espé-rance de parvenir aux premières dignités de l'état. Que de sujets pour oublier qu'ils sont hommes ! Aussi la plupart ne regardent-ils tous ceux qui les approchent que comme des insectes dont la terre est couverte. Semblables à un certain roi des Moluciens qui se disoit roi des enfers, & vouloit qu'on appelât sa femme Proserpine, sa mère Cérès, & son chien Cerbère : de même les Jovi-niens se font diviniser. Ces Seigneurs affectent la simplicité dans leurs vêtemens, & se font accompagner par des domestiques dont les habits sont chamarés d'or ou d'argent.

La plupart de la noblesse, quoique fort entêtée de son nom , laisse néanmoins au peuple & à la roture le soin de fournir à l'état de nouveaux citoyens. Il est du dernier bourgeois d'avoir plu-sieurs enfans ; un Seigneur doit se borner à un feul fils ; c'eft ce qui fait que la plupart des grands noms s'éteignent parmi eux , ou plutôt ils le feroient depuis long-tems fans le fecours des généalogiftes , qui ne s'occupent qu'à les faire revivre par des menfonges. Autrefois la nobleffe ne fe piquoit point de fcience ; toutes leurs études fe bornoient aux ufages & aux bienféances du monde ; à peine fe permettoient-ils de favoir écrire : griffonner leur nom étoit tout ce qu'il leur falloit ; par la même raifon on les voyoit fort peu occupés de l'éducation de leurs enfans ; ils les voyoient une fois le jour à deux ou trois heures, un moment avant le dîner , fans s'informer de ce qu'ils avoient fait dans la matinée , ni fe mettre en peine de ce qu'ils feroient le refte de la journée ; on leur donnoit un gouverneur , mais pour la forme ; s'il vouloit les inftruire , on craignoit qu'il ne les fatiguât ; s'il ofoit fe plaindre d'eux , c'étoit un pédant infupportable qui ne gagnoit que la haine du père & du fils.

Cependant , malgré ce peu de foin , rien ne flatte davantage les pères & mères que les bonnes difpofitions qu'ils remarquent dans leurs enfans ; mais rien ne les touche moins que l'obligation où ils font de cultiver ces heureufes difpofitions : ils s'imaginent avoir pleinement rempli leur devoir, en fe repofant fur un gouverneur, du foin de leur éducation , jufqu'à ce qu'ils foient parvenus à

apprendre

apprendre comme des perroquets quelques principes de littérature, qui ne servent qu'à en faire des raisonneurs abstraits sur des matières triviales & puériles, & leurs plus beaux jours se passent à étudier un jargon qui ne sert qu'à les rendre vains & présomptueux ; ils entrent dans le monde infatués de leur personne ; ils décident de tout, croient tout savoir, quoiqu'ils n'aient rien appris : on ne leur a parlé que de la noblesse de leur naissance, des grandeurs du monde, des dignités auxquelles ils peuvent aspirer; on a commencé par leur inspirer le goût des richesses, mais on ne leur parle ni de droiture, ni de désintéressement, ni de bonne-foi, ni de fidélité à garder leur parole ; sans doute qu'on suppose ces sentimens nés avec eux, & on se trompe.

On néglige d'apprendre à ces nouveaux nobles le soin de borner leurs desirs ; on ne leur inspire qu'une ambition démesurée, au lieu de s'attacher à en faire un honnête homme, un homme de bien, de lui donner de bonnes mœurs, en lui faisant valoir les actions généreuses, afin qu'il prenne goût à les imiter, en lui donnant de l'horreur pour le vice ; on ne travaille qu'à en faire un homme du monde, c'est-à-dire, un vrai perroquet qui ne repète que ce qu'il a entendu dire ; ainsi, loin de leur inspirer ces vrais principes par lesquels on parvient à la vérité, je veux dire ce

goût éclairé & judicieux, ce difcernement jufte
& délicat, qui ne fe laiffe point éblouir par les appa-
rences, qui cherche à pénétrer les matières &
à en faifir le point principal, & enfin cette morale
qui apprend à fe connoître & à apprécier le mérite
des autres; cette étude fi effentielle on la néglige,
on ne leur infpire que la fierté & le defir de plaire
aux femmes; & toute leur inftruction fe borne
à quelques devoirs fuperficiels où le cœur n'a aucune part; on ne leur préfente les objets que par ce
qu'ils ont de faux; on leur communique des
erreurs, des opinions dangereufes, & on parvient
enfin à leur gâter le cœur, & à ne remplir leur
efprit que d'idées de grandeur & d'établiffement.

Il feroit du dernier ridicule à un Seigneur de
donner quelque attention aux affaires de fa maifon,
ces foins font encore confiés à plufieurs économes
qu'on peut regarder comme leurs tuteurs, & qui
leur font payer bien cher le droit de curatelle; à
l'exemple de ceux-ci, les autres domeftiques les
volent à difcrétion. J'étois un jour chez un de
ces Seigneurs, chez lequel j'allois très-familière-
ment, lorfque fon premier valet de chambre,
vieux domeftique attaché depuis long-tems à fa
maifon & fort affectionné à fes intérêts (peut-être
étoit-il le feul qui fût borné au profit de fes gages)
ce domeftique, fâché de voir la maifon de fon
maître aller en défordre, profita de ma préfence

pour l'avertir qu'on le pilloit à toutes mains. Que veux-tu que j'y faſſe, dit le maître? fais comme les autres & laiſſe-moi en repos.

Ce domeſtique me regarda d'un air attendri, avec un ſigne qui ſembloit m'inviter à deſſiller les yeux de ſon maître. Je dis donc au ſeigneur Periandre qu'il devoit faire plus d'attention au zèle d'un homme qui étoit peut-être le ſeul qui lui fût véritablement attaché, que ſes avis méritoient d'être approfondis, que je penſois qu'on pouvoit ſans ſe dégrader, diſtribuer ſon tems de façon que, ſans manquer aux devoirs de ſon état & même ſans rien dérober à ſes plaiſirs, on pouvoit donner quelques heures dans la journée au ſoin de ſes affaires. Ne pourriez-vous pas, ajoutai-je, examiner les comptes de votre maiſon? Cela tiendroit vos gens en reſpect, & les empêcheroit de ſe liguer entr'eux pour travailler de concert à votre ruine.

C'eſt-à-dire, reprit Periandre d'un ton qui reſſembloit beaucoup à l'impertinence, que, ſuivant votre noble façon de penſer, il faudroit ſe réduire à la condition du plus petit bourgeois; j'avoue que de pareilles idées ne ſont jamais entrées dans la tête d'un homme de mon eſpèce, & qu'il ſeroit du dernier abſurde de s'avilir à des ſoins auſſi puériles. Je ne m'amuſai point à répondre aux ſots diſcours de Periandre, ni à combattre ſon erreur & ſa vanité mal étendue; & comme il me fit l'honneur de

prendre mon silence pour un aveu de mon ignorance, il voulut bien condescendre à m'étaler les
plus beaux traits de sa rhétorique, pour me persuader que ses opinions portoient un caractère
infaillible de grand, de beau & de généreux, mais
tout son savant discours ne servit qu'à me faire
connoître que l'esprit d'ordre & d'arrangement est
regardé chez les Joviniens comme une folie & une
petitesse indigne de leur noblesse. Rien n'influe
davantage chez eux que le luxe, c'est qu'on n'y
estime que les gens qui sont richement vêtus; la
parure y donne pour le moins autant de relief que
la bonne réputation. On s'attache moins à connoître les mœurs d'un homme, qu'à s'informer si sa
garderobe est bien montée, si ses meubles sont élé-
gans, si son équipage est leste, si ses chevaux sont
courte queue, si son cocher a des moustaches, &
si son portier a la marque de distinction que doit
avoir un portier du bon ton.

En général, tous les Joviniens aiment l'éclat,
leur gloire est d'égaler ceux que la naissance & la
fortune a placés au-dessus d'eux; ils veulent se
distinguer de leurs égaux; l'exemple les séduit, la
mode les entraîne, mais l'un & l'autre les portent
souvent à de grands excès. Ils aiment peu, & par
un juste retour ils sont peu aimés. Toute leur affection se borne à trois ou quatre objets, leurs chiens,
leurs laquais, leurs chevaux & leurs équipages,

parler de leurs meutes, faire valoir les talens de leurs chiens qu'ils vont visiter & connoissent tous par leurs noms : la perte d'un de ces animaux leur est souvent plus sensible que celle d'une maîtresse.

Il est assez commun de voir vingt ou trente domestiques dans une seule maison, qui sont autant de fainéans qui, loin de remplir leur service, se font eux-mêmes servir avec plus de hauteur & d'exactitude que leur maître. Mais rien n'égale leur tendre attachement pour leurs chevaux ; on diroit qu'un des attributs de leur grandeur soit attaché au nombre qu'ils en ont & au prix qu'ils les achètent. Ils poussent leur attention si loin pour ces sortes d'animaux, que j'ai vu plus d'un seigneur aller dans des voitures publiques afin de ne les point fatiguer ; souvent ils meurent de trop de graisse ; souvent aussi, par un contraste que je ne puis concevoir, malgré tous leurs soins, lorsqu'ils font tant que de s'en servir, ils les font aller à toute bride. Un seigneur du bon ton doit toujours être empressé & crever chevaux & coureur, s'il le faut, pour arriver un quart d'heure plutôt où souvent il n'a que faire.

La plupart des nobles prouvent l'ancienneté de leur famille par un droit de chasse qu'aucun seigneur ne peut leur disputer. On produit encore ses terriers, on cite ses fiefs, on détaille ses mouvances, on montre l'étendue de ses seigneuries, enfin je ne

puis exprimer combien la noblesse est jalouse de
ses droits, sur-tout de celui de la chasse; l'étendue
du pouvoir qu'ils donnent à leurs gardes, leur fait
exercer tous les jours mille vexations indignes. J'ai
vu plusieurs champs dévastés par les ravages que
les chasseurs, leurs chevaux, leurs chiens & les
animaux qu'ils poursuivent, font dans la campagne;
& la servitude où ils tiennent leurs vassaux, les
empêche d'oser entreprendre de remédier à ces
désordres. Un homme dont les biens joignent ceux
d'un seigneur peut être assuré de ne retirer aucun
profit de ses terres; personne n'ose empiéter sur
leurs droits, par les peines auxquelles ils seroient
condamnés, quand on ne les trouveroit coupables
que d'avoir fait peur aux animaux qui viennent
jusques dans leurs jardins ravager leurs légumes &
les plantes ou les arbustes qu'ils cultivent avec le
plus de soin.

Nous fûmes invités, Monime & moi, d'aller
passer quelques jours à la terre d'un seigneur nommé
Ardillan. Ses vassaux instruits de son arrivée vinrent
au-devant de lui avec pompe & magnificence; chacun le traita de monseigneur, on lui donna de l'al-
tesse, de la grandeur; la presse fut grande à son souper;
& tout le tems qu'il resta dans sa terre, on s'empressa
de lui faire la cour. Les gentilshommes voisins
s'assemblèrent, & l'on fit plusieurs parties de chasse.

Un jour qu'il étoit question de mettre un cerf

aux abois, nous partîmes de grand matin pour nous joindre au rendez-vous. Lorſque tout le monde fut aſſemblé, on donna du cor; les chiens furent lancés à la pourſuite d'un vieux cerf qui leur donna long-tems de l'exercice par ſes ruſes. Pendant que chacun faiſoit voir ſon adreſſe & ſa légereté, Monime qui prenoit peu de plaiſir à ce divertiſſement, & qui d'ailleurs ſe trouva un peu fatiguée, quitta la chaſſe & ſe joignit à une jeune dame pour prendre une des routes du bois qui lui étoit oppoſée. Je les ſuivis, & nous nous arrêtâmes dans un endroit charmant où elles voulurent deſcendre de cheval pour ſe repoſer. Après pluſieurs propos qui ne rouloient que ſur la peine qu'on prend à tourmenter divers animaux, cette jeune dame nous demanda ſi nous aſſiſterions aux fêtes qui ſe donnoient à l'occaſion du mariage de Lucinde avec Amilcar. Monime répondit que n'ayant pas l'honneur d'être connue de Lucinde, elle ne croyoit pas devoir y reſter. Vous ne ſavez donc pas, reprit cette jeune dame, l'hiſ-toire de cette belle perſonne? Ah! je veux vous en inſtruire, je la tiens de mon frère qui a été témoin du commencement de ſon aventure, & qui, comme partie intéreſſée, en étant devenu fort épris, a eu grand ſoin de s'informer de la ſuite.

Liv.

CHAPITRE III.

HISTOIRE de Lucinde.

UN jour que mon frère avoit été invité d'une partie de chasse, revenant à pied avec Ardillan, ils trouvèrent, en rentrant par une des portes du parc, une jeune personne, le visage couvert de larmes, qui se jeta aux pieds d'Ardillan. Je viens, lui dit-elle, seigneur implorer votre justice contre deux de vos gardes qui viennent d'assassiner mon père; ces misérables, non contens d'avoir tiré sur lui deux coups de fusil, l'ont encore assommé à coups de crosse. Ardillan voulut la relever. Non, lui dit-elle, seigneur, je vous proteste que je ne quitterai point vos genoux que vous n'ayez ordonné de faire amener devant vous les cruels assassins qui viennent d'ôter la vie à mon père.

Ardillan, surpris de l'action & de la fermeté de cette jeune personne, ordonna à un de ses gens de faire venir tous ses gardes. Alors mon frère lui présenta la main pour l'aider à se relever, & s'appercevant à la pâleur de son visage qu'elle étoit prête à s'évanouir, il la fit asseoir sur un banc qui se trouva près d'eux. Rassurez-vous, ma belle fille, dit Ardillan, en s'asséyant à côté d'elle & lui prenant une de ses mains qu'il serroit dans les siennes, je vous donne ma parole que fi votre père n'eft coupable d'aucun délit, je ferai faire une punition exemplaire des miférables qui ont commis cette injuftice. Je vous protefte, feigneur, dit Lucinde, que mon père paffoit tranquillement fon chemin lorfque ces miférables l'ont attaqué.

Plufieurs gardes parurent; mais les auteurs du crime, avertis des plaintes qu'on faifoit contre eux, avoient pris la fuite. Dans cet intervalle quelques domeftiques vinrent annoncer que le père de Lucinde venoit de donner quelques fignes de vie. Ardillan commanda auffi-tôt qu'il fût apporté dans fon château. Lucinde, à cette nouvelle, rappela toutes fes forces pour courir avec le chirurgien qui avoit ordre de le fecourir promptement. Amilcar, fils d'Ardillan, arriva dans l'inftant qu'on apportoit le père de Lucinde. Cette belle fille tenoit une de fes mains qu'elle baignoit de fes larmes : mais, malgré le changement dont le défefpoir avoit frappé fes traits, malgré le défordre d'une parure dont la fimplicité n'annonçoit pas l'opulence, Amilcar fut néanmoins furpris de fa beauté; touché de fa douleur, il s'approcha d'elle, & lui offrit fon fecours contre ceux qui étoient les auteurs de fes maux. Lucinde, quoiqu'élevée dans la retraite, lui répondit avec beaucoup de politeffe. Mon frère, qui ne l'avoit point quittée, s'apperçut, lorfqu'ils entrèrent dans la cour, qu'Ardillan changea de couleur quand il vit son fils parler à Lucinde. Il s'avança au-devant d'elle pour la prier d'entrer dans le sallon; mais elle s'en défendit sur la nécessité où elle étoit d'accompagner son père, afin d'être à portée de lui donner tous les secours qui dépendroient d'elle.

Ardillan ordonna à son fils de faire compagnie aux dames; & sous prétexte d'apprendre si les blessures du père de Lucinde étoient dangereuses, il donna la main à cette belle fille pour l'accompagner dans l'appartement qu'on leur avoit destiné. Le chirurgien, après avoir visité le blessé, assura qu'aucun des coups qu'il avoit reçus n'étoit dangereux; il eut ordre d'Ardillan de rester auprès de lui jusqu'à son entière guérison. Ce seigneur s'approchant ensuite de Lucinde : si la blessure que vous m'avez faite, lui dit-il, d'une voix basse, étoit aussi facile à guérir, je n'aurois pas sujet de me plaindre; promettez-moi, ma belle enfant, d'apporter autant de soin à me soulager, que je vous jure d'en employer pour la guérison de monsieur votre père. J'ignore, dit Lucinde, quels peuvent être les maux que j'ai pu causer à votre grandeur, mais je sais bien que la reconnoissance m'engage à employer tout ce qui est en mon pouvoir pour m'acquitter, si je puis, des obligations que je vous ai. Souvenez-vous, reprit Ardillan de la promesse que vous me faites, & croyez que dans peu, je vous mettrai à même de m'en donner des marques. Ce seigneur

la quitta sans attendre sa réponse & vint rejoindre
la compagnie.

Comme la saison étoit déjà fort avancée, on se
mit à jouer, ne pouvant plus jouir du plaisir de
la promenade. Lorsqu'Amilcar vit son père engagé
dans une partie de jeu, il sortit sans être apperçu &
courut à l'appartement de Lucinde dont le père
venoit de s'assoupir. L'espérance que le chirurgien
lui avoit donnée d'une prompte guérison avoit
arrêté ses larmes, ranimé son teint; & il ne lui restoit plus qu'un certain air de langueur occasionné
par une suite du saisissement qu'elle avoit eu en
apprenant le malheur de son père; mais cette langueur rendoit sa beauté si touchante, qu'Amilcar,
saisi d'amour & d'admiration, resta quelques instans à la contempler. Lucinde qui s'en apperçut en
fut un peu troublée, son front se couvrit d'une rougeur qui accompagne toujours l'innocence; elle
baissa les yeux, & cet intervalle de silence fut le
signal du commencement de leur passion. Pardonnez, charmante Lucinde, dit Amilcar, si j'ose
paroître ainsi devant vous sans m'être fait annoncer;
inquiet de la santé de monsieur votre père, je n'ai
pu différer plus long-tems à venir m'en informer.
On ne peut être, seigneur, dit Lucinde, plus sensible que je le suis aux soins que vous prenez; on
me flatte que son accident n'aura aucune suite
fâcheuse; cependant je crains bien que nous ne

foyons forcés à vous incommoder encore long-
tems. Dites plutôt, reprit Amilcar, à me combler
de plaifir par votre préfence. Soyez certaine, belle
Lucinde, que s'il étoit en mon pouvoir de prolon-
ger la maladie de monfieur votre père fans qu'il en
fouffrît aucun dommage, il n'y auroit rien que je
ne fiffe pour vous arrêter le plus long-tems que je
pourrois. L'impreffion que vous avez faite fur mon
cœur ne peut jamais s'effacer. Ne foyez point furprife de ma déclaration, les momens font précieux
lorfqu'il s'agit de conferver ce qu'on aime ; & fi je
ne craignois d'être prévenu par mon père, je n'aurois
commencé à vous faire connoître mes fentimens
que par mon refpect & mes attentions. Pardonnez
donc, divine Lucinde, fi j'ofe déclarer un amour
qui ne finira qu'avec ma vie.

J'aurois tout lieu de m'offenfer d'un difcours qui
m'outrage, dit Lucinde d'un air irrité, fi je n'étois
perfuadée que vous êtes trop honnête homme pour
vouloir enfreindre les loix de l'hofpitalité en vous
moquant d'une fille qui n'eft déjà que trop affligée
par la douleur de voir un père à qui vos gardes
ont prefque ôté la vie : mais, feigneur, je veux
bien croire que vous m'aimez, & comme je ne
puis jamais répondre à un amour qui ne peut être,
de votre part, qu'illégitime, puifque je n'ignore pas
que votre naiffance vous deftine aux partis les plus
confidérables de l'état ; je vous prie donc de vou-

loir le renfermer en vous-même, & d'être perfuadé que, quoique je ne fois que la fille d'un fimple gentilhomme, vous & monfieur votre père entreprendrez inutilement de me féduire par de vains difcours qui ne peuvent jamais faire aucune impreffion fur mon ame.

Ceffez, belle Lucinde, dit Amilcar, de m'accufer d'une perfidie dont je fuis incapable, & foyez certaine que mes intentions font auffi pures qu'il eft vrai que vous êtes la perfonne du monde la plus accomplie; je n'ai point d'autre deffein que celui de m'unir, à vous par des liens indiffolubles, dès que je ferai le maître de difpofer de mon fort; confentez feulement, en acceptant mes foins, à attendre le tems où je pourrai vous donner des preuves de la fincérité de mes fentimens, & ordonnez-moi la conduite que je dois garder, afin de vous convaincre que rien au monde ne peut être capable de me faire changer.

Lucinde, un peu embarraffée fur la réponfe qu'elle devoit faire, garda quelques inftans le filence; elle craignoit, en montrant des doutes, d'offenfer Amilcar, déjà fon cœur lui parloit en fa faveur; enfin vaincue par cet air de franchife, vrai caractère de la vérité : fi j'ofois, lui dit-elle, feigneur, me flatter que mon peu de mérite pût vous attacher, je confentirois volontiers à paffer le refte de ma vie dans l'efpoir d'un bien fi doux, mais ce

feroit aux conditions d'apporter tous vos foins
pour ménager ma réputation & ma délicateffe, en
ne me faifant connoître votre amour que par l'attention que vous prendrez à en dérober la connoiffance à toute la terre. Je me foumets à toutes
ces conditions, dit Amilcar, en lui prenant la main
qu'il baifa refpectueufement, pourvu que vous
m'affuriez de n'être jamais à d'autre qu'à moi.
Lucinde le lui jura, & il la quitta très-fatisfait de
s'être affuré du cœur de cette belle fille, & d'avoir,
par fon empreffement, prévenu fon père, dont il
ne pouvoit douter des tendres fentimens qu'elle lui
avoit infpirés.

Le lendemain, Ardillan bleffé des mêmes traits
que fon fils, fe rendit à l'appartement de Lucinde.
Après s'être informé du malade, il s'approcha de
cette jeune perfonne : je viens, ma belle enfant, lui
dit-il, vous fommer de la parole que vous me don-
nâtes hier, d'employer les remèdes convenables à
ma guérifon. Seigneur, reprit Lucinde, qui craignoit une feconde déclaration, comme j'ignore l'efpèce de maladie qui vous afflige, il m'eft tout-à-
fait impoffible d'y pouvoir remédier. Et quand
vous la faurez, dit Ardillan, ne confentez-vous
pas, ma belle fille, de me guérir? Je ferois bien
ingrate, dit Lucinde, de refufer à votre grandeur
les fecours qui feroient en mon pouvoir de lui accorder : mais, feigneur, vous avez un chirurgien

trop habile pour qu'il n'ait pas apporté tous les remèdes qui peuvent contribuer à votre santé; & si le mal est incurable, je ne suis pas assez bon médecin pour entreprendre une pareille cure. Quand on a de la confiance au médecin, dit Ardillan, ses remèdes font beaucoup plus d'effet que ceux de tout autre, & comme c'est en vous seule que je mets la mienne, c'est aussi de vous seule que j'attends la santé. Votre beauté, ma charmante, a fait une vive impression sur mon cœur; si la fortune eût été aussi prodigue envers vous que la nature, vous n'auriez pas besoin de mes bienfaits. Si vous voulez répondre à mon amour, je puis réparer ces injustices en vous faisant un sort; consentez donc, ma belle enfant, à me rendre heureux.

Lucinde, outrée de dépit de se voir forcée d'entendre des propos aussi injurieux, prit néanmoins le parti de feindre de n'y rien comprendre : c'est pourquoi elle lui demanda d'un air naïf ce qu'il falloit faire pour contribuer à son bonheur. M'aimer, mon bel ange, dit Ardillan. Vous aimer! seigneur; mais rien n'est si facile, & sur ce point je ne crois pas que vous ayez à vous plaindre de personne; je vous proteste qu'en mon particulier, j'ai pour vous tout le respect & la reconnoissance que méritent vos bontés; je suis caution de celle de mon père, & puis vous assurer que ce sont des sentimens que nous conserverons l'un & l'autre jufqu'au tombeau. Amilcar qui entra, interrompit cette converfation; il annonça à fon père qu'un courier l'attendoit de la part de l'Empereur. Ardillan, très-fâché de ce contretems, fortit en difant à fon fils de le fuivre. Ce courier apportoit un ordre de l'empereur de fe rendre auprès de lui, c'eft pourquoi il ne put différer d'un inftant : mais pour ôter à fon fils les occafions de voir Lucinde, il lui ordonna de l'accompagner, ce qu'il n'ofa refufer, dans la crainte d'augmenter les foupçons de fon père qui étoit de ces vieux courtifans difficiles à tromper. Amilcar n'eut donc que le tems d'écrire deux mots fur fes tablettes & de les donner au chirurgien qui vint prendre congé de lui.

Cependant Lucinde, livrée à elle-même, eut le tems de réfléchir fur fon aventure; d'abord elle fe repréfenta Amilcar avec tous les agrémens dont il étoit doué, & comparant l'air refpectueux du fils avec le ton & les expreffions méprifantes du père, elle ne put douter que ce dernier ne cherchât tous les moyens les plus humilians de la deshonorer; c'eft pourquoi, dès que fon père fut en état d'être tranfporté fans incommodité, elle le fupplia de retourner dans leur château, ou pour mieux dire, dans les débris d'un vieux bâtiment où à peine il reftoit deux chambres entières, & dont le colombier étoit ce qu'on avoit confervé avec le plus de foin. Cilindre eut affez de peine à s'y réfoudre, fe

trouvant

trouvant beaucoup mieux chez Ardillan qu'il ne feroit chez lui ; mais Lucinde qui craignoit que le retour d'Ardillan ne l'expofât encore à entendre fes mauvais propos, ou peut être à quelque chofe de plus offenfant, dit à fon père que depuis qu'elle étoit dans ce château, elle n'avoit goûté aucun repos, & qu'il falloit que l'air lui fût abfolument contraire : ce fut ce qui détermina Cilindre à partir.

Amilcar défefpéré de ne pouvoir apprendre des nouvelles de Lucinde, n'ofant fe confier à aucun de fes domeftiques qu'il favoit être tous dévoués à fon père, engagea mon frère, qui étoit devenu fon confident, de le mettre d'une partie de chaffe qui fe devoit faire avec plufieurs feigneurs, afin de pouvoir profiter de cette occafion pour aller voir Lucinde, fans donner aucun foupçon fur fa conduite. Cette partie fut arrêtée pour le lendemain. Ardillan, charmé d'être débarraffé de fon fils, faifit cette occafion pour fe rendre auprès de Lucinde ; il partit en pôfte & arriva dans fon château à l'entrée de la nuit ; mais quel fut fon chagrin lorfqu'on lui apprit que Cilindre en étoit parti avec fa fille quelques jours après fon départ ! On lui remit une lettre qui ne renfermoit que des témoignages de reconnoiffance des bons traitemens qu'ils avoient reçus chez lui. Ardillan, défefpéré de ce contretems, s'emporta contre fes domeftiques,

en les taxant de négligence de ne lui avoir pas
envoyé cette lettre. Frustré de son espérance, il se
proposa de faire le lendemain une visite à Cilindre,
pour tâcher de trouver quelques momens favorables d'entretenir Lucinde; & comme il étoit
encore sur le perron à donner ses ordres, il enten-
dit deux cavaliers qui entrèrent au galop & qui
s'avancèrent jusqu'à l'entrée du perron. Jugez,
madame, de la surprise de ces cavaliers, quand ils
reconnurent Ardillan; Amilcar & mon frère, car
c'étoient eux-mêmes, en demeurèrent quelques instans comme pétrifiés; ils ne pouvoient comprendre
comment Ardillan avoit pu découvrir leur dessein,
ne l'ayant confié à personne; mais Amilcar, plus au
fait que mon frère des desseins de son père, lui
dit que, s'étant éloigné de la chasse, le hasard
l'avoit fait rencontrer sur sa route; & que dans la
crainte qu'il n'eût essuyé quelques disgraces, il
avoit prié Florian de l'accompagner pour suivre
ses pas. Vous êtes trop attentif, monsieur, dit
Ardillan d'un ton sévère, & vous auriez pu vous
dispenser de prendre cette peine, sans chercher à
pénétrer dans un mystère, dont je ne juge pas à
propos de vous instruire; je vous conseille de retourner sur vos pas, si vous ne voulez m'irriter
davantage; il lui tourna le dos. Amilcar se retira
sans répondre, & lorsqu'il vit son père rentrer dans
son appartement, il fut trouver le concierge pour

apprendre des nouvelles de Lucinde; mais quand il apprit qu'elle n'étoit plus au château, il en fut charmé, connoissant son père capable de tout entreprendre pour se satisfaire.

Mon frère, quoique piqué au vif de ce qu'Ardillan ne lui avoit fait aucune politesse, engagea néanmoins son ami de venir passer la nuit chez moi; ce qu'Amilcar accepta d'autant plus volontiers, que cela le mettoit à portée de voir Lucinde avant son père, qu'il jugeoit n'avoir fait le voyage que pour le même objet.

On étoit alors sur la fin de l'automne & dans les plus courts jours de l'hiver; le bois qu'il falloit traverser n'étoit pas sûr; la nuit étoit des plus obscures; ils marchoient en silence, lorsqu'ils entendirent les cris étouffés d'une femme qu'on forçoit à se taire en lui tenant un mouchoir sur la bouche. Mon frère, saisi de frayeur, trouva qu'il n'y avoit point de bravoure à se battre contre des brigands dont on ignoroit le nombre, & fut d'avis de retourner sur leurs pas; mais Amilcar, loin de l'écouter, poussa son cheval du côté d'où partoient les cris; quand la lune qui commençoit à dissiper les ombres de la nuit, leur fit appercevoir deux hommes occupés à dépouiller une femme que la frayeur avoit rendue immobile. Ces deux misérables entendant du bruit, abandonnèrent cette femme pour venir se saisir de la bride des chevaux

M ij

de nos deux cavaliers, & leur présentant chacun un pistolet; Amilcar & Florian, qui heureusement s'étoient munis des leurs, les lâchèrent sur ces deux voleurs, qu'ils renversèrent étendus par terre, & faisant passer leurs chevaux sur eux, ils en descendirent ensuite pour voir s'il étoit encore tems de donner quelques secours à cette femme qu'ils trouvèrent presque nue, sans aucun mouvement, & le visage couvert de sang. Après l'avoir un peu tourmentée, Amilcar, qui se sentoit dans une agitation extraordinaire, passa sa main à l'endroit du cœur, & y sentant un foible battement : elle n'est pas morte, dit-il, d'une voix que le saisissement où il étoit rendoit tremblante. Florian s'en approcha, & tous deux la portèrent à l'endroit où la lune donnoit plus de clarté; alors Amilcar & mon frère, munis de flacons remplis de différentes eaux, tâchèrent de lui en faire avaler quelques gouttes ; & les ayant entièrement vidés sur son visage & sur sa gorge, Amilcar qui lui avoit soulevé la tête, la regardant avec plus d'attention, fit un cri perçant en la laissant retomber & tombant lui-même à ses pieds. Cette rude secousse rappela ses esprits, elle soupira, ouvrit les yeux, & revenant comme d'un profond sommeil, ses regards parcoururent d'abord tout ce qui l'environnoit. Elle voulut ensuite essayer de se relever; mais n'en ayant pas la force : hélas! dit-elle, d'une

voix presque éteinte, qu'attendent donc ces misérables pour m'arracher un reste de vie qui ne peut
plus que m'être à charge! Quoi! la pitié pourroit-
elle à présent trouver place dans le cœur d'un bar-
bare assassin? Rassurez-vous, chère Lucinde, dit
mon frère, en baignant de ses larmes une des
mains de cette infortunée, que la pitié, l'amour,
la douleur & l'amitié faisoient couler, votre amant,
poursuivit-il, en lui montrant Amilcar étendu à
ses pieds sans aucun mouvement, vient de vous en
délivrer. Juste ciel! s'écria Lucinde, ah! ne m'avez-
vous rappelée à la vie que pour me rendre le
témoin d'un spectacle qui me déchire le cœur!
Alors se roulant, pour ainsi dire, à côté d'Amilcar,
elle le prit dans ses bras, & ce tendre amant se
sentant ranimé, ouvrit enfin les yeux; mais la joie
qu'il ressentit de voir Lucinde qui le serroit sur sa
poitrine d'un air si attendri, fut telle, qu'oubliant
dans l'instant le malheur qui venoit d'arriver, il se
crut transporté dans une isle enchantée. Je ne puis
vous rapporter, madame, tous ce que ces deux
amans se dirent de tendre & de touchant.

Mon frère, témoin de leurs discours, & forcé
de renfermer son amour au-dedans de lui-même,
ne pouvant résister à une si rude contrainte, les
interrompit pour leur dire qu'un plus long entretien
pourroit leur faire tort, qu'il étoit tems de songer
à visiter les blessures de Lucinde, qui peut-être

M iij

demandoient un prompt secours ; c'est pourquoi
il leur conseilloit, s'ils avoient assez de force pour
gagner la maison de Lucinde ou la mienne, de
s'y acheminer au plutôt. Amilcar fut d'avis de
retourner sur leurs pas, & de déposer sa maîtresse
dans le château de son père chez le même chirurgien qui avoit pris soin de Cilindre, afin qu'elle
fût à portée d'être traitée avec plus d'attention.

Cette résolution qui parut d'abord folle, fut
néanmoins exécutée. Lucinde appercevant les
corps de ces misérables, ne voulut point partir
qu'on ne les eût visités : c'est pourquoi Amilcar
s'en approcha, & trouvant que l'un des d'eux
respiroit encore, il pria Florian de l'aider à le
porter contre un arbre, & en l'examinant, sa surprise fut extrême de reconnoître en lui un des
gardes de chasse de son père, celui même qui avoit
si fort maltraité Cilindre. Ah ! malheureux, dit
Amilcar, tu en voulois donc aussi à ma vie ? Mais,
dis-moi, monstre, que t'avoit fait cette jeune
personne pour attenter à la sienne ? Seigneur, lui
dit cet intrépide coquin, d'une voix presque mou-
rante, ne m'a-t-elle pas fait un assez grand tort,
puisqu'elle est la cause que mon camarade & moi
ont été obligés de prendre la fuite & de perdre un
poste qui nous faisoit vivre gracieusement ; car il
faut que vous sachiez que son père n'est pas le
premier que nous ayons ainsi maltraité ; mais nous

en étions quittes pour les accuser de rébellion, &
l'on nous croyoit toujours sur notre parole; il est
vrai que ceux qui nous donnoient quelques pièces
d'argent, pouvoient chasser en assurance; nous
leur indiquions même les endroits qui étoient les
plus abondans en gibier: voilà les raisons qui nous
ont fait prendre le dessein de nous venger sur
Lucinde, & depuis qu'elle est sortie nous avons
épié l'instant où elle seroit seule; ayant appris que
son père étoit parti depuis quelques jours pour
un voyage assez long, nous l'avons enlevée cette
nuit même, dans le dessein de la mettre dans une
caverne pour la faire servir à nos plaisirs: mais les
cris de cette fille nous ont obligés de la maltraiter,
& je me préparois à lui enfoncer un poignard dans
le cœur lorsque vous avez paru. Cet homme, affoibli par le sang qu'il avoit perdu, expira en disant ces dernières paroles, sans montrer aucun
repentir de ses crimes.

Amilcar & Florian frémissant d'horreur des dangers auxquels Lucinde venoit d'échapper, il sembloit à l'un & à l'autre qu'elle leur en fût devenue
plus chère: c'est pourquoi ils se hâtèrent de la conduire chez le chirurgien, dont la femme qui la
deshabilla pour la mettre au lit, assura que son
corps étoit tout meurtri, & le chirurgien, après
l'avoir visitée avec soin, regarda comme un miracle
qu'une personne aussi délicate, eût pu résister à

M iv

tant de maux : ces barbares qui l'avoient traînée parmi les ronces & les épines, n'avoient fait qu'une plaie de tout son corps. Jugez de la douleur d'Amilcar, lorsqu'il la vit dans cet état; celle de Florian, quoique plus modérée, n'en étoit pas moins vive. L'un & l'autre supplièrent le chirurgien & sa femme d'employer tous leurs soins pour la guérison de Lucinde.

Cependant cette belle fille fit réflexion qu'une vieille servante de basse-cour, seule domestique qu'elle eût, surprise de ne la point voir le lendemain, ne manqueroit pas de jeter les hauts cris & de courir tout le village; c'est pourquoi il fut résolu d'envoyer le concierge, homme intelligent & dont on étoit sûr, pour lui dire que Lucinde ayant reçu un exprès de la part de son père, elle avoit été obligée de partir sur le champ pour obéir à ses ordres. Et comme Amilcar ne vouloit point s'éloigner du château, tant que Lucinde y demeureroit, il fut encore résolu dans leur petit conseil qu'Amilcar iroit dans l'instant se mettre au lit, & qu'on diroit à son père qu'en s'en retournant avec Florian ils avoient été attaqués dans le bois par une troupe de brigands qui les avoient dangereusement blessés l'un & l'autre, mais qu'ils croyoient en avoir tué deux & que les autres avoient pris la fuite.

Ardillan fut sensiblement touché de l'accident

de son fils, se reprocha sa dureté, & ordonna qu'on fût dans le bois pour voir si ces misérables ne donneroient point des signes de vie, afin de tirer quelqu'éclaircissement qui pût faire découvrir leurs complices ; monta ensuite à l'appartement de son fils ; à qui le chirurgien, au moyen de certaine drogue, avoit rendu tout le corps comme s'il eût été couvert de contusions ; ce qui fit qu'Ardillan, malgré sa finesse, ne put éviter de donner dans le paneau : mais ce qui inquiéta furieusement notre prétendu malade, c'est qu'il prit la résolution de demeurer auprès de lui jusqu'à ce qu'il fût entiè-rement rétabli. Le chirurgien le tira de peine en assurant Ardillan que l'accident de monsieur son fils n'auroit point de suites fâcheuses ; sinon de le tenir au lit pendant très-long-tems.

On vint l'après-midi rapporter à Ardillan que les deux hommes étoient morts, & qu'ils avoient été reconnus pour être les deux mêmes gardes qui avoient maltraité Cilindre, ce qui le mit dans une furieuse colère : mais comme le mal étoit sans remède, & qu'ils avoient reçu la juste punition de leurs crimes, il ordonna qu'on fît d'exactes perquisitions dans tout le canton.

Au bout de quelques jours, Ardillan, qui ne pouvoit plus long-tems s'absenter de la Cour, fut obligé de partir, & ne voulant pas s'éloigner sans voir Lucinde, il fit donc arrêter à sa porte,

& la vieille domestique, entendant un bruit de
chevaux & d'équipages, accourut. Ardillan demanda à voir son maître & sa maîtresse, cette
bonne vieille, trompée par les discours du concierge l'assura qu'ils étoient partis depuis huit
jours pour se rendre à la ville. Ardillan, quoique fâché de ce contre-tems, n'eut pas de peine
à s'en consoler, dans l'espoir de les voir bientôt.

Ce Seigneur ayant appris que Cilindre avoit
un procès qui duroit depuis long-tems, au sujet
d'une succession très-considérable dont on lui
disputoit la possession, fut donc charmé de cette
circonstance, se proposant de se servir de ce
moyen pour donner à Lucinde des témoignages
de son amour, en employant sa protection auprès
de ses juges, afin de lui faire obtenir une déci-
sion favorable. Il poursuivit sa route avec la plus
grande diligence. Arrivé dans son hôtel, son
premier soin fut de se faire informer de la demeure de Cilindre : on fut long-tems à la découvrir ; mais un domestique l'ayant rencontré
l'accosta pour l'instruire de la visite que son maître
lui avoit rendue & du plaisir qu'il auroit à le voir.

Cilindre, l'idée remplie de son procès, fut
charmé de la politesse d'Ardillan, & comme il
n'ignoroit pas qu'il avoit beaucoup de crédit, il
ne manqua pas de se rendre le lendemain au lever

de ce Seigneur, qui le reçut comme on reçoit
ordinairement le père d'une fille qu'on aime paf-
fionnément. Après lui avoir fait mille careffes,
feignant d'ignorer ce qui l'amenoit à la ville, il
lui demanda le fujet de fon voyage, offrit tous
les fervices qui dépendroient de lui, parla enfuite
de la belle Lucinde, dit que s'il avoit fu le deffein qu'il avoit de la faire venir auprès de lui, il
fe feroit fait un plaifir d'offrir à cette charmante
perfonne une place dans fa voiture & un appartement dans fon hôtel, qu'il le prioit d'accepter,
parce qu'il jugeoit qu'elle feroit plus décemment
chez lui que par-tout ailleurs; ainfi, ajouta Ardillan, je vais donner mes ordres pour qu'on faffe
apporter vos malles, & dire en même-tems à
mon cocher de fe tenir prêt lorfque vous voudrez
partir pour aller chercher mademoifelle votre fille
que j'attendrai à dîner avec vous. Cilindre qui
ne comprenoit rien au difcours de ce Seigneur,
l'affura qu'il n'avoit point amené fa fille ni donné
aucun ordre pour la faire venir, qu'il penfoit
même qu'il n'étoit pas raifonnable de l'expofer
feule dans une route auffi peu fréquentée, &
encore moins de la mettre en bute aux intrigues
de nombre de petits-maîtres qui ne manqueroient
pas de mettre tout en œuvre pour trouver les
moyens de la féduire) je ne fuis qu'un pauvre
gentilhomme, continua Cilindre, mais je jure fur

l'épée que je porte , que si quelqu'un étoit assez
mal-honnête homme pour attenter à l'honneur de
ma fille , je m'en vengerois de façon à l'en faire
repentir ; ainsi, pour éviter ces maux, je puis
vous assûrer , Seigneur, que mon dessein ne fut
jamais de l'y exposer.

A ce discours Ardillan ne put s'empêcher de
montrer sa surprise , & après avoir loué la fermeté
de Cilindre, il lui apprit la réponse qu'on lui avoit
faite lorsqu'il s'étoit présenté pour le visiter. Ce
gentilhomme ne pouvoit se persuader la fuite de
sa fille, dans laquelle il n'avoit rien remarqué qui
pût dénoter un esprit d'intrigue; néanmoins pour
s'assûrer de sa conduite , il se détermina à partir
sur le champ afin de s'éclaircir de ce mystère. Ardillan , charmé de sa résolution , le força de prendre sa chaise de poste avec plusieurs domestiques
qui eurent ordre de l'accompagner.

Cependant nous avions laissé Lucinde chez
le chirurgien , dont la femme qui ne pouvoit
plus ignorer la passion qu'Amilcar avoit pour cette
jeune personne, s'empressoit de témoigner à l'un
& à l'autre le zèle & l'attachement qu'elle avoit
pour leur service ; elle prit donc autant de soin
de Lucinde que si déjà elle eût été maîtresse du
château , & procura à Amilcar toutes les facilités
de lui parler en particulier. Ces deux jeunes amans,
toujours plus charmés l'un de l'autre, se jurèrent

cent fois un amour & une fidélité à toute épreuve.

Lucinde guérie de fa frayeur & rétablie des con-
tufions qu'elle avoit reçues, quoiqu'il lui en ref-
tât encore plufieurs marques fur le corps, &
qu'elle eût même le vifage fort bouffi & rempli
de fang extravafé; cette belle fille, par je ne fais
quel preffentiment, voulut abfolument retourner
chez elle, & quelque chofe que puffent lui dire
Amilcar & fes confidens, ils furent contraints de
céder à fon empreffement; elle arriva donc au
château de fon père au même inftant qu'il venoit
d'y entrer: comme elle étoit accompagnée d'A-
milcar & de la femme du chirurgien, Cilindre
qui étoit peut-être l'homme du monde le plus fin
& le plus prudent, lui demanda avec beaucoup de
douceur ce qui l'avoit obligée de s'éloigner de chez
lui pendant fon abfence. Lucinde ne fut point la
dupe de cette feinte douceur: c'eft pourquoi,
dans la crainte de l'irriter davantage, elle commença par lui faire examiner les meurtriffures dont
elle étoit encore couverte, lui détailla enfuite le
malheur qui lui étoit arrivé, & finit par s'étendre
beaucoup fur les nouvelles obligations qu'elle
devoit à Amilcar, l'affurant que fans le fecours
qu'elle avoit reçu de ce jeune Seigneur, elle n'auroit jamais eu le bonheur de le revoir.

Cilindre fatisfait du récit de fa fille, ne pût
s'empêcher de frémir du danger qu'elle avoit

couru. Ce tendre père, pénétré de la plus vive reconnoiffance envers Amilcar, ne put d'abord la lui exprimer qu'en lui mouillant le vifage de fes larmes. Le jeune amant auffi touché que lui, profita de cet inftant pour lui déclarer l'amour qu'il avoit conçu pour les rares qualités de fa charmante fille, en proteftant qu'auffi-tôt qu'il feroit en âge de difpofer de fon fort, il juroit foi de gentilhomme qu'il n'auroit jamais d'autres defirs que celui de s'unir à l'aimable Lucinde, le fuppliant de ne point donner fa parole à d'autres. Cilindre le lui jura en le ferrant de nouveau dans fes bras: foyez perfuadé, Seigneur, ajouta Cilindre, que ce n'eft ni aux biens ni aux honneurs que je me rends; mais c'eft à cette noble générofité, à cette délicateffe de fentiment, & à la fincère ardeur que vous me faites paroître, qui, en faifant la félicité de ma fille, va auffi mettre le comble à la mienne; car je ne fais nul doute qu'elle n'ait pour vous les mêmes fentimens. Cette réflexion fit rougir Lucinde, & le malicieux Cilindre s'appercevant de fon trouble, lui dit en l'embraffant: je prends, ma chère fille, ce filence pour un aveu de votre tendreffe; vous l'avez trop bien placée pour que je puiffe jamais m'en plaindre.

Cette belle fille raffurée par ces dernières paroles, jugea qu'elle devoit encore inftruire fon père de l'amour qu'Ardillan reffentoit pour elle, de la

jaloufie qu'il avoit conçue contre fon fils, des
rufes que ce dernier avoit employées pour lui
dérober la connoiffance de l'aventure du bois, en
la faifant tomber feulement fur Amilcar, & de
la contrainte où il étoit de renfermer en lui-même
l'amitié qu'il avoit pour elle. Ce bon gentilhomme
ne put s'empêcher de fourire de la folie d'Ardillan
qui, quoique certain de l'amour de fon fils, avoit
encore affez d'amour propre pour ofer fe flatter
de pouvoir obtenir la préférence auprès d'une fille
de feize ans : je veux, leur dit-il, mes chers
enfans, pour le punir de fa vanité & de fon fol
orgueil, être de concert avec vous ; & afin d'éviter les rufes qu'il pourroit employer pour m'enlever ma brebis, je vais dès ce jour la renfermer
dans le temple d'Hélene, & je vous jure de nouveau, mon cher Amilcar, qu'elle n'en fortira
jamais que pour vous donner la main.

Nos jeunes amans qui ne s'attendoient pas à
cette décifion, en furent un peu déconcertés ; mais
loin d'ofer montrer leur douleur, ils furent
encore contraints de remercier Cilindre d'une
attention qui les alloit priver pour long-tems de
la douceur de fe voir & de s'entretenir.

Après que ce gentilhomme fe fut ainfi affuré
de la conduite de fa fille, il retourna à la ville,
& rendit compte à Ardillan du fuccès de fon
voyage, c'eft-à-dire, qu'il lui fit croire que Lu-

cinde s'étoit d'elle-même retirée parmi les vierges, jusqu'à l'entière conclusion de son procès. Ardillan voulant hâter cette conclusion, employa tout son pouvoir, & parvint enfin à faire rendre un arrêt en faveur de Cilindre, qui lui adjugea une succession considérable. Cette succession rendit ce gentilhomme un des plus puissans Seigneurs de la province, & par conséquent sa fille un des plus riches partis qu'il y eût, ce qui la fit rechercher de plusieurs personnes de grande considération: mais, religieux à garder sa parole, il attendit qu'Ardillan vînt aussi se mettre sur les rangs; alors sa fortune & les titres qu'il venoit d'acquérir le mettant de niveau, il lui dit qu'il recevroit à honneur la proposition qu'il lui faisoit s'il n'avoit donné sa parole à un jeune Seigneur auquel il jugeoit que sa fille avoit depuis long-tems accordé toute sa tendresse; qu'il étoit trop bon père pour s'opposer à une inclination qui n'avoit rien que de louable: le caractère, l'âge, la naissance, & les biens s'y trouvent assortis; qu'en outre il avoit des obligations essentielles à ce jeune homme & à toute sa famille, qu'il ne pouvoit autrement reconnoître que par son union avec sa fille.

Ardillan, qui croyoit ne trouver aucun obstacle à son bonheur, fut extrêmement surpris: prenez garde, dit-il, de rendre par ce choix votre fille malheureuse

malheureuse en vous livrant trop à ses defirs. Les
jeunes gens font la plupart diffipés, ils donnent
dans toutes fortes d'excès & de dépenfes fuperflues;
le jeu, la chaffe, les plaifirs, les femmes & la
bonne chère font ordinairement toutes leurs occupations, ce qui fouvent les conduit à leur ruine.
J'en conviens, reprit Cilindre; je me flatte néanmoins que celui dont j'ai fait choix n'eft nullement
entiché de ces défauts; je le connois depuis long-
tems, & fuis très-perfuadé que vous ne pourrez
vous difpenfer de m'approuver lorfque vous faurez
que c'eft Amilcar à qui je donne la préférence. A
mon fils! s'écria Ardillan en changeant de couleur.
Oui, dit Cilindre, qu'y a-t-il donc là de furprenant? Trouvez-vous qu'ils foient mal affortis?
Croyez-moi, mon cher Seigneur, faites de bonne
grace ce facrifice; car quoique vous foyez fon
aîné, il faut cependant lui céder le pas fur cet
article; laiffons, vous & moi, à nos enfans le
foin de faire briller le flambeau de l'hymen, ce
n'eft qu'à la jeuneffe qu'il convient de l'allumer.
Ardillan ne parut pas d'abord goûter ce précepte;
mais on affure qu'il vient de confentir au bonheur
de ces deux amans, & qu'il ne s'eft rendu dans
fon château que pour en ordonner les fêtes.

CHAPITRE IV.

S U I T E d'Observations.

Après que cette jeune dame nous eut fait le récit des aventures de Lucinde, nous reprîmes la route du château, où nous trouvâmes Cilindre & sa charmante fille qui venoient de s'y rendre. Ardillan, instruit par son coureur de leur arrivée, abandonna la chasse pour venir les recevoir ; & entrant avec nous dans le sallon, il nous présenta au père & à la fille, ajoutant qu'il espéroit dans peu voir son fils possesseur de ce trésor : il est vrai dit-il, en jetant sur Lucinde un regard animé, que j'ai été assez téméraire pour le lui disputer ; mais le choix de cette belle enfant m'a enfin rendu sage ; tous mes desirs se bornent à présent au seul plaisir de pouvoir la nommer ma fille, & je me flatte, poursuivit-il, que vous voudrez bien honorer de votre présence les fêtes que je fais préparer pour célébrer leurs noces. Monime s'en défendit sur le peu de tems que nous avions à rester dans cette province.

Nous partîmes dès le lendemain pour rejoindre Zachiel, à qui nous rendîmes compte de notre voyage. Monime, après lui avoir raconté l'histoire de Lucinde, vanta beaucoup les charmes de cette jeune personne, & la probité & la bonne mine d'Amilcar ; elle trouva que rien n'étoit si bien assorti que ce mariage : ces heureux amians, dit-elle, vont enfin jouir en liberté du plaisir d'aimer & de celui d'être aimés, de ce mélange de tendresse, de ce retour d'estime que les gens sensés devroient toujours rechercher dans leurs mariages. Il est vrai, belle Monime, dit Zachiel, mais des liens si doux ne peuvent être fondés que sur la vertu, & malheureusement la plupart des Joviniens n'emploient dans leur union que le déguisement ; on diroit qu'ils ne sont d'accord que pour mieux se tromper : l'enjouement, les complaisances, les assiduités, les soins, le faste & la dépense, ne sont employés que pour cacher la bisarrerie de leur caractère, l'inégalité de leur humeur & le mauvais état de leurs affaires. Rien n'est si rare que de trouver chez eux deux cœurs liés par l'estime la plus parfaite, la confiance la plus sincère, le respect & la tendresse la plus délicate, & cette ardeur mutuelle de s'obliger & de se prévenir ; tout devroit concourir dans ces engagemens à la bonne intelligence que les adversités ne peuvent jamais altérer, & qui devient même un lien de plus à ceux qui sont unis de la sorte, comme si c'étoit un nouveau devoir qui dût achever de n'en faire qu'une seule personne.

Mais les jeunes gens font ici trophée de la

licence de leur conduite ; ils étalent leurs vices avec oftentation, & tirent vanité de leur deshonneur. La plupart fe livrent à la volupté, moins pour jouir des plaifirs que pour avoir lieu de fe flétrir eux-mêmes, en fe glorifiant de la baffeffe de leurs fentimens. Nés dans la fource impure du crime, nourris avec ce qu'il y a de plus contagieux, livrés entièrement à leurs goûts, la vertu ne leur paroît plus qu'un être chimérique, ils ne reconnoiffent que le mal ; c'eft-là ce qui les ufe avant le tems, & ce qui abrège leurs jours.

Nous arrivâmes dans une grande ville, dont les rues étoient remplies d'une multitude infinie de peuple. Monime demanda à Zachiel ce que fignifioit ce grand concours de monde. C'eft, dit le génie, pour voir la cérémonie d'un convoi qui fe doit faire à minuit. C'eft donc quelque chofe de bien extraordinaire, lui dis-je ? Non, dit Zachiel, rien n'eft fi ordinaire que de voir mourir, la nature y affujettit tous les hommes ; mais rien n'eft fi fingulier que les cérémonies qu'on emploie chez les Joviniens pour leûrs enterremens ; ici il n'eft permis qu'à des bourgeois de faire enterrer leurs parens auffi-tôt qu'ils font morts, fans les partager, & il eft de la grandeur d'un feigneur d'être gardé tout au moins fept ou huit jours : il faut pour cela qu'il foit embaumé ; on l'étend fur une table, on lui arrache les entrailles qu'on met dans un baril

de plomb pour être conduites dans un endroit; le
cœur est mis dans une boîte d'or pour être porté
dans un autre, & le corps a sa sépulture séparée
dans un troisième lieu; ces trois inhumations se
font toujours la nuit; il seroit trop humiliant pour
l'humanité d'enterrer un mort de qualité en
plein jour. Comment imaginer que les ames
des grands, qui doivent assurément être privi-
légiées, puissent se sauver ignoblement avec la
foule des simples fidelles? Leur gloire exige qu'on
réserve pour eux des cérémonies extraordinaires;
ainsi l'éclat des torches multipliées à l'infini est plus
brillant dans l'obscurité de la nuit, ce qui rend la
pompe funèbre plus magnifique & plus belle.
Tout dans la maison, jusqu'aux chevaux & aux
équipages, doit porter le deuil du défunt. Je ne sais
s'il y en a un fort grand dans le cœur, en tous cas
il ne dure pas long-tems; c'est le monde où l'on est
le plus aisément consolé; & quoique les appartemens soient tendus de noir, toutes les voitures
drapées, on y porte néanmoins un deuil enjoué
& galant; ce deuil n'est qu'une bienséance d'usage,
parce qu'il seroit honteux de ne pas pleurer ceux à
qui la nature les a joints par le sang; c'est pourquoi
ils copient les dehors d'une vraie douleur; mais
cette douleur hypocrite n'est que pour satisfaire à
l'usage. Un père à qui la mort enlève un fils unique
tendrement aimé, est obligé de renfermer son cha-

N iij

grin, il n'ofe en porter un deuil public : mais un mari qui perd une femme dont il étoit l'ennemi & le perfécuteur, doit affecter pendant long-tems tout l'extérieur lugubre d'une douleur qu'il ne reffent pas. Il eft encore de la dignité d'un grand feigneur d'ordonner par un teftament la conftruction de quelque nouvelle chapelle, foit dans le temple de Junon ou dans celui de Jupiter, & cela parce qu'on doit donner en mourant une partie des biens dont on ne peut plus jouir ; alors on lui dreffe un tombeau magnifique ; des épitaphes en beau ftyle en ornent les quatre faces, ce qui coûte des fommes immenfes qui feroient bien mieux employées à payer des créanciers qu'à élever un fuperbe maufolée à un débiteur infenfible. Enfin rien ne manque à ces pompes funèbres, que la douleur à ceux qui y affiftent. On fe reffouvient cependant encore deux ou trois mois après de ce pauvre mort, parce que l'ufage veut qu'on invite folemnellement toutes fes connoiffances à venir entendre un orateur gagé pour prononcer un éloge qui eft communé-ment un tiffu de contre-vérités, qui ne fert qu'à faire admirer l'éloquence de l'orateur, à qui il fuffit d'avoir peint les vertus d'un héros en y ajou-tant le nom du défunt.

Les différentes provinces que nous venions de tra-verfer, ne m'avoient encore offert que très-peu d'exemples qui puffent me mettre au fait des ufages

des Joviniens, car, malgré ce que j'ai dit de ces châteaux si magnifiquement bâtis, & de ces dehors si
soigneusement entretenus, que nous trouvâmes sur
notre route, les seigneurs à qui ils appartiennent n'y
paroissent presque jamais. Un grand Seigneur ne
se retire point dans ses terres qu'il ne soit disgra-
cié, quelqu'agrément que la nature & l'art y aient
réuni; il s'y déplait, il y dessèche d'ennui, enfin il
ne vit plus, à peine végète-t-il, & bientôt la mort
vient le délivrer de cet état d'humiliation.

Nous prîmes notre route vers la capitale de
l'Empire. Après quelques journées de marche, nous
entrâmes dans de belles avenues qui formoient un
berceau délicieux & à perte de vue. Monime trouva
ce lieu si agréable, qu'elle voulut descendre de
carrosse pour se promener sur une pelouse qu'on
auroit prise pour un tapis d'émeraudes. A peine
eûmes-nous fait une vingtaine de pas que nous
apperçumes un homme qui se promenoit seul en
rêvant profondément, malgré un teint jaune &
livide, un air triste & languissant, sa physionomie
annonçoit de la noblesse & quelque chose d'inté-
ressant. Je suis surpris, dis-je, à Zachiel qu'on
laisse ainsi ce seigneur livré à lui-même dans sa
convalescence, car il me paroît qu'il vient d'essuyer
une grande maladie dont il n'est pas encore entiè-
ment rétabli; cet air de grandeur qu'on remarque
dans toute sa personne me fait croire qu'il devroit

avoir une cour, ou du moins quelques amis qui cherchent à l'amuser : la dissipation met un baume dans le sang, qui contribue beaucoup au rétablissement de la santé ; sans doute qu'il n'a quitté la Cour que pour venir ici se fortifier.

Vous vous trompez, dit Zachiel, ce qui cause l'abattement de ce seigneur, ne vient que de l'ordre qu'il a reçu de s'éloigner de la cour. Il est vrai que c'est une furieuse maladie pour un courtisan, d'être forcé de vivre dans ses terres. Par quelle raison, demandai-je, l'a-t-on exilé ? C'est, dit le génie, parce qu'il n'a point eu assez d'adresse pour se maintenir dans la faveur, parce que son intrigue n'a pas été supérieure à celle de ses ennemis, parce qu'il n'a pu abattre lui-même ceux qui l'ont perdu, parce qu'il s'est fait des ennemis de ceux qu'il a le plus obligés ; ce sont là ses crimes.

Ce seigneur, poursuivit le génie, est naturellement bon, il est né obligeant, il a l'ame pure, les mœurs & la conduite d'un parfait honnête homme ; je sais qu'il n'est tombé dans la disgrace du prince, que faute d'avoir cette ardente méchanceté par laquelle on vient à bout de perdre ses ennemis ; c'est le chef-d'œuvre de l'esprit d'un courtisan. Chez les Joviniens chacun n'est occupé que de son élévation & de sa fortune ; c'est ce qui produit d'illustres trompeurs. La mauvaise réputation leur est indifférente, l'injustice les touche peu, l'amour des grandeurs s'empare seul de leurs defirs ; cependant cette avidité qu'ils ont de parvenir à des poftes éminens les tourmente toute leur vie, & il arrive fouvent que celui qui , à force de brigues obtient quelques grandes dignités, eft dans de perpétuelles inquiétudes d'apprendre fa chûte à fon réveil.

Il me paroît, dit Monime, que ce feigneur ne devroit guère regretter un pofte qui le mettoit dans des angoiffes continuelles ; il devroit au contraire bénir le ciel , qui , en le délivrant de tant d'embarras , le met encore à portée de vivre tranquillement. Je fuis sûr , belle Monime , dit lé génie, que ce courtifan ne regrette que trop la place qu'il vient de perdre ; ce n'eft pas que fon cœur y ait fait naufrage : non, il y a confervé fa bonté & fa générofité; mais l'habitude des honneurs lui a gâté l'efprit; il regrette ce fracas dans lequel il vivoit, il regrette ces mouvemens que tout le monde fe donnoit pour parvenir jufqu'à lui quand il avoit l'oreille de fon maître; ces flatteurs dont il fe moquoit dans le tems de fon élévation , & qui regardoient comme un bonheur de fe le rendre favorable , lui manquent ; il ne voit plus ces airs timides & rampans qui divertiffoient fa vanité, il n'eft plus à portée de faire la deftinée de perfonne, fes faux amis n'ont plus d'intérèt à le ménager; il foupire après cette place qu'il oc-

cupoit dans l'esprit des autres, après ce respect
craintif qu'il se plaisoit à inspirer, après cet encens
dont on tâchoit de l'enivrer, quoiqu'il employât,
pour le dissiper, les procédés les plus obligeans; il
soupire enfin après mille fantômes pareils, sans lesquels il ne peut plus vivre, parce qu'ils sont devenus
la nourriture nécessaire d'un esprit empoisonné par
le pernicieux venin de l'ambition.

Quoi que vous puissiez dire, reprit Monime, je
me sens touchée des peines de ce seigneur; son acca-
blement me pénètre jusqu'au fond du cœur; par
égard pour ses rares qualités, accordez-moi, je
vous supplie, la grace de le guérir de son ambition, puisque c'est le seul défaut que vous recon-
noissez en lui. Vous le pouvez, mon cher Zachiel,
faites, je vous en conjure, disparoître ses chagrins
faites qu'il en oublie les causes ou qu'il les méprise;
faites enfin que sa vertu serve à le consoler des injustices qu'il a reçues du sort, & qu'il renonce à
toutes ces idées de grandeur & d'élévation qui font
la source de ses maux; ôtez-lui ce dégoût qu'il a
pour la solitude, afin qu'il en puisse goûter les
douceurs; je voudrois au moins me flatter d'avoir
vu chez les Joviniens un homme heureux par le
seul secours de la raison. Je consens, charmante
Monime, dit Zachiel, de vous satisfaire, le tendre
intérêt que vous prenez aux peines de cet illustre

malheureux, me donne de nouvelles preuves de la bonté de votre cœur, & je vais employer la force du raisonnement pour le convaincre.

Nous nous avançâmes vers ce courtisan que le génie aborda d'un air doux & majestueux. Leur conversation roula d'abord sur des discours vagues : mais qu'un génie a de pouvoir sur l'esprit des hommes! il est toujours sûr de les amener au point qu'il desire. Ce seigneur, qu'une force supérieure entraînoit presque malgré lui, oublia sa politique ordinaire pour se montrer tel qu'il étoit, il ouvrit son cœur au génie qui lisoit dans son ame; que de foiblesses ne vîmes-nous pas! que les hommes sont petits! qu'ils sont à plaindre!

Ce courtisan, l'esprit encore tout plein de sa disgrace, raconta à Zachiel toutes ses infortunes; il se plaignit amèrement des trahisons & des injustes menées qu'on avoit employées pour le perdre, dont il devenoit la malheureuse victime. Zachiel, pour le consoler, se prêta d'abord à sa foiblesse & parut entrer dans toutes ses raisons; mais il les combattit ensuite avec cet esprit qui plaît, qui entraîne insensiblement & qui touche si bien le cœur lors même qu'il semble ne parler qu'à l'esprit & à la raison. Il ajouta que l'innocence & la pureté de ses intentions devoient le rassurer sur l'avenir; que le prince les reconnoîtroit un jour, & le ven-geroit de ceux qui avoient osé le noircir dans son

esprit en conjurant sa perte; qu'il devoit actuellement regarder sa disgrace comme un chemin qui
alloit le conduire à la perfection; qu'il n'avoit plus
qu'un pas à faire pour s'affranchir du joug des passions qui dominent les hommes vulgaires; qu'avec
un peu d'effort sur lui-même, il se rendroit maître
de ses penchans; qu'ensuite exempt de foiblesse,
il jouiroit d'un sort , qui sans doute devroit être
envié de tous les mortels.

Ce seigneur, pénétré jusqu'au fond du cœur des
raisons que le génie venoit d'employer pour le
consoler, en fut d'abord soulagé; ses discours ressem-
bloient à une étoile courante qui perce la nuit &
laisse après elle un sillon de lumière pour montrer
aux matelots le point de leur boussole, afin qu'ils
puissent se mettre en garde contre les vents impétueux qui pourroient briser leurs vaisseaux sur la
pointe de quelques rochers; telle fut, dis-je, la
vive impression que firent dans l'ame de ce courtisan
les insinuations du génie.

Je rends grace à la fortune, dit ce seigneur, de
s'être servie de la malice de mes ennemis pour
m'éclairer sur la nature du bien & du mal; sans
leurs trahisons & leur perfidie, je n'aurois peut-être
jamais eu le bonheur de vous rencontrer, & ce
n'est que par vous que j'apprends que l'adversité
mise à profit, épure le cœur & le soumet à la raison; j'avoue que d'abord je n'ai pas regardé mon

exil avec indifférence, je ne l'ai même soutenu qu'avec beaucoup de peine ; sensible à l'affront que j'ai reçu, une affreuse mélancolie, en me séparant de la cour & me privant en même tems de toute société, avoit, pour ainsi dire, engourdi toutes les facultés de mon ame ; mon amour propre, trop humilié par cette chûte, ne me laissoit aucune liberté de réfléchir sur moi-même. Vous venez tout à coup de dessiller mes yeux, en me faisant sentir le prix de la vertu, le danger des honneurs & la sottise des préjugés dans lesquels je vivois ; que de graces ne dois-je pas vous rendre pour tant de bienfaits !

Cependant, dit Zachiel, vous aviez plus d'un motif de consolation ; vous savez que les hommes ne sont pas toujours les mêmes, ce seroit faire trop d'honneur à la nature humaine que de lui donner l'uniformité, ainsi ceux qui vous regardent aujourd'hui avec indifférence ou mépris, rechercheront peut-être dès demain, par quelque mouvement extraordinaire, les occasions de vous servir. Ces hommes changeans sont toujours remplis de mauvaises qualités, c'est pourquoi il faut en tirer ce qu'on peut : il est des insinuations honnêtes dont les moins artificieux peuvent user sans scrupule ; il y a des complaisances aussi éloignées de l'adulation que de la rudesse.

Ce Seigneur nous engagea de si bonne grace de

paſſer quelque tems chez lui pour l'aider à ſe fortifier dans les heureuſes diſpoſitions que le génie venoit de lui inſpirer ; que nous ne pûmes nous refuſer à ſes inſtances ; & le tems que nous y demeurâmes fut employé ſi utilement pour ce Seigneur, qu'il aſſura le génie, lorſque nous le quittâmes, qu'il ſe trouvoit ſi parfaitement guéri de tout ce fatras de grandeur & d'élévation qui avoit troublé ſon repos pendant ſi long-tems, que telle propoſition qu'on lui pût faire, il ne changeroit pas l'état de tranquillité où il ſe trouvoit pour la première dignité de l'empire.

Pendant notre route le génie profita de l'exemple de ce courtiſan diſgracié, pour nous donner de nouvelles inſtructions ſur le caractère des courtiſans, ſur leur jalouſie, leurs intrigues. Vous ne verrez, nous dit-il, chez les Joviniens que perfidies & artifices. C'eſt dans ce monde qu'on voit la flatterie toujours rampante au pied du trône, renverſer la vertu, l'innocence & la vérité, ſitôt qu'elles oſent ſe préſenter ; vous y verrez l'envie ſe parer du nom d'émulation ou d'amour propre bien entendu ; vous y verrez l'orgueil prendre celui de noble fierté ; l'oſtentation, celui de magnificence ; & l'avarice ſous celui d'économie ; vous verrez enfin par-tout les vices uſurper les dehors, les titres & le prix des vertus ; la probité, l'honneur & l'innocence ignorés, avilis

& perfécutés. Les courtifans ne compofent qu'un mélange de baffeffes, de ridicules & d'imperti-nences ; peu fincères entr'eux, ils ne cherchent qu'à fe trahir ; la plupart ne vōient qu'au travers du voile de leurs paffions ; ils regardent les évè-nemens comme dans un miroir trompeur qui défigure les objets qu'il repréfente , & laiffe tou-jours la vérité pour courir après le fantôme que forgent dans leur imagination des deffeins ambi-tieux , & ils prennent pour des réalités leurs chi-mériques efpérances.

Arrivés enfin dans la capitale de l'empite , je commençois à m'inftruire : mais où je connus à fond les Joviniens , c'eft à la Cour. Nous fûmes long-tems fans y paroître. Cette capitale qui eft une des plus belles villes & des plus riches de toute la planète eft auffi le rendez-vous de tout l'empire. Cette ville fi grande , fi riche , fi variée , préfentoit tous les jours à notre curiofité tant de nouveaux objets, que charmés de tout ce que nous y voyions , je ne pouvois m'imaginer qu'il pût y avoir encore quelque chofe qui fût digne de notre attention ; la Cour me détrompa agréablement.

CHAPITRE V.

DESCRIPTION du Palais de l'Empereur.

L'EMPEREUR fait fa réfidence dans le palais du Goût. Ce palais furpaffe en beauté & en magnificence tout ce qu'on peut imaginer de plus merveilleux ; de grandes & belles avenues conduifent à la premiere cour qui eft fermée d'une grille au milieu de laquelle eft un foleil d'or dont les rayons fervent de barreaux aux portes ; trois ordres de colonnades enrichiffent les dehors de ce palais ; la première colonnade eft de bronze, la feconde eft de porphire & la troifième eft de jafpe tranfparent, ce qui forme le plus beau coup-d'œil du monde.

Les murs du palais font d'un marbre auffi blanc que l'albâtre. L'ordre Ionique & le fuperbe Corinthien ont été employés pour élever jufqu'aux nues ce pompeux édifice ; où l'on voit que l'architecte & le fculpteur, tous deux excellens dans leur art, ont mis toute leur gloire à réunir leurs talens afin de rendre cet édifice un des plus parfaits de l'univers. Les frontifpices font ornés de plufieurs figures en haut-relief qui repréfentent cent beautés que

nous

nous vante l'histoire de la fable ; toutes paroiſſent ſur ce marbre avec un point d'optique ſi parfait, que chacune d'elles y exprime l'endroit le
plus intéreſſant de ſa vie.

Du côté des colonnades ſont repréſentées les
différentes amours de Jupiter ; à droite, Marc
Antoine oublie auprès de la reine d'Egypte le ſoin
de l'empire des Romains ; plus loin, l'enchante-
reſſe Armide regarde d'un air menaçant Renaud
qui fuit avec le chevalier Danois ; ici Artémiſe
montre à Clélie l'urne fatale qui renferme les
cendres de ſon illuſtre époux ; ſur la gauche, on
voit Hélene, cette belle qui fit tant de mal aux
Troyens pour avoir favoriſé le berger Pâris ; on
voit cette pomme que la diſcorde avoit cueillie au
jardin des Heſpérides, que le berger préſente à Venus ; la ſatisfaction de la déeſſe eſt peinte ſur ſon
viſage, & ſon air riant ſemble annoncer à ce roi
berger la protection qu'elle lui accorde ; on voit à
côté Junon & Minerve qui, quoique déeſſes très-
ſages, montrent néanmoins par un air courroucé
qu'elles n'ont pu ſe garantir du funeſte poiſon de
la jalouſie, ce qui fait que chacune de ces déeſſes
prend parti dans la guerre de Troyes, afin de ſigna-
ler ſa vengeance. Du même côté on voit Enone :
cette Nymphe qui demeuroit ordinairement ſur
le mont Ida, avoit épouſé le fils de Priam lorſqu'il
n'étoit que ſimple berger ; on a ſi bien repré-

fenté la douleur d'Enone , qu'elle femble fe plaindre aux Néréides de l'inconftance & de la légèreté de Pâris qui la quitte pour Hélene que Théfée avoit déjà enlevée ; Caffandre, fœur de Pâris ,. paroît dans l'enfoncement , les cheveux épars, & agitée d'un efprit de prophétie , annonce les malheurs qui doivent défoler les Troyens.

Sur la droite on voit Ariane , fille de Minos & petite-fille du Soleil , par fa mère Pafiphaé ; cette princeffe exilée de l'île de Créte fa patrie , après qu'elle eut trahi le roi fon père pour l'amour qu'elle portoit à Théfée , en lui donnant un fil afin qu'il pût fe tirer du labyrinthe qui renfermoit le Minotaure , fe voit abandonnée de ce prince dans une île déferte , où elle gémit long - tems de fa perfidie ; mais Bacchus, attiré peut-être par fes plaintes , en devint amoureux : on voit les noces de ce dieu célébrées par des Bacchantes, & Ariane enlevée au ciel, où elle forme une couronne d'étoiles.

Déjanire , femme d'Hercule eft d'un autre côté. On fait qu'Hercule, fils de Jupiter , après avoir rempli les douze travaux qui lui avoient été impofés par Eurifté, miniftre de Junon , fe laiffa féduire par les charmes d'Omphale, & changea avec elle la maffue dont il avoit défait tant de monftres, en une quenouille , & la peau du lion qu'il avoit vaincu, pour la ceinture de cette jeune fille.

Déjanire n'écoutant que fa jaloufie, fe laiffa féduire par les infinuations du centaure Nefus : qui
fe voyant près d'expirer d'un coup de flèche qu'il
avoit reçu, l'affura que fon fang avoit la vertu
de rallumer les premiers feux, c'eft pourquoi Déjanire envoya à Hercule une vefte teinte du fang
de ce Centaure ; mais apprenant que cette vefte
eft empoifonnée, fa fureur la porte à fe précipiter du haut d'un rocher dans la mer.

Didon, reine de Carthage, eft repréfentée un
poignard à la main, pouffée par le défefpoir de
s'être laiffée féduire par les promeffes du perfide
Enée, dont on voit le vaiffeau qui paroît s'éloigner à pleines voiles. Hepfipile paroît reprocher
à Jafon fon mari, de l'avoir quittée pour Médée ;
cette magicienne employa fon art pour aider Jafon
lorfqu'il vint avec les autres Argonautes à la
conquête de la toifon d'or, ce qui fit qu'il fur-
monta fans peine tous les dangers qui lui étoient
préparés ; il dompta les taureaux confacrés à
Mars, tua le dragon, gardien de la toifon, &
emporta ce riche butin en Theffalie, emmenant
avec lui Médée qu'il abandonna enfuite pour
Créufe : mais Médée, pour fe venger, le fit
brûler dans fon palais avec fa nouvelle époufe.
On voit auffi les amours de Cérès avec Jafion ;
cette déeffe qui préfide à la moiffon s'étoit retirée
au fond des bois, fes cheveux n'étoient point

ornés de bouquets d'épis; son cœur combattu par
l'amour, n'étoit occupé que de la perte qu'elle
avoit faite de Jasion que Jupiter fit mourir par
jalousie: on dit que de ses amours naquit Plutus
qui préside aux richesses.

L'autre face représente la déesse Venus qu'on
voit assise au fond d'un bois éloigné de Cythère;
la déesse vient de quitter Paphos pour pleurer
Adonis à qui un monstre cruel vient d'arracher la
vie; les Graces en habit de deuil sont assises
auprès d'elle; les ris, les jeux & les amours,
effrayés de son désespoir, s'envolent à Paphos en
répandre la nouvelle.

On ne peut enfin répandre les ornemens avec
plus d'élégance & de profusion; toutes les parties
de ce superbe édifice en sont admirablement bien
travaillées, & l'on y a joint tout ce que le génie,
le goût & l'art peuvent inventer de plus parfait;
on peut dire qu'il renferme les chefs-d'œuvres
de tous les arts. Je n'entreprendrai point de
décrire la magnificence & la richesse de tous les
meubles, les tableaux, les glaces, les bustes, les
vases précieux autant par leur matière que par la
perfection de leur ciselure, & mille autres raretés
qui ornent les appartemens de l'empereur, &
composent un amas d'objets qui plaisent & éblouis-
sent la vue. Monime & moi, saisis de ravissement
& d'extase, demeurâmes quelques instans immo-

biles, en sorte qu'on auroit pu nous prendre pour deux nouvelles statues qu'on venoit de poser; je ne parlerai point non plus de la beauté du parc ni de la diversité d'ornemens qui embellissent les jardins où l'histoire de la fable est représentée au milieu de grands bassins ou de belles nappes d'eau qui sont répandues dans tous les endroits de ces jardins. Nous parcourions d'un œil rapide les beautés de ce séjour enchanté ; nous admirions le cristal & le murmure des eaux, dont plusieurs s'élançoient dans les airs en forme de gerbe & retomboient en pluie , d'autres descendoient en cascades ou fuyoient dans la plaine ; d'un autre côté la fraî-cheur des bosquets, la symétrie des parterres, les détours embarrassés des labyrintes , le mélange agréable des fleurs, tous ces objets fixèrent long-tems notre attention ; on diroit que les habiles artistes qui les ont enrichis par des chefs-d'œuvres toujours renouvelés aient encore joint à leur art le secret d'enchaîner les rivières, & qu'enchéris-sant sur la nature ils les forcent de s'élancer jus-qu'aux nues , en jaillissant en l'air des millions de flèches brillantes & liquides poussées par des dieux marins ou par des nayades ; d'autre côté on les fait encore se précipiter dans mille & mille endroits marqués par l'artiste.

O iij

CHAPITRE VI.

LEUR *Réception à la Cour.*

LA nuit commençoit à déployer ſes voiles, lorſque Zachiel nous préſenta à Caffiel qui eſt un des
premiers capitaines de la garde de l'empereur. Ce
génie, car c'en étoit un, fut charmé de revoir
Zachiel & nous fit beaucoup d'accueil ; mais il
s'excuſa de ne pouvoir reſter plus long-tems avec
nous, parce que c'étoit ſon heure de ſervice.

Il eſt d'uſage dans cette Cour que chaque capi-
taine ne peut ſe diſpenſer, ſous quelque prétexte
que ce ſoit, de faire ſa ronde autour du palais,
afin d'examiner ſi la garde ſe maintient exactement
dans ſes poſtes ; or comme c'étoit l'heure de ſon
ſervice, & qu'il eſt rigide obſervateur des devoirs
de ſa charge, il nous remit au premier gentilhomme de l'empereur & ſon grand maréchal des
logis, qui nous conduiſit dans un ſuperbe appartement. Ce gentilhomme apprit à Zachiel qu'il
étoit arrivé de grandes révolutions dans cet empire
depuis que le génie Samaël qui en eſt le protecteur, s'en étoit abſenté ; chacun, pourſuivit-il,
cherche ici les honneurs & les richeſſes, ſans
apporter aucun ſoin pour les mériter ; mais votre

préfence pourra nous apporter quelques heureux changemens utiles à tout l'état. Il nous quitta enfuite pour rendre compte à fon maître de l'arrivée du génie.

Le lendemain dès que l'empereur fut éveillé, Zachiel fut introduit à fon petit lever; il eut avec ce monarque une converfation très-longue fur les affaires de fon état. Le génie parla enfuite de nous, apprit à l'empereur la protection qu'il nous avoit accordée, les différens voyages qu'il nous avoit fait faire & les vues qu'il formoit fur notre établiffement. Cette nouveauté excita la curiofité de ce prince qui avoit peine à comprendre comment nous avions pu franchir les efpaces immenfes qui féparent tant de mondes. Ce fecret que le génie ne confia qu'à lui feul, le détermina à nous donner dès le lendemain une audience publique, voulant, par cette faveur, montrer au génie la joie qu'il avoit de le revoir, en nous faifant participer aux honneurs qu'il difpenfe fur tous ceux qui ont l'avantage d'être admis à fa cour.

Le génie fit prendre à Monime le même nom & les mêmes qualités qu'il lui avoit donnés chez les Idaliens, parce que, pour paroître avec éclat dans toutes les cours, il faut néceffairement avoir un nom qui vous y diftingue. Sa maifon fut bientôt faite; les mêmes gnomes furent appelés pour

O iv

orner fa fuite & pour la fervir, & le jour fuivant nous fûmes préfentés à leurs auguftes majeftés, qui étoient fur un trône d'or enrichi de diamans : ce trône élevé de fix marches étoit au bout d'une grande galerie bordée des deux côtés de plufieurs gradins en amphithéâtre, où l'on avoit placé, du côté de l'empereur, tous les feigneurs de la cour, & de celui de l'impératrice, toutes les dames, ce qui formoit un coup-d'œil admirable, car rien n'eft plus riche & plus magnifique que cette cour.

L'empereur fut furpris de la beauté de Monime; il eft certain que, malgré l'éclat & le brillant de tout ce qui l'entouroit, elle parut comme un nouvel aftre; le génie lui avoit prodigué tout ce qui peut rendre une perfonne accomplie. Zachiel s'avançant au milieu de nous, nous préfenta à l'empereur : je viens, lui dit-il, feigneur, mettre fous la protection de votre augufte majefté ces deux jeunes étrangers qui ont acquis par leur application à l'étude des fciences, aux mœurs & aux coutumes des différentes nations qui rempliffent l'univers, l'honneur d'être préfentés à votre cour, & de participer aux bienfaits dont vous êtes le difpenfateur. Cette jeune princeffe, ajouta le génie en montrant Monime fe nomme Thaymuras, elle eft fouveraine d'une contrée de la terre, qui eft un monde fort éloigné de celui-ci, & que vos aftronomes ne regardent que comme un point dans l'univers. Ce jeune fei-

gneur eft fon parent : élevés l'un & l'autre par mes
foins, je les ai jugés dignes d'être admis aux grandeurs & aux autres dons qu'on ne peut acquérir
que par votre bienveillance.

Je vous ai toujours regardé dit l'empereur,
comme un génie bienfaifant; c'eft m'en donner
une preuve fignalée que de me procurer l'avantage
de recevoir à ma cour, une princeffe qui en va faire
tout l'ornement; mais, madame, ajouta ce monarque, comment avez-vous pu vous déterminer
d'entreprendre des voyages auffi longs & auffi fatigans? Seigneur, dit Monime, votre augufte majefté peut aifément fe perfuader qu'étant conduits
par un génie du premier ordre, nous n'avons couru
aucun rifque, & que nos voyages fe font avec tout
l'agrément poffible.

Ce monarque lui fit encore beaucoup de queftions fur les mœurs, les coutumes & les ufages
qui s'obfervent dans notre monde, auxquelles
Monime répondit avec fageffe & dignité. Pendant
cette converfation, toutes les dames & les feigneurs
de la cour avoient les yeux attachés fur Monime,
chacun la regardoit avec admiration, ne pouvant fe
perfuader que ce fût une mortelle. Lorfque l'audience fut finie, nous fûmes vifiter tous les grands
de l'empire.

Cette cour, quoiqu'un peu plus férieufe que

celle des Vénuciens, n'en eſt pas moins amuſante; l'amour y préſide, ſes temples y ſont au moins auſſi fréquentés que dans l'empire de Venus; mais tout s'y paſſe avec beaucoup plus de décence : il eſt vrai que l'étiquette eſt un peu gênante, c'eſt un cérémonial continuel, toutes les heures y ſont marquées; & quoique nous fuſſions étrangers, nous fûmes néanmoins obligés de nous conformer aux uſages.

Quelques jours après notre audience, Zachiel m'introduiſit au petit lever de l'empereur : ce monarque me reçut avec bonté, me demanda quelles étoient les obſervations que j'avois faites ſur les différens mondes que je venois de viſiter ? quels étoient leurs gouvernemens, leurs loix, leurs coutumes, le génie des grands & des miniſtres, l'étendue de leurs lumières & les talens qu'il faut avoir dans ces cours pour parvenir aux plus hautes dignités ? Ne craignez pas de me dire librement vos réflexions, ajouta le prince.

Je dois obéir aux ordres de votre auguſte majeſté, répondis-je. J'ai remarqué, ſeigneur, dans les différens mondes que nous avons parcourus, que la plupart des hommes, avec peu de mérite, aidés ſeulement du haſard & de la fortune, ne laiſſent pas d'acquérir de la gloire, de faire de grandes actions ſans en être plus grands eux-

mêmes; la vertu & le vrai mérite restent souvent
dans l'oubli : il y a des gens d'un esprit très-borné
qui se font néanmoins distinguer; on en voit de
braves, mais dont les autres qualités ne répondent
point à leur valeur ; de grands capitaines , mais
de petits génies; d'autres qui ont l'esprit élevé, &
qu'on regarde comme de bonnes têtes, mais dont
l'ame est basse & le cœur mauvais. J'ai vu, seigneur, beaucoup de personnes dont l'esprit & le
mérite n'a pas le bonheur de plaire , qui , avec
tous les talens qu'ils ont reçus de la nature, n'ont
pu y joindre celui de se faire aimer. On en voit
d'autres qui brillent dans le mouvement & dans
l'action , mais que le repos obscurcit & anéantit ,
parce qu'il n'y a que les emplois & les dignités
qui les font valoir , & qui , dans la retraite ne
sont plus que l'ombre de ce qu'ils étoient; c'est
que dans la plupart de tous ces mondes, les personnes d'un vrai mérite , ne sont point employées
dans le ministère , & qu'on ne confie les plus grands
intérêts qu'à des gens qui n'ont pas même pour
eux l'esprit de conduite , si nécessaire au bien de
l'état. Cette méthode, il est vrai, paroît bien in-
conséquente ; mais lorsqu'on réfléchit sur le génie
de ces nations, dont le feu , l'inconstance, la légereté & l'esprit d'intrigue sont à-la-fois les moteurs
de toutes leurs actions, on n'est plus surpris d'une
pareille conduite ; d'ailleurs , la plupart se font

illufion & laiffent à leur préfomption l'art de dif-
fimuler leur incapacité. Mais, feigneur, je me
fuis peut-être un peu trop étendu, & je crains
d'avoir fatigué votre attention.

Non, dit l'empereur, je fuis très-fatisfait de vos
réflexions, & je vois avec plaifir que vos voyages
ne vous feront point infructueux : il eft certain que
guidé par les lumières du génie, & en écoutant fes
confeils, il ne fera pas difficile de réunir en vous
tous les talens qu'il faut pour bien gouverner, parce
que les défauts que vous avez remarqués dans
les hommes, doivent être fans ceffe préfens à votre
efprit, pour vous empêcher de tomber dans les
mêmes fautes; il eft vrai, feigneur, repris-je, que
l'on connoît mieux les autres qu'on ne fe connoît
foi-même; les défauts d'autrui nous bleffent bien
plus que les nôtres; la familiarité que nous avons
avec nos paffions, nous les déguife; rien ne nous
eft nouveau en nous-mêmes, parce qu'il fe forme,
pour ainfi dire, une efpèce d'habitude entre notre
raifon & nos foibleffes, qui les fait fubfifter enfemble : il n'en eft pas de même de celles que nous
découvrons chez les autres; cette raifon dont nous
voulons nous parer, les examine, les pourfuit &
les condamne, tandis qu'elle fe permet mille dé-
fordres qu'elle n'a pas la force de corriger. Il eft
aifé, dit l'empereur, de reconnoître par vos réflexions que vous avez très-bien profité des pré-

ceptes de Zachiel, c'est pourquoi vous saurez mieux que personne mettre un frein à vos passions. Une profonde révérence fut ma réponse. Ce monarque causa encore long-tems avec le génie; je ne pouvois me lasser d'admirer sa bonté & sa familiarité.

Lorsque nous eûmes quitté l'empereur, je marquai à Zachiel la sensibilité que j'avois d'une si agréable réception : je sais, dis-je, que ce n'est qu'en votre faveur que ce prince m'a comblé de tant de marques de bienveillance : mais cela ne diminue rien de ma vive reconnoissance, j'en suis si pénétré que je verserois tout mon sang pour son service. Plus vous connoîtrez ce monarque, dit le génie, plus vous l'aimerez. Si les princes savoient combien ils gagnent de cœurs lorsqu'ils veulent bien se familiariser avec ceux qui les approchent, ils quitteroient souvent cette fausse grandeur qui paroît toujours farouche & inaccessible. Souvenez-vous, mon cher Céton, que la véritable grandeur est libre, douce, familière & même populaire; elle se laisse toucher & ne perd rien à être vue de près; plus on la connoît, plus on l'admire : si elle se courbe par bonté vers ses inférieurs, bientôt on la voit revenir sans effort dans son état naturel; & si elle se relâche quelquefois de ses avantages, elle est toujours en pouvoir de les reprendre & de les faire valoir; on l'approche

tout enfemble avec liberté & retenue ; fon caractère eft noble & facile, elle infpire le refpect & la
confiance, & fait enfin que les princes paroiffent
beaucoup plus grands, fans néanmoins vous faire
fentir que vous êtes petits : tel eft le caractère du
monarque qui règne fur les Joviniens.

Nous pafsâmes enfuite chez Monime, dont la
beauté, l'efprit & les graces lui avoient déjà attiré un grand nombre d'adorateurs, mais peu
dignes de toucher fon cœur ; c'étoient de ces brillans étourdis qui, toujours prévenus fur leur faux
mérite, fe perfuadoient avoir acquis le droit de
maîtrifer toutes les femmes qu'ils voient, & de
qui les foins empreffés font autant d'offenfes : jamais fenfibles, jamais contens, toujours perfides,
toujours ingrats, incapables de fe borner à une
feule conquête, qui veulent tout féduire, qui
emploient pour y réuffir, les détours les plus bas,
tyrans de leurs maîtreffes, & plus cruels encore
pour les femmes qui ont affez de courage pour
leur réfifter, on les voit afficher également les
faveurs qu'ils ont reçues, & fe prévaloir encore
de celles qu'on leur refufe, ce qui fait qu'il eft
affez difficile de fe fouftraire à leurs médifances
où à leurs calomnies. Ces galans petits-maîtres ne
purent me donner aucune forte d'inquiétude, &
je ne fus point attaqué dans cette cour, du funefte
poifon de la jaloufie. Comme les influences qui

dominent ce monde ne portent qu'à l'amour des grandeurs & des richeffes , je crus n'y avoir rien à craindre pour les intérêts de mon cœur ; je connoiffois les nobles fentimens de Monime, j'avois le plaifir de la voir tous les jours , & fes attentions pour moi fembloient m'affurer un fort tranquille.

Cependant l'empereur ne put voir Monime avec des yeux indifférens ; toutes les perfections qui brilloient en elle , firent naître dans le cœur de ce monarque la plus vive paffion. D'abord il voulut qu'elle logeât dans fon palais, & répandit fur elle comme fur Danaé l'or & les diamans avec profufion ; tous les jours c'étoient de nouveaux préfens d'un prix ineftimable : mais ce qu'il y a de fingulier, c'eft que fort peu de femmes en furent jaloufes, foit qu'elles craigniffent l'humeur vindicative de l'impératrice, qui, malgré l'inconftance & toutes les infidélités de l'empereur, s'étoit néanmoins acquis tant de crédit fur fon efprit , pendant l'abfence du génie protecteur de cet empire, que rien ne fe faifoit que par fes ordres ; ce qui fut caufe de bien des troubles. Cette princeffe n'étoit pas douée des lumières néceffaires pour régir un auffi grand empire, & fon amour propre ne lui permettoit pas de fuivre les confeils des miniftres éclairés qui avoient travaillé fous le génie

Samaël ; ces miniſtres, ſoit par crainte , ou par foibleſſe, préférèrent l'exil à cette noble hardieſſe & cet amour pour le bien de la patrie, qui devoit les encourager à faire connoître à l'empereur les déſordres qu'une mauvaiſe adminiſtration introduiſoit dans l'état.

CHAPITRE VII.

INQUIÉTUDES *de Céton ſur l'amour de l'Empereur pour Monimé.*

MONIME faiſoit les délices de toute la cour, & l'empereur venoit la voir aſſiduement deux ou trois fois par jour ; enchanté des lumières de ſon eſprit, de ſes talens, de la douceur de ſon caractère, de cette candeur & de cet air de modeſtie qui ne la quittoient point, ſon cœur exempt de toute ambition, ſa converſation ſoutenue par les connoiſſances les plus étendues, tout cela charmoit ce monarque qui la voyoit tous les jours avec une nouvelle admiration. Son aſſiduité attira bientôt à Monime les hommages de tous les courtiſans ; c'étoit à qui lui feroit ſa cour ; ſon appartement devint le rendez-vous des beaux eſprits, il étoit même du bon ton de dire qu'on ſortoit de chez la princeſſe Thaymuras, & l'on voyoit chez elle nombre de petits

maîtres

maîtres qui s'y rendoient, non-feulement pour faire leur cour à l'empereur, mais encore par vanité, afin de fe donner la réputation d'être des parties du prince, & par conféquent très-bien en cour. Souvent il eft arrivé que les appartemens de Monime fe trouvoient remplis de quantité de perfonnes dont elle ne connoiffoit ni la figure, ni le nom, ni la qualité.

Parmi le nombre des dames qui venoient chez Monime, j'en remarquai une qui affectoit toujours de fe placer auprès de moi & de me parler d'un air myftérieux; c'étoit fouvent des riens qu'elle me difoit à l'oreille, mais c'étoit avec un ton fi mielleux, qu'elle fembloit vouloir ne parler qu'au cœur. J'avoue que je ne compris pas d'abord quelles étoient fes vues; peu verfé dans l'art de la galanterie, d'ailleurs, très-dépourvu d'amour propre, je fus le dernier à m'appercevoir des coups d'œil agaçans qu'un petit maître n'eût pas manqué de mettre à profit. Pour moi, je le dis peut-être à ma honte, toutes fes avances furent en pure perte, mon cœur entièrement livré à la tendre amitié, j'aurois cru faire un crime de galantifer une femme pour laquelle je ne fentois rien. Je fuis fûr que les perfonnes qui s'apperçurent des avances qu'on me faifoit, me regardèrent comme un fot; mais j'ai toujours penfé que la candeur & la bonne-foi doivent régner dans toutes nos actions.

Tome II. P

Cependant Nardillac, c'est ainsi que se nom-
moit la belle, avoit un mérite distingué, elle étoit
dans cet âge où l'art embellit ; coquette avec esprit,
sensible avec solidité, tendre avec volupté, & voluptueuse avec économie : dans cet âge où un homme
qui plaît est sûr d'être heureux, d'être aimé &
d'être conservé, pourvu qu'à son tour il puisse
devenir aimable, amoureux & fidelle : dans cet
âge enfin où mille avantages, trop peu connus des
hommes, font néanmoins une source de vivacité
dans les plaisirs, de délicatesse dans les soins, de
ressources dans les intervalles & de sûreté contre
les dégoûts, puisque la volupté consiste à ménager
ses plaisirs, à les goûter avec rafinement, à s'en
faire des choses les plus simples & à y trouver de
la satisfaction ; la tranquillité, l'aisance, la pureté
dans les mœurs, font ordinairement les compagnes de la volupté : une vie douce, unie, inno-
cente & heureuse, ne peut être que voluptueuse ;
souvent la solitude, l'étude des sciences, un petit
nombre d'amis, un repas frugal, peuvent être encore
susceptibles de volupté ; on la trouve aussi dans
l'union de deux cœurs exactement fidelles par la
conformité de sentimens ; la pureté de leur ardeur,
& une confiance réciproque, les fait jouir des plus
doux agrémens de la volupté ; enfin il est certain
qu'elle se rencontre par-tout où n'est point la dé-
bauche. Mais je m'écarte, Nardillac en est cause ;

je laisse un moment cette belle, pour retourner à Monime.

Un jour l'empereur vint passer tout l'après-midi avec Monime; comme il n'admit personne à cette conversation, je ne pus résister aux vives inquiétudes qui m'agitèrent, & j'attendis avec beaucoup d'impatience qu'il fût sorti, pour en faire part à Monime; ce n'étoit point jalousie, c'étoit un sentiment plus doux & plus délicat que je ne puis définir; il est vrai que je craignois l'amour de ce monarque, mais j'avois en même-tems trop bonne opinion de la vertu de Monime pour m'alarmer de ce long tête-à-tête, & la candeur de son ame me répondoit de sa conduite.

Lorsque le prince fut sorti j'entrai aussi-tôt dans le cabinet de Monime. Personne n'ignore, belle Thaymuras, lui dis-je en l'abordant d'un air inquiet, l'amour que l'empereur a pour vous; toute la cour admire à présent le changement de son humeur & paroît surprise de sa constance; pour moi qui rends à votre mérite & à vos charmes toute la justice qui leur est due, je n'en suis point étonné; je sais que le ciel vous a fait naître pour assujettir tous les cœurs, sans doute que ce monarque ne vous a entretenue si long-tems seule aujourd'hui que pour vous déclarer la passion qu'il ressent pour vous. Je ne pus m'empêcher de soupirer; j'aurois voulu cacher l'émotion qui m'agitoit malgré moi. Monime s'en apperçut, me regarda, me tendit la main & foupira auffi.

J'avoue, mon cher milord, dit Monime, que les marques de bienveillance que je reçois tous les jours de ce prince auroient de quoi vous alarmer, fi vous pouviez douter de la pureté de mes fentimens ; je crains néanmoins que vous n'imputiez à un efprit de coquetterie l'obligation indifpenfable où je me trouve de paroître flattée de fes affiduités & de fes galanteries : il eft vrai que je ne puis plus douter de l'amour de ce monarque ; cet amour éclate par mille bienfaits & par des fêtes galantes qui fe fuccèdent fans interruption, avec autant de magnificence, de fomptuofité, que de goût dans la diftribution qu'il en fait. Cependant fi je croyois que la complaifance qui me force à me prêter à tous fes amufemens, pût faire naître quelques foupçons fur ma conduite, je prierois le génie de me dérober à fes pourfuites. Des fentimens fi nobles, fi généreux & fi délicats ne peuvent jamais m'infpirer aucun foupçon, repris-je ; au furplus, je n'ai fur vous que les droits que peut avoir un frère : unis par le fang & l'amitié, votre condefcendance pour mes volontés ne peut être qu'un effet des tendres fentimens que la nature nous infpire, & tout ce que je puis defirer de plus avantageux pour ma fatisfaction, eft que vous me les conferviez. Je la quittai après cette explication , beaucoup plus tranquille que je n'étois.

Le lendemain je me trouvai à la toilette de Monime ; que de graces touchantes l'accompagnoient! que je la trouvai belle dans ce négligé ! parée de ses simples attraits , je crus voir en elle la charmante Euphrosine , aimable habitante du ciel & compagne de Venus. Hélas! me dis-je intérieurement, pourquoi m'est-il défendu d'aimer ce que j'adore ?

Approchez , milord , me dit-elle avec un souris enchanteur, j'ai une furieuse querelle à vous faire sur votre peu de confiance ; je crois vous avoir donné assez de témoignage de la mienne pour être autorisée à me plaindre du mystère que vous me faites des tendres sentimens que vous avez inspirés a la belle de Nardillac ; ce n'est plus un secret, toute la cour s'apperçoit de la préférence qu'elle vous donne , convenez qu'elle est charmante & remplie d'esprit ; si vous avez assez de force pour résister à ses charmes , l'on doit regarder votre cœur comme insensible aux traits de l'amour. Un cœur qui n'est dévoué qu'à vous plaire , repris-je sur le même ton , devient insensible pour tout autre objet. Cela est très-galant , dit Monime en riant ; mais ce billet , qui ne peut être adressé qu'à vous , ne pourroit-il point vous faire changer de langage ? Peut-on, milord , sans indiscrétion,

P iij

prendre lecture de ce billet ? C'eſt pouſſer la plaiſanterie un peu loin, repris-je, car je vous proteſte qu'il ne m'appartient point, & que ceux que vous avez quelquefois la bonté de m'écrire me ſont trop précieux pour me mettre au riſque de les perdre : ainſi vous pouvez faire de celui - ci l'uſage que vous jugerez à propos, je n'y prends aucun intérêt. Je ſuis curieuſe, dit Monime, de voir ce quil contient ; elle l'ouvrit & lut ce peu de mots.

EST-IL poſſible, Milord, que vous ne puiſſiez comprendre le langage des yeux ? On a un intérêt ſenſible de connoître l'état de votre cœur, oſeroit-on ſe flatter que dans une cour auſſi galante, aucun objet n'ait encore pu vous toucher ? Trouvez-vous demain à onze heures du matin à l'entrée du labyrinthe, c'eſt - là qu'on veut vous inſtruire d'un myſtère qui ne peut être confié qu'à vous-même.

Ce billet eut de quoi me ſurprendre. Eh bien ! continua Monime, qui s'apperçut de mon embarras : qu'avez-vous, Milord, à répondre à de ſi vives attaques ? Pas un mot, repris-je, je ne ſais qui m'a adreſſé ce billet, mais je vous jure que je n'ai nulle envie de me rendre à l'aſſignation. Prenez garde à ce que vous allez faire, dit Monime, vous ne connoiſſez pas le caractère de la belle qui vous écrit; fongez qu'il eft quelquefois dangereux d'offenfer une femme, quelle qu'elle foit, fur-tout lorfqu'elle eft affez hardie pour fe permettre les premières avances, il n'eft point d'ennémi plus dangêreux; car fouvent celle qui n'a point affez de crédit pour perdre celui de qui elle croit avoir reçu une offenfe, fait s'unir adroitement avec quelqu'un qui eft en état de la feconder dans fes projets, & foyez perfuadé que le miniftre le plus adroit n'eft qu'un novice auprès d'une femme outragée qui cherche à fe venger; elle eft impénétrable dans fes fecrets : une femme habile eft auffi retenue pour ce qui la regarde, que peu réfervée pour les affaires des autres; rien ne lui échappe, elle fuit mieux & plus fûrement un projet que l'homme le plus fin, qui, malgré fa prétendue force d'efprit, tombe tous les jours dans les pièges les plus groffiers & même les plus rifibles.

En vain étalez-vous votre éloquence, repris-je; comme ce billet n'indique point la perfonne qui me l'a écrit, je crois que je puis, fans manquer à la politeffe, me difpenfer de me trouver au rendez-vous. Vous ne vous fentez donc, dit Monime en fouriant, aucune difpofition à lier commerce avec la belle inconnue, ou peut-être ne voulez-vous pas m'en faire la confidence. De tels difcours,

P iv

repris-je affez vivement, me font trop appercevoir que vous ne comptez pas fur mon cœur; c'eft l'accufer de foibleffe que de douter de fa fidélité, & c'eft mal répondre à la confiance que j'ai toujours eue en vous. Monime ne put s'empêcher de rougir de ce reproche qu'elle jugea tomber fur l'empereur, & pour me tranquillifer, elle m'affura qu'elle me croyoit incapable de la tromper. Ce petit nuage fut bientôt diffipé par de nouvelles affurances d'une entière confiance.

L'après-midi je fus trouver Zachiel, qui fourit en me voyant: vous avez, me dit-il, un air bien conquérant, il me paroît que vous ne voulez pas refter oifif dans cette cour: mais, mon cher Céton, vous n'êtes guère galant de faire attendre les belles, fans fonger à leur donner la fatisfaction qu'elles defirent. Il feroit difficile de vous tromper, repris-je; il eft vrai que j'ai reçu un très-joli poulet, mais j'ignore de quelle part il me vient. En êtes-vous inquiet, dit Zachiel? Ce billet renferme plus d'un myftère, quoiqu'il foit écrit de la main de Nardillac que je fais vous avoir fait plufieurs agaceries; elle n'en eft cependant pas l'auteur, vous pouvez la voir fans craindre de fa part aucuns mauvais procédés; c'eft une femme aimable, pleine d'efprit, qui a poffédé affez long-tems fans partage les bonnes graces de l'empereur, il y a apparence qu'elle veut employer le secours de la jalousie pour le faire rentrer dans ses chaînes ; mais comme il faut aimer pour en prendre, cette voie lui deviendra inutile, & tant que la passion de ce prince durera pour Monime, tous les efforts qu'elle fera pour le ramener vers elle seront vains ; la façon de penser de ce monarque est entièrement changée : depuis qu'il adore Monime, ses sentimens sont devenus beaucoup plus délicats ; son goût pour l'amour n'en est pas moins vif, mais il est plus épuré, par conséquent plus tendre, plus passionné & plus voluptueux, il veut être aimé pour lui-même. Les princes sont rarement sûrs de cet avantage, sur-tout dans cette cour où l'amour des grandeurs & celui des richesses sont les seuls mobiles qui les font agir.

Remarquez, mon cher Céton, poursuivit le génie, un courtisan qui fait son séjour ordinaire auprès du prince, d'abord il se forme un talent particulier de le bien connoître : le prince n'a point d'inclination qui lui soit cachée, point d'aversion qu'il ne pénètre, ni point de foible qu'il ne découvre ; de-là viennent ces insinuations, ces complaisances & toutes ces mesures délicates qui forment l'art de gagner les cœurs & de se concilier les esprits ; le prince qui n'est point en garde contre ces artifices, prend souvent pour zèle ce qui n'est qu'intérêt ou politique. Tous ces manèges font un favoir faire que les courtifans étudient, qu'ils exercent & mettent en pratique; tourmentés par l'ambition, il eft rare qu'ils parviennent à la fatis-faire. La plupart des courtifans font flatteurs, traîtres envers ceux qui ont befoin d'eux, diffimulés, fiers, ambitieux, & fans ceffe occupés dans de nouvelles brigues pour tâcher d'abattre leurs con-currens & fe rendre maîtres de difpofer de la fa-veur du prince, en cherchant les moyens de lui rendre fufpects ceux qui font doués d'un vrai mérite.

Cependant l'empereur s'eft acquis, à tous égards, l'amour de fes fujets; il a tous les talens qui con-viennent à un grand monarque, c'eft-à-dire, ce véritable courage qui confifte à fe poffèder parfai-tement foi-même, à balancer les raifons du pour & du contre, à former fans précipitation, & avec difcrétion, tous les plans de fes entreprifes, à les exécuter avec prudence & fermeté, à diftinguer ce qui convient pour rendre fes peuples heureux, en les traitant plus en père qu'en fouverain : au mi-lieu du fafte & de la fplendeur de fa cour, il a toujours confervé un cœur incapable de perfidie; rempli d'amour pour la bonne-foi & la vérité, il la protège dans tous fes traités & la prêche d'exemple à fes fujets. Souvenez-vous, mon cher Céton, que toutes les vertus découlent de la sincérité & de la candeur.

Tel est le vrai caractère de l'empereur; mais ses heureuses qualités ont été jusqu'à présent obscurcies par cet invincible penchant qui le porte à l'amour, par le nombre de ses maîtresses, & par les complaisances qu'il a toujours eues pour les foiblesses de l'impératrice. Cette princesse, non contente des honneurs qui l'accompagnoient, poussa encore l'ambition jusqu'à vouloir envahir toute l'autorité, & sa politique lui fait fournir tous les jours de nouveaux plaisirs à l'empereur, afin de le distraire des intérêts de son état; & ce monarque qui aime la variété dans ses amusemens, s'y livre aisément, se reposant sur les sages précautions qu'il a prises pour empêcher les injustices : mais les nouveaux ministres que l'impératrice à placés, semblables à ceux des Cilléniens, ne songent à présent qu'à s'enrichir, & préfèrent leurs intérêts particuliers au bien général de tout un peuple; les mêmes motifs ont fait agir ses maîtresses, qui y ont joint des vues d'ambition : mais le charme vient d'être rompu; la vérité a été annoncée à ce prince d'une manière flatteuse & touchante, elle est entrée dans son esprit par la route qui y conduit le plus agréablement, c'est-à-dire, par le cœur; tout va changer de face, & ceux qui ont eu l'au-

dace de lui en impofer, vont être punis rigoureu-
fement.

Qui a donc fait ce miracle? demandai-je, fans
doute c'eft un génie bienfaifant? Il eft vrai, dit
Zachiel, qu'on ne le doit qu'au retour de Samaël,
qui eft le génie protecteur de cet empire, à qui
l'on doit auffi les heureufes difpofitions où fe
trouve actuellement l'empereur, d'employer toutes
fortes de moyens afin de favorifer fes peuples &
les rendre heureux, en réprimant tous les abus
que l'on a faits de fon autorité pendant l'abfence
du génie, qui, pour obéir à l'Être fuprême, a été
obligé de vifiter plufieurs étoiles fixes qui font auffi
habitées, afin d'y établir des loix & d'y introduire
des mœurs plus réglées. Comme je ne fais nul
doute, repris-je, que vous n'ayez vifité plus d'une
fois ces différens mondes, vous me feriez un fenfible plaifir de me donner une idée de leurs loix
& de leur gouvernement. Quoiqu'il n'y ait point
de monde que je n'aie vifité plufieurs fois, dit
Zachiel, je ne puis cependant à préfent fatisfaire
votre curiofité. Samaël doit fe rendre demain chez
Zonime, fuivant la promeffe qu'il m'en a faite;
ainfi ce fera ce génie qui vous inftruira l'un & l'autre.

CHAPITRE VIII.

QU'ON peut lire ſi l'on veut.

JE ne manquai pas de me rendre le lendemain avec Zachiel chez Monime; Samaël y entra preſqu'auſſi-tôt que nous. Ce génie avoit pris une figure charmante; Zachiel lui dit, en nous préſentant : voici deux perſonnes auxquelles je me ſuis attaché par inclination; vous voyez que j'ai fait en leur faveur des choſes bien extraordinaires, & qu'aucun de nous autres n'avoit encore oſé entreprendre pour des mortels : mais vous n'ignorez pas le peu de docilité qu'on trouve parmi les humains, c'eſt ce qui nous empêche de nous communiquer aux hommes qui habitent les différentes ſphères de ce vaſte univers. Cette charmante perſonne & ce jeune homme qui eſt ſon proche parent, ont déjà, par mon ſecours, voyagé dans pluſieurs planètes ; leur curioſité s'étendroit encore à viſiter quelques étoiles fixes, je me flatte que la complaiſance que vous voudrez bien avoir de les inſtruire de tout ce que vous venez de voir, pourra leur en éviter la peine.

De tout mon cœur, dit Samaël, ne doutez pas que je ne ſois charmé d'épargner à la belle princeſſe & à milord, des voyages qui leur ſeroient inutiles,

& qui font extrêmement fatigans; vous favez vous-
même que je n'ai rien de fort curieux à leur apprendre. Depuis que nous ne nous fommes rencontrés, j'ai été appelé dans différens mondes,
dont les uns n'étaient que des monftres ou des
créatures hideufes, réduites à un inftinct plus grof-
fier que celui des animaux; d'autres ne renferment
que des habitans en qui la figure humaine eft
prefque méconnoiffable, qui ne cultivent point
leurs terres; ils ne fe nourriffent que de leur
chaffe, & pouffent fouvent la barbarie jufqu'à fe
manger eux-mêmes, lorfqu'ils font en guerre. Ces
peuples feroient horreur à la charmante Thaymuras, ils ne méritent pas qu'elle prenne la peine
de les chercher. Il eft vrai qu'il y en a qui méritent d'être vifités; mais comme elle n'eft point
immortelle, & qu'elle ne peut paffer fa vie à
voyager, je lui confeille de fe borner aux feules
planètes, où l'on trouve affez de variétés pour
pouvoir fatisfaire pleinement fa curiofité.

Le monde que je quitte, pourfuivit Samaël, &
celui où j'ai refté le plus long-tems, eft actuellement un des mieux policés, par les foins que je
me fuis donnés à leur former des fujets capables
de les gouverner: mais je n'ai pu les guérir de leurs
fuperftitions, ni de cet amas de mœurs, de loix,
de coutumes, de goûts & de fyftêmes qui s'y
trouvent épars. Chez ces peuples, chacun penfe

différemment ; au lieu de fe tolérer mutuellement parmi cette variété infinie d'opinions & de nouveaux fyftêmes, de fouffrir avec douceur, je les ai vus fe déchirer de fang-froid ; & lorfque j'y fuis arrivé, l'aimable vérité y avoit perdu depuis long-tems fes plus précieux avantages fur l'erreur qui eft fa rivale la plus dangereufe ; l'une & l'autre y excitoient les mêmes troubles, les mêmes tempêtes, & s'y foutenoient avec la même opiniâtreté. Ce monde enfin n'étoit devenu plus riche & plus magnifique que pour être plus vicieux ; il n'avoit multiplié fes loix que pour fe donner le plaifir de les enfreindre avec plus de hardieffe. Ils ne cultivoient les beaux arts que pour s'abandonner avec plus de licence au luxe & au déréglement qui l'accompagne ; ils n'honoroient que la baffeffe, n'élevoient que la médiocrité aux plus hautes dignités, & ne récompenfoient que la mauvaife adminiftration, en écartant de leurs confeils les perfonnes d'efprit & ceux dont les talens font fupérieurs, prétendant que trop inquiets, ils altéroient le repos de l'état : mais ce repos qu'ils ont dû comparer à ces tems calmes qui dans la nature précèdent fouvent les grandes tempêtes, ne fervit qu'à faire naître de nouveaux tyrans qui fe faifoient un plaifir malin de dominer fur leur vie & fur leur liberté, qui, en leur arrachant leurs biens, ne vouloient pas feulement fe donner la peine de les tromper fous de fpécieux prétextes; & tous les avantages que donne la force, étoient mis en ufage pour opprimer les foibles; les riches étoient devenus infolens, & leur fortune, loin de fervir au bien de l'état, faifoit le malheur de tous les peuples. J'ai donc été obligé de rompre le talifman qui rendoit tous ces peuples imbécilles, & de rappeler chez eux la raifon & la vertu qui étoient regardées comme de vieilles chimères, afin de préparer les efprits à recevoir de nouvelles loix, & à fe former des mœurs plus réglées.

L'empereur qui entra, interrompit le génie : je fuis charmé, dit ce monarque, de vous trouver avec l'incomparable Thaymuras; fon goût pour les fciences vous eft fans doute connu, & je ne fais nul doute que les charmes de fa converfation ne vous attirent fouvent auprès d'elle : laiffez-moi, je vous prie, en jouir à mon tour; allez l'un & l'autre m'attendre dans mon cabinet, je veux vous confulter fur des affaires importantes d'où dépend le bonheur de mes peuples : je vais déformais employer tous mes foins à leur procurer un bonheur réel, en les faifant jouir d'une félicité conftante; vous pouvez, en m'attendant, examiner mes projets; allez, je ne tarderai pas à vous fuivre. Je fortis avec les deux génies.

Monime reftée feule avec l'empereur : que je fuis charmée, lui dit-elle, de voir briller dans le

cœur

cœur de votre augufte majefté des fentimens fi
dignes d'un grand monarque! Permettez, feigneur,
que je vous loue de n'être point inflexible, puifque
vous voulez bien écouter favorablement les fages
confeils des génies qui vous font dévoués : l'oubli
que vous paroiffez faire de votre grandeur doit les
encourager à ne vous rien cacher; je fuis fûre qu'au
fond de leurs cœurs ils voudroient qu'il fût en leur
pouvoir de vous rendre au centuple cette grandeur
dont vous vous dépouillez fi obligeamment en
leur faveur. Quels motifs plus nobles que les
vôtres peuvent animer un grand prince ! Vous
n'avez en vue que le bonheur de vos fujets; vous
jouiffez, feigneur, des douceurs d'une paix qui doit
être durable; vos troupes nombreufes & formi-
dables tiennent vos voifins en refpect; vos vaiffeaux
vous apportent les tréfors, de tout ce vafte univers;
vous difpenfez tous les honneurs & les richeffes;
enfin la vérité depuis fi long-tems fouffrante, va
reparoître dans tout fon éclat. Pour moi, à qui
Zachiel a toujours infpiré cet amour pour la vérité,
& la candeur qui confifte à ne louer que les vertus
qui font dignes de l'être, je puis vous affurer,
feigneur, que je publierai dans tous les mondes où
la deftinée me conduira, que votre regne n'eft
qu'un enchaînement continuel de faits merveilleux,
auffi clairs & auffi intelligibles lorfqu'ils font exé-
cutés, qu'impénétrables avant l'exécution, & que

la renommée, toute favorable qu'elle vous a toujours été, n'a encore rien dit qui ne soit au-dessous
de la vérité.

Je vous aurois interrompu dit l'empereur, si je
ne trouvois de la gloire à m'entendre louer par une
aussi belle bouche que la vôtre. Est-il possible,
divine Thaymuras, qu'avec des sentimens qui me
sont si favorables, vous vous plaisiez à me rendre
malheureux? Pourquoi feindre d'ignorer la vivacité de mes feux? Apprenez donc, mon bel astre,
que toutes les grandeurs qui m'environnent, ces trésors immenses, ces honneurs que je puis dispenser
à mon gré, tout me devient insipide, tout m'ennuie,
tout m'est à charge, dès qu'avec eux je ne puis toucher votre cœur; ce n'est que de lui seul que je veux
tenir le comble de ma félicité. Mais, que vois-je!
dès que je vous parle de mon amour, vous repre-
nez un air froid & sérieux qui m'intimide & me
désespère. Qu'y a-t-il donc dans ma personne qui
puisse vous inspirer tant d'éloignement? Vous
baissez les yeux & ne répondez rien. Au nom des
dieux, divine Thaymuras, apprenez-moi ce que
je dois craindre ou espérer. Ah! vous soupirez &
détournez la vue; parlez, je vous en conjure, c'est
trop souffrir, je veux enfin savoir mon sort, je ne
puis plus vivre dans cette cruelle incertitude.

Votre auguste majesté, répondit Monime, sans
presque oser regarder l'empereur, oublie sans doute

que les génies l'attendent au conseil. Qu'entends-je!
s'écria ce prince avec une sorte d'emportement, on
me renvoie sans daigner seulement jeter sur moi
un regard favorable ni me dire un mot de consolation; j'y vais, madame, & j'y vais désespéré de
vos froideurs. L'empereur sortit avec un trouble
que tous les courtisans remarquèrent; ils le suivirent
en silence, personne n'osant interrompre sa rêverie.

Je rentrai aussi-tôt dans le cabinet de Monime,
& je la trouvai absorbée dans une profonde rêverie;
penchée sur son fauteuil, elle avoit la tête appuyée
sur une de ses mains; ses yeux, où la douleur &
l'inquiétude se peignoient, sembloient m'annoncer
quelque grand malheur, j'en fus saisi à un point
que je restai quelques instans immobile : chère
Monime, lui dis-je, qui peut occasionner ce trouble?
Aurions-nous quelques malheurs à craindre? Nous
sommes ici sous la protection du génie, qui cer-
tainement ne permettra pas qu'on nous fasse aucune
insulte. Parlez, ma sœur, ne puis-je être instruit
de vos chagrins? D'où provient cette douleur où je
vous vois plongée & qui pénètre jusques dans mon
ame?

Rassurez-vous, milord, dit Monime, cette douleur ne part que de la sensibilité de mon cœur;
vous n'ignorez pas l'amour que l'empereur a pour
moi; jusqu'à présent j'ai toujours éludé les décla-
rations qu'il cherchoit à me faire, mais aujourd'h. i

Q ij

je n'ai pu l'éviter; restée seule avec lui, il a saisi cette occasion pour m'entretenir de sa passion dans des termes si touchans & si tendres, que ne pouvant donner à ce prince une réponse qui pût le satisfaire sans blesser ma gloire; je n'ai d'abord trouvé d'autre parti que celui de garder un silence obstiné qui a paru le mettre au désespoir; il m'a quittée dans un trouble & une agitation que je ne puis vous exprimer : mais ce qui me confond & m'anéantit est de n'avoir pu prendre assez sur moi pour répondre à ce prince; peut-être qu'un mot favorable l'eût appaisé; mais j'ai craint de nourrir une passion que je voudrois détruire. Cependant pénétrée des bontés de l'empereur, de ses bienfaits, son amour, sa tendresse & sa complaisance, tout semble me reprocher une ingratitude dont je suis incapable. J'avoue que je l'aime; il est le meilleur des princes, il mérite toute ma reconnoissance; que dis-je! j'en suis pénétrée. Hélas! s'il pouvoit lire au fond de mon cœur & se contenter d'une amitié pure & de tous les sentimens de l'estime la plus parfaite, & même de l'admiration que ses rares vertus m'ont inspirée! Mais je n'ai pas l'audace de le tromper, c'est de l'amour qu'il me demande, & c'est le seul sentiment que je ne puis lui accorder; mon cœur destiné à un autre, doit lui être conservé dans toute sa pureté. Mon cher Céton, la tendresse que j'ai pour vous, ne me permet pas de vous cacher mes fentimens; cette tendreffe qui eft autorifée par le fang, vous donne le droit de lire dans mon ame : je ne puis à préfent vous en dire davantage, le génie vous inftruira un jour du choix qu'il a fait pour affurer mon bonheur. Allez, milord, avertiffez Zachiel des inquiétudes où je fuis; allez le preffer de venir m'en tirer. En difant ces dernières paroles, Monime me tendit la main; je la faifis dans les miennes & ne pus m'empêcher d'y appliquer un baifer, lorfque l'Empereur rentra & nous furprit.

L'agitation dans laquelle cè prince étoit forti ne lui permit pas de s'appliquer à aucune affaire, ne pouvant fupporter l'indifférence de Monime ni vivre fans la voir; il venoit fans doute dans l'in-tention de lui faire des reproches.

Rien ne peut peindre la furprife & l'étonnement de ce monarque; nous demeurâmes tous trois immobiles pendant un inftant : mais l'empereur, animé de la plus furieufe colère, fe livra à fon pre-mier mouvement; déjà il tenoit un poignard dont il alloit indubitablement me percer le cœur, fi le génie qui furvint dans le moment ne m'eût fouf-trait à fa vengeance, en me métamorphofant en papillon. Le prince qui me vit difparoître crut que je m'étois dérobé pour prendre la fuite, & donna ordre de me faire arrêter.

Monime, interdite & tremblante, ofoit à peine

lever les yeux. C'est donc là, madame, dit l'empereur, l'heureux mortel qui s'oppose à mon bonheur, sa vie va me répondre du mépris que vous faites de ma tendresse; ingrate, puisque mes bienfaits n'ont pu vous toucher, j'aurai du moins la triste consolation de vous faire sentir jusqu'où s'étend mon pouvoir. Ce prince voulut sortir; mais Zachiel, qui vouloit mettre fin à toutes ses agitations, l'arrêta en lui serrant la main.

Ces génies du premier ordre ont la vertu, dès qu'ils vous touchent, d'appaiser les plus violentes passions. Le génie se servant alors de tout son pouvoir, lui parla ainsi : votre majesté rougit sans doute de son emportement; ces étrangers ne sont point sujets à vos loix, ce sont deux personnes que je protège & sur lesquelles vous ne pouvez avoir aucun droit; c'est en vain que vous faites chercher milord, je viens de le souftraire aux yeux de tous les mortels. Cette jeune princesse que vous vous étiez flatté de séduire par vos bienfaits, ne peut jamais vous donner que de l'estime, de la reconnoissance & de la vénération, lorsque vous ne ferez voir que des sentimens vertueux. L'inclination, l'amour, ou la tendresse, font des mouvemens dont on ne dispose pas à son gré; ils naissent du fond du cœur & s'y entretiennent avec plaisir; d'ailleurs vous n'ignorez pas que cette jeune princesse ne peut se dispenser de retourner dans le tour-

C'est donc la Maladie, travail mortel
qui s'oppose à mon bonheur.

C.P. Marillier, Del.   L. Croutelle, Sculp.

billon du monde qui l'a vu naître; c'eft là où elle doit fe choifir un époux qui foit digne d'elle; les voyages que je lui ai fait entreprendre, ne font que dans la vue de la rendre digne de régner fur des peuples qui doivent lui être foumis; cependant elle vient de recevoir un outrage par l'emportement qui vous eft échappé contre un de fes proches, comme s'ils euffent été l'un & l'autre foumis à votre empire.

Tout autre qu'un génie n'eût jamais ofé parler avec autant de liberté. Monime jugeant par ce difcours qu'elle n'avoit rien à craindre pour mes jours, fentit renaître dans ce moment fon courage & fa fermeté; la préfence du génie lui infpira une noble hardieffe, & s'adreffant à l'empereur : je fuis au défefpoir, feigneur, dit Monime, que mon trouble, ma timidité, mon peu d'ufage & mon peu de lumière fur les loix de votre empire, m'aient empêché jufqu'à préfent de découvrir à votre majefté les véritables fentimens qui m'animent; ils font tels que je voudrois qu'il fût en mon pouvoir de répondre d'une manière digne de vous & de moi à ceux dont vous avez bien voulu m'honorer.

Les loix de votre empire vous permettent d'avoir plufieurs femmes, fans manquer au devoir de votre religion; ce feroit un crime dans la mienne de confentir à l'ardeur de vos defirs; deux obftacles invincibles s'oppofent à votre fatisfaction, ma religion

Q iv

& ma gloire; un troifième encore plus fort, eft l'obligation indifpenfable où je fuis de ne pouvoir paffer ma vie à votre cour. Avant d'être préfentée à votre majefté, j'aimois, feigneur, & je pouvois m'affurer d'être aimée. Elevée par les foins du génie, il connoît mon cœur & les obligations où je fuis de m'unir à la perfonne qui m'eft deftinée, & tous les bienfaits dont vous m'avez comblée ne peuvent jamais m'autorifer à lui manquer de foi : mais, feigneur, fi la reconnoiffance la plus vive, la vénération la plus fincère, & fi, je l'ofe dire, l'amitié la plus tendre, peuvent encore vous être agréables, je m'en retournerai avec la flatteufe idée d'avoir du moins mérité votre eftime par la pureté de mes fentimens. Je n'ignore pas que c'eft une témérité de ma part d'ofer prendre le titre d'amie; cependant, feigneur, ce titre me fera mille fois plus précieux que tous les honneurs & les richeffes dont vous m'avez comblée par vos bontés; votre eftime & votre amitié font les feuls tréfors que j'ambitionne; fi vos fentimens ne peuvent s'accorder avec les miens, fouffrez, feigneur, que je me retire dans l'inftant.

Vous me défefpérez, reprit l'empereur d'un ton pénétré; pourquoi vous refufer à ma tendreffe? Ah! vous l'augmentez par la nobleffe de vos fentimens. Eft-il poffible, divine princeffe, que mon amour ne puiffe vous toucher? Votre ame, faite pour régner fur tous les mortels, ne peut être touchée des grandeurs ni des richeffes ; daignez au moins accepter l'hommage que je rends à vos charmes, & accordez, s'il fe peut, à mes defirs quelque lueur d'efpérance. Mon cher Zachiel, continua l'empereur, ce fera de vous que je tiendrai tout mon bonheur, fi vous engagez la princeffe de refter à ma cour ; faites que je puiffe avoir le plaifir de lui jurer fans ceffe que je l'adore ; ce n'eft qu'à cette condition que je veux pardonner à Céton.

Je ne m'oppoferai jamais, dit le génie, aux volontés de votre majefté lorfqu'elle n'en fera paroî- tre que de raifonnables ; mais vous oubliez fans doute qu'il n'eft pas en votre pouvoir de féparer deux cœurs que le véritable amour a unis pour jamais ; permettez auffi que j'ajoute qu'il n'eft pas de la dignité d'un grand monarque de fe livrer avec autant de véhémence à fes paffions. Ah ! laiffons-là ma grandeur, dit l'empereur, ne voyez- vous pas que celui qui pofsède le cœur de la prin- ceffe eft mille fois plus heureux que moi ; s'il ne jouit pas de tous les honneurs qui m'environnent, il en eft bien dédommagé par la certitude où il eft d'être aimé. Pour moi, malgré ma puiffance, je n'ai jamais goûté ce plaifir dans toute fa pureté. Ce qui trouble prefque toujours le bonheur des souverains, c'est le doute cruel où ils sont de ne pouvoir s'assurer d'être aimés pour eux-mêmes; ils seroient égaux aux dieux, s'ils pouvoient se flatter de posséder l'amour & la tendresse des personnes auxquelles ils s'attachent: mais l'ambition, l'envie de gouverner, l'amour des grandeurs, l'appât des richesses, ne sont que trop souvent les seuls attraits qui nous font rechercher ; j'en ai fait plusieurs expériences très-préjudiciables à mon repos. Où trouver un cœur comme celui de la charmante Thaymuras ? Sans doute qu'un caractère si parfait & si rare ne se peut acquérir que par les soins d'un aussi grand génie que Zachiel. Que je serois heureux, divine princesse, poursuivit l'empereur d'un air passionné, si je pouvois toucher une ame aussi belle que la vôtre ! M'accorderez-vous ce que je vous demande avec instance ?

Votre auguste majesté, dit Monime, sera toujours le maître d'ordonner ce qu'il lui plaît. Oui, dit le monarque, je sais que je suis le maître de commander par tout où vous n'êtes pas : mais lorsqu'il s'agit d'obtenir de vous une grace, c'est moi qui supplie & qui ne veut tenir cette complaisance que de votre amitié. J'obéirai, seigneur, dit Monime ; j'ose même vous assurer que c'est avec le plus grand plaisir, toujours plus pénétrée des nouvelles faveurs que je reçois. Des faveurs! Ah! quittez ce langage; vous ne devez pas ignorer que ce n'eft qu'à vous qu'il appartient d'en accorder: ainfi, belle Thaymuras, je reçois avec beaucoup de reconnoiffance celle que vous me faites de refter à ma cour.

Le féjour que je puis faire dans vos états, reprit Monime, dépend entièrement de Zachiel; toujours fous fa conduite, je me fuis foumife à fes volontés & ne puis, ni ne veux jamais m'en départir. Je vous laiffe, madame; dit le génie, la maîtreffe de refter ici le tems que vous voudrez; je fuis fûr que Céton ne s'oppofera point à vos volontés, pourvu qu'il lui foit permis de reparoître à la cour. Seigneur, dit Monime, en rougiffant, c'eft mon frère, & un frère que j'aime tendrement; c'eft une grace que je n'ofois vous demander, quoique fûre du refpectueux attachement de milord pour votre augufte perfonne. Votre frère! madame, reprit vivement l'empereur, que je fuis coupable! Pourquoi me l'a-t-on laiffé ignorer jufqu'à préfent? Ah! divine Thaymuras, me pardonnerez-vous ma vivacité? Oubliez-la, s'il fe peut, pour ne vous reffouvenir que de ma paffion, & ne doutez jamais que vous ne vous foyez acquis un plein pouvoir fur toutes mes volontés. Je ne fuis point injufte; que milord reparoiffe, j'y consens. L'empereur sortit beaucoup plus tranquille, & dit à Zachiel, de se trouver le lendemain au conseil.

Dès que nous fûmes seuls, le génie me fit reprendre ma figure naturelle. Mon premier soin fut de le remercier de m'avoir secouru dans une occasion aussi dangereuse. L'étonnement & la surprise où les soupçons de l'Empereur m'avoient jeté, me rendoient immobile; un mot de ma part l'eût pu calmer : mais, mon cher Zachiel, votre présence a remédié à tout. Cette petite aventure dit le génie, doit vous convaincre que vous devez être sans cesse sur vos gardes. Je ne blâme point l'attachement que vous avez l'un pour l'autre, je vous recommande seulement d'en modérer la vivacité.

La tendre amitié s'alarme & se flatte aisément, un rien la trouble ou la désespère, un rien la calme & la rassure ; semblable à l'amour, elle augmente elle-même ses tourmens, & a, comme lui, le pouvoir de faire goûter mille douceurs dans le moindre de ses plaisirs ; c'est ce que j'ai éprouvé dans cette journée pendant les divers mouvemens qui agitoient l'Empereur.

Que je me trouvai heureux en comparant mon sort au sien ! Ce prince, me dis-je, quoique toujours obéi, toujours craint & toujours respecté, eſt cependant contraint d'avouer qu'il n'a point encore pu goûter ce charme inexprimable que l'on reſſent lorſque l'amour ou l'amitié ſe partagent également. Quel tourment pour une ame noble, d'être ſans ceſſe livrée au ſupplice de l'incertitude, ſans pouvoir ſouvent démêler ſi c'eſt le devoir, le zèle ou l'ambition qui font agir tous ceux qui rendent aux ſouverains leurs hommages!

Ces réflexions me firent examiner les courtiſans; je ne fus pas long-tems la dupe de leurs airs ſoumis & rampans; je m'apperçus bientôt que l'envie de briller à la cour & d'y ſupplanter ceux qui paroiſſent poſſéder la faveur du prince, eſt une maladie épidémique qui ſe gagne par la fréquentation; car ſans cela, comment pouvoir comprendre que des gens qui peuvent vivre heureux & tranquilles dans le ſein de leur famille, vouluſſent paſſer le plus beau de leurs jours dans l'antichambre d'un prince ou dans celle d'un miniſtre, & qu'ils achetaſſent aux dépens de la ſervitude la plus pénible, la gloire d'être le premier au petit lever de l'empereur? Et cela n'eſt ſouvent que par pur principe de vanité.

Ce qui m'a encore très-ſurpris chez les Joviniens, ç'a été d'y voir des familles à la mode, comme des équipages ou de nouvelles boîtes; les noms de ces familles illuſtrées abſorbent bientôt toutes les autres. Si la noblesse leur manque, la faveur y supplée par des titres pompeux, & ces titres leur procurent bientôt les alliances les plus distinguées, qui servent à couvrir la bassesse de leur origine, & rend leurs noms plus illustres que n'a jamais été la condition de l'ancienne noblesse.

CHAPITRE IX.

NARDILLAC découvre le mystère du rendez-vous donné à milord Céton.

J'ÉTOIS un jour chez l'impératrice, où j'allois assidûment faire ma cour, lorsque Nardillac entra. Cette charmante personne rougit en me regardant, & jeta sur moi un coup-d'œil mystérieux que je ne compris pas; je la saluai d'un air assez distrait, occupé à regarder une boîte à bonbons d'un travail achevé; l'empereur venoit d'en faire présent à l'Impératrice. Cette princesse qui paroissoit enchantée de ce nouveau bijou, le montroit avec complaisance à toute sa cour. Nardillac demanda à le voir, elle s'avança vers l'embrasure d'une croisée où j'étois : venez souper ce soir chez moi, me dit cette belle personne en prenant la boîte que je lui préfentai, j'ai des fecrets à vous confier, qui concernent le bonheur ou le malheur de mes jours, & peut-être des vôtres. Nardillac s'éloigna dans l'inftant fans me donner le tems de répondre. Je fortis peu de tems après pour me rendre chez Monime que je trouvai parée d'une robe que l'empereur lui avoit envoyée la veille. Cette robe étoit d'un fatin bleu brodé en diamans, qui reffembloit, aux lumières, à un ciel parfemé d'étoiles.

J'attends l'empereur, dit Monime; vous me voyez toujours parée de fes nouveaux bienfaits. Il ne peut, lui dis-je, en gratifier perfonne qui le mérite autant que vous : fi je n'étois fûr que les richeffes & les grandeurs font de foibles attraits pour une ame noble, j'aurois tout lieu de m'alarmer des pièges qu'on s'efforce de tendre à la vertu : mais vous n'ignorez pas, chère Monime, que l'opulence eft l'idole de l'infenfé, & fait fouvent l'embarras du fage; il eft vrai que fi elle ne détruit pas tout-à-fait la vertu, elle l'affoiblit au moins & en émouffe, pour ainfi dire, la pointe : mais je me flatte que pénétrée des principes que vous avez reçus du génie, vous ne courez aucun rifque, & qu'il nous tirera l'un & l'autre du labyrinthe où nous nous fommes, je crois, un peu trop enfoncés.

Quoique vos réflexions foient très-judicieufes, reprit Monime en fouriant, je les trouve néanmoins un peu trop graves, elles répandent dans l'esprit un certain air férieux qui n'eft point fait pour les matières que je veux traiter avec vous. Souffrez, milord, que je vous demande des nouvelles de vos amours avec la charmante Nardillac. J'allois vous en parler, repris-je, & vous entretenir de mes plaifirs & de ma bonne fortune : je quitte cette belle dans l'inftant, elle m'a prié de venir fouper avec elle, je crois que je ne puis m'en difpenfer ; j'attends ici Zachiel pour le prier de m'y accompagner. Que vous êtes enfant, dit Monime! n'y fauriez-vous aller feul? Je crois que ce feroit très-mal faire votre cour d'y mener quelqu'un ; foyez perfuadé qu'elle ne veut d'autre tiers que l'amour : mais comme j'ai retenu ce dieu la première, c'eft chez moi qu'il doit préfider au fouper, & Zachiel fera le quatrième ; vous aurez beau vous en défendre, c'eft une affaire réfolue. En vérité, repris-je en riant, ce feroit me faire un tour perfide ; comment oferai-je me préfenter devant cette belle? Demain à fa toilette, dit Monime, vous pourrez facilement obtenir le pardon de cette faute, en lui difant qu'on vous a fait violence, & que vous n'avez pu vous débarraffer de l'incommode Thaymuras.

Zachiel qui parut dans l'inftant, voulut bien fe prêter aux plaifanteries de Monime, qui continua de me badiner fur la bonne fortune qu'elle me

faifoit

faifoit manquer. L'empereur interrompit par fa préfence cette converfation. Ce prince, rempli des nouveaux projets qu'il avoit formés avec les génies, pour le bonheur de fes peuples, en parla à Monime qui le félicita fur cet amour paternel qu'il montroit en faveur de fes fujets, & fur les nouvelles loix qu'il vouloit établir dans fon empire. Les plus im-portantes de toutes, dit le génie, font celles qui ne fe gravent ni fur le marbre, ni fur l'airain, mais dans les cœurs des citoyens; ces loix fi fortes & fi folides, font les mœurs, les coutumes, fouvent même l'opinion. Il eft très-peu de politiques qui s'attachent à connoître cette partie, de laquelle dépend le fuccès de toutes les autres, cependant elles feules peuvent former la véritable conftitution de l'état, en prenant tous les jours de nouvelles forces, & ranimant les anciennes loix prêtes à s'éteindre; ce font elles auffi qui confervent chez les peuples l'efprit de fon inftitution, & fubftituent infenfiblement la force de l'habitude, à celle de l'autorité.

Le génie, après avoir étendu beaucoup plus loin fes réflexions fur cette matière, fortit avec l'empe-reur; il rentra dans l'inftant & voulut bien affifter à notre fouper. Monime y fit naître la joie par mille faillies qui amufoient Zachiel, lorfque nous entendîmes un éclat de rire qui nous furprit. C'étoit Samaël qui, fans s'être rendu vifible, s'étoit fait un plaisir de nous surprendre. Que ces génies sont hardis, dit Monime! Ils entrent par-tout sans se faire annoncer; savez-vous bien, messieurs, qu'on n'est point en sûreté lorsqu'on est en commerce avec vous; on ne peut se flatter d'un tête-à-tête avec personne. Il est vrai, dit Samaël sur le même ton, que je ne croyois pas que Zachiel seroit ici un tiers incommode, & c'eût été pour moi un vrai plaisir de vous surprendre sans ce témoin; mais il me paroît cependant qu'il n'a point nui à la fête, & que vous vous amusez assez bien pour ne vous point embarrasser si les heures s'avancent pour vous annoncer le retour du jour. N'est-il pas tems, messieurs, de laisser à la belle princesse le tems de prendre le repos qui lui est nécessaire? Laissons-là ma principauté, dit Monime, vous n'ignorez pas qu'elle n'est que postiche. Je sais, répondit plus sérieusement Samaël, que vous méritez mieux que personne du monde de régner, & que les peuples qui doivent être soumis à vos loix, jouiront pendant votre règne de toutes sortes de bonheur & de félicité. Il sortit sans attendre la réponse de Monime, qui ne prit ce discours que pour un compliment très-flatteur.

Le lendemain je ne pus me dispenser d'aller chez Nardillac. Je craignois horriblement ce tête-à-tête, dans la persuasion où j'étois qu'il faudroit me défendre contre des reproches que j'avois si souvent mérités. J'entrai dans son cabinet d'un air mal assuré; mon embarras la surprit, elle en devina la cause; mais sans chercher à en jouir, elle se hâta de m'en tirer. On a bien de la peine à vous avoir, Milord; quels peuvent donc être les soupçons que vous avez formés contre moi? Je vous supplie au moins de bannir de votre esprit tous ceux qui pour-roient m'être injurieux. Je n'ignore pas l'amitié que vous avez pour la princesse Thaymuras, vous devez aussi savoir celui que je conserve pour l'empereur; je vous ai prié de passer chez moi afin d'unir nos intérêts, & vous faire le dépositaire d'une partie de mes chagrins.

Vous me faites mille graces, madame; je puis vous assurer que vous ne pouvez les confier à per-sonne qui soit plus disposé que moi à faire tout ce qui sera en mon pouvoir pour vous obliger. Je sais, reprit Nardillac, que la constance, l'honneur & la probité, sont les vertus que vous chérissez le plus, & que vous êtes loin d'imiter ces hommes qu'un caprice & une contrariété perpétuelle opposent tou-jours à leurs intérêts & à leurs principes, & leur rend presque inévitable l'injustice dont on les accuse. Plusieurs emploient les plus tendres soins à la défaite d'un cœur innocent; ils l'étourdissent sur ses devoirs, le séduisent &, lorsqu'ils l'ont gagné, ils l'accusent & le punissent de s'être rendu trop tôt. C'est le triste sort que me fait éprouver l'empereur par son inconf-

R ij

tance. Je m'égare, milord, ce n'étoit pas par mes
maux que je voulois commencer de vous entretenir.
Mais de quels termes me fervir pour vous annoncer
ce qu'on m'ordonne de vous dire? Cependant, quel
que foit le rôle que l'on me force à jouer, je vous
prie d'être perfuadé que je ne m'en fuis chargée
qu'afin d'empêcher qu'on ne donnât cette commif-
fion à un autre qui, moins porté pour vos intérêts,
fe fût fait une gloire de l'entreprendre, en écartant
de votre efprit tous les dangers qui doivent infailli-
blement vous atrêter. Vous ne devez pas ignorer que
depuis long-tems l'impératrice m'honore de toute
fa confiance ; c'eft par fon ordre que je vous ai écrit
& que je vous ai fouvent entretenu chez elle & chez
la princeffe Thaymuras ; c'eft elle encore qui m'engage à vous parler aujourd'hui : ne fauriez-vous
deviner à préfent ce qui me refte à vous dire ?

Ce début eut de quoi me furprendre : expliquez-
vous, madame, lui dis-je, que fignifient ces détours?
Thaymuras auroit-elle quelque chofe à craindre de
la part de l'impératrice ? Je connois fa jaloufie, &
n'ignore point à quels excès elle s'eft fouvent portée
contre les perfonnes que l'empereur a diftinguées
par fa faveur: mais, madame, vous pouvez l'affurer
que la princeffe Thaymuras a trop de vertu & trop
de grandeur d'ame pour rien faire qui puiffe ternir
fa gloire.

Que vous comprenez mal mon difcours! milord;

fi l'impératrice est jalouse, je puis vous assurer
que jamais les galanteries de son auguste époux
n'ont fait aucune impression sur son cœur, vous
seul à présent pourriez les exciter par vos assiduités
auprès de la belle princesse. Que dites-vous, madame? Quoi! l'impératrice auroit pu! ... mais non,
de pareils soupçons doivent s'écarter de mon esprit,
ils lui sont trop injurieux. Ecoutez-moi, milord,
vous commencez à me comprendre; eh bien! c'est
à ce prix que toutes les dignités & les honneurs
vous sont offerts; il faut pour cela renoncer à tout
autre attachement. Vous avez inspiré à cette princesse la passion la plus vive; l'espérance de vous
toucher lui a fait d'abord renfermer ses desirs dans
les bornes du devoir; charmée d'apprendre que
l'empereur étoit passionné pour les charmes de la
belle étrangère, sans que vous en paroissiez alar-
mé, sa passion en a pris de nouvelles forces. Que
vous dirai-je enfin? Son humeur impérieuse ne
peut souffrir qu'on lui résiste : peu accoutumée à
modérer ses desirs, ce n'est qu'en les satisfaisant
qu'elle trouve le secret de les vaincre; c'est pourquoi
elle m'ordonne de vous annoncer qu'elle veut ce
soir vous parler sans témoin.

Vous voyez, milord, poursuivit Nardillac, que
j'ai eu raison de vous dire que le repos de ma vie
dépendoit du secret que j'avois à vous confier. La
résolution que vous allez prendre ruine toutes mes

R iij

espérances ou les fortifie; si vous prenez le parti de rester dans cette cour avec la princesse Thaymuras, je perds pour jamais l'espoir de regagner la tendresse de l'empereur, que j'ai long-tems possédée, mon amour & ma gloire y sont intéressés. Je dois cependant vous avertir que vous courez de grands risques en refusant de répondre aux desirs de l'impératrice; cette princesse ne supporteroit pas patiemment le mépris que vous feriez de ses charmes; les avances qu'elle se permet ne m'annoncent que trop les dangers que vous avez à courir : tout l'empire est soumis à ses ordres; réfléchissez sur le parti que vous devez prendre. Dictez-moi la réponse qu'il faut que je lui fasse, & soyez persuadé, milord, qu'il n'y a que l'intérêt que je prends à vos jours qui ait pu me déterminer à me charger d'une pareille commission.

Dans le trouble où me mit cette confidence, je ne pus que remercier Nardillac, en l'assurant que je ne ferois rien qui fût contraire à ses vues. Je la suppliai de ne point dire à l'impératrice qu'elle m'eût parlé, de tâcher de l'amuser encore pendant quelque tems, & de lui insinuer qu'il valoit beaucoup mieux attendre l'effet de ses charmes qui ne pouvoient manquer de faire impression sur un cœur déjà porté à la tendresse. Nardillac approuva mon idée, & je la quittai l'esprit agité des plus vives inquiétudes.

Je fus dans l'instant chez Monime ; elle m'avoit recommandé de lui rendre compte du succès de ma visite. Je ne pus cacher le trouble où j'étois, elle s'empressa de m'en demander la cause. Embarrassé si je devois lui annoncer ce que nous avions à craindre, je balançois à lui répondre, lorsque Zachiel entra : enhardi par la présence du génie, je lui racontai la conversation que je venois d'avoir avec Nardillac. A ce récit, Monime ne put s'empêcher de marquer beaucoup d'inquiétudes sur les suites que pourroit avoir une passion aussi déréglée : mais le génie nous rassura, en nous apprenant que l'empereur avoit enfin ouvert les yeux sur la conduite de l'Impératrice qu'il venoit de répudier & d'exiler dans une île déserte.

Cette artificieuse princesse avoit trouvé le secret de s'emparer du gouvernement, pendant l'absence de Samaël, génie protecteur de l'empire ; ses connoissances bornées n'ont pu distinguer le vrai d'avec le faux ; son esprit ne consiste qu'à recevoir toutes sortes d'impressions, à se frapper de toutes les images que lui présentoient les ministres qu'elle s'étoit choisis : le peu de lumières de ses ministres font si compliquées, elles ont tant de rapport, tant de faces, tant de biais, que toutes les choses de la vie ne paroissent à leurs yeux qu'opinions, préjugés, vraisemblances ou hasards ; c'est néanmoins avec de pareilles idées que ces grands hommes se

R iv

félicitent eux-mêmes des efforts de leur imagination , & qu'ils ont peine à comprendre comment
leur esprit a pu s'élever à un si haut degré de perfection : mais pour ne les point distraire de la bonne
opinion qu'ils ont de leur mérite , l'empereur les
envoie dans une citadelle bien fortifiée; c'est-là
qu'ils pourront contempler à leur aise toute l'étendue de leurs vastes desseins , sans craindre d'être
interrompus par aucun objet qui puisse les en
distraire. Nous fûmes charmés d'apprendre ces
nouvelles, non-seulement parce qu'elles nous tran-
quillisoient sur nos craintes , mais encore parce
qu'elles tendoient à la gloire du souverain.

C H A P I T R E X.

LA part que Nardillac avoit eue pendant long-
tems à la faveur de l'impératrice , lui fit craindre
d'être impliquée dans sa disgrace; elle s'en ouvrit
à Monime dans les termes les plus touchans, lui
rendit compte de la conversation que nous avions
eue ensemble : pouvois-je, poursuivit Nardillac,
refuser d'obéir à ma souveraine? J'ai souvent gémi
de ses injustices. Attachée à cette princesse depuis
mon enfance, elle m'a toujours donné la préférence sur mes compagnes, & malgré l'amour que
l'empereur a conservé long-tems pour moi; je

n'ai pu trahir la confiance de ma maîtreffe ; jamais la trahifon ne trouva de place dans mon cœur ; jugez, madame, dans quelle horrible pofition je me fuis trouvée, & des juftes fujets, de crainte qui doivent m'alarmer.

Monime, fenfible à la douleur de cette aimable femme, employa tout ce qu'elle crut de plus con-folant pour la calmer, & le génie qui connoiffoit le fond de fon cœur, promit de la protéger. Je lui confeillai de s'attacher à la princeffe, afin de pro-fiter de toutes les occafions qu'elle pourroit trouver d'entretenir l'empereur qui, en perdant l'efpérance de s'unir à Thaymuras, pourroit reprendre de nou-velles chaînes. Nardillac goûta ce confeil, & n'eut pas de peine à effacer quelque légère impreffion de coquetterie que nous avions formée contr'elle : fa candeur & fa fincérité lui acquirent l'amitié de Monime, qui fe joignit à Zachiel pour faire con-noître à l'empereur fa conftance, fa fidélité & cet attachement défintéreffé qui lui avoit fait refufer les meilleurs partis, fans efpoir de regagner fa con-fiance. De fi puiffans protecteurs firent enfin que ce monarque lui rendit non-feulement toute fa ten-dreffe, mais par la fuite qu'il lui accorda le glorieux titre d'impératrice ; titre qu'elle a foutenu toute fa vie avec la nobleffe, la vertu & la pureté de fenti-mens qui doivent orner ceux que la deftinée élève à ce haut degré de gloire.

Nous paſsâmes plus d'une année dans cette cour, & fûmes témoins de pluſieurs changemens que fit l'empereur dans toute l'étendue de ſes états. Ce monarque, dirigé par le génie Samaël, apporta une égale attention à récompenſer le mérite comme à punir le crime.

Il ſeroit à ſouhaiter que cette ſévérité fût imitée dans les autres mondes, ce ſeroit le vrai moyen d'y établir une exacte probité dans l'adminiſtration des finances & dans celle de la juſtice, de réparer les injures, de maintenir la paix, d'entretenir le bon ordre & la confiance des citoyens, & de pro-curer au peuple la paiſible jouiſſance de leurs biens & de leur induſtrie.

Les richeſſes de l'empereur ſont ſi conſidérables, qu'elles ſuffiſent non-ſeulement à ſoutenir les dé-penſes de l'état & les ſomptuoſités de la cour, mais encore à entretenir pluſieurs armées en cam-pagne, ſoit pour dompter les rebelles ou les tenir en reſpect, ou bien pour couvrir les frontières & les défendre contre des ennemis. Outre ces dépenſes qui ſont immenſes, le prince ſe trouve encore en état de mettre dans la caiſſe de ſon tréſor des fonds conſidérables, auxquels il n'eſt permis de toucher que dans des occaſions extraordinaires.

Samaël établit encore une nouvelle loi qui ten-doit à abolir toutes les intrigues des courtiſans, afin que la route qui conduit aux honneurs fût ouverte à tous ceux qui se distingueroient par la vertu, la probité & des talens supérieurs, & que lorsqu'il s'agiroit de remplir quelques postes éminens, on n'eût aucun égard à la faveur ni à la noblesse, trouvant qu'il n'étoit pas juste de préférer des personnes qui n'avoient d'autre mérite qui les distingue, que les actions de leurs aïeux, morts depuis cent ans, & qu'il valoit bien mieux accorder à la vertu présente le prix qu'elle s'est acquis par son travail & par ses veilles.

Un réglement aussi sage doit encourager les citoyens à acquérir des talens qui puissent être utiles à l'état. Pour établir cette nouvelle forme de gouvernement, le génie Samaël prit la résolution de demeurer pendant quelque tems auprès de l'empereur, afin d'être plus à portée de l'aider de ses conseils ; & Zachiel nous a depuis assuré que ce monarque, par la douceur de son règne, devint l'idole de ses peuples. Conduit par les lumières du génie, il prit enfin les rènes de l'empire, & gouverna avec tant de sagesse qu'il servira de modèle dans les siècles à venir.

Ne voulant pas pousser plus loin nos observations dans cette planète, il nous eût été très-facile de disparoître comme nous avions fait dans les autres mondes, mais c'eût été méconnoître les bontés d'un monarque qui nous avoit comblés

de ſes faveurs ; le génie ſe chargea de lui annoncer notre départ.

L'empereur cacha ſon chagrin , lorſqu'il apprit
la réſolution que le génie avoit formée de nous
faire continuer nos voyages. Je m'étois flatté , dit
ce monarque au génie , que vous vous feriez un
plaiſir de m'obliger , en permettant à la belle princeſſe Thaymuras de ſe fixer à ma Cour ; je puis
actuellement lui offrir la première place de mon
empire: pourquoi voulez-vous vous oppoſer à mon
bonheur & à ſa gloire ? Nul royaume ne peut être
comparé à la vaſte étendue de mes états. Je le ſais,
dit Zachiel, mais je ne ſuis pas maître des deſtinées , il n'appartient qu'au tout puiſſant d'en diſpoſer , celle de la princeſſe Thaymuras l'appelle
dans un autre tourbillon , c'eſt-là qu'elle doit
régner ſur des peuples qui lui ſeront ſoumis ; aſſu-
jetti à l'ordre qui conduit tout ce qui eſt dans la
nature , je dois encore les faire paſſer dans plus
d'un monde. Ainſi , reprit l'empereur d'un air
touché, je vais vous perdre pour long-tems.

Vous ne devez rien craindre, dit Zachiel , puiſque Samaël ſe diſpoſe à ne vous point abandonner ; je vous invite à le regarder comme un ami
ſûr , & dont la liaiſon eſt d'autant plus ſolide,
que c'eſt un génie du premier ordre ; vous trouverez de l'agrément & de la douceur dans ſa fami-

liarité : sa conversation toujours sensée , toujours satisfaisante , vous procurera mille avantages; son esprit brillant est bien différent de celui de ces hommes durs qui vous entouroient autrefois , dont la plupart affectent une gravité qui vous importune; ces personnes veulent être regardées comme des gens solides & essentiels , quoiqu'ils n'aient qu'une pesanteur qui ennuie ; leur air rigide fait souvent préférer les insinuations d'un courtisan à leur austère fidélité; soyez certain que vous ne trouverez aucun de ces inconvéniens dans l'amitié & la conduite de Samaël ; c'est un génie bienfaisant , destiné à protéger votre empire autant que vous aurez confiance en ses conseils : mais s'il se trouvoit obligé de vous quitter pour obéir à des ordres supérieurs , je vous ai donné un talisman qui a la vertu de nous faire descendre; vous savez la façon de vous en servir dans les pressans besoins; foyez certain que je viendrai aussi-tôt à votre secours. Vous ne devez pas ignorer que nous ne cherchons ni biens ni honneurs , ni autorité dans aucun des mondes que nous sommes contraints de visiter. La divinité ne nous a créés que pour aider ceux qui chérissent & protègent la vertu , la justice & la vérité.

Je n'oublierai jamais, ajouta le génie, les marques de confiance que vous m'avez données, ni l'amitié & la bienveillance que vous avez témoignées en

faveur des deux perfonnes auxquelles je m'in-
térefle ; & pour vous en récompenfer, je fouhaite
que le ciel vous comble de fes dons les plus précieux, que tous les cœurs de vos fujets volent au
devant de vous, & que votre vue feule foit un
bienfait pour eux.

Je ne rapporterai point toutes les marques de
bienveillance que nous reçûmes de l'empereur
lorfque nous fûmes prendre congé de ce prince,
il fuffit de dire que nos cœurs en furent pénétrés :
toute la cour montra beaucoup de chagrin de
notre départ ; la belle Nardillac fit voir fur-tout
combien elle y étoit fenfible, elle nous affura
qu'elle n'oublieroit jamais les fervices que nous
lui avions rendus.

Ce monarque eft le meilleur de tous les princes, il eft bon, il eft ami tendre, compatiffant,
bienfaifant ; tout entier à ceux qu'il aime, il fait
les délices des perfonnes qu'il honore de fa
familiarité ; ce font ces admirables qualités qui
touchent les cœurs, qui les attendriffent & les
difpofent à exécuter fes volontés : mais ce qui a
achevé de lui gagner l'amour de tous fes fujets &
ce qui les rend fi fenfibles à toutes fes vertus,
c'eft cette attention qu'il prend, depuis l'arrivée de
Samaël, à faire obferver les loix dans toute leur
rigueur.

Nous partîmes enfin après avoir pris congé de

tous les grands de l'empire. Le génie, pour voyager avec moins d'embarras, congédia une partie de nos officiers & le plus grand nombre de nos domestiques, ne réservant que les gnomes. Nous traversâmes, sans nous arrêter en aucun lieu, la vaste étendue de cette planète qui abonde en mines d'or & d'agent : on y trouve aussi quantité de pierres précieuses d'un prix inestimable. Ce monde qui est d'une étendue & d'une richesse immenses, semble être le magasin général de tous les trésors de la nature.

Les mœurs des Joviniens sont assez douces : mais leur religion est, comme dans les autres mondes, partagée en différentes sectes. Ils ont plusieurs temples, entr'autres celui d'Hercule, où la figure de ce héros, élévée sur un piedestal, y est représentée avec la peau du lion qu'il défit dans la forêt Néméenne ; ses douze travaux sont expliqués autour du piedestal, & ses autres exploits aussi fameux sont gravés sur plusieurs colonnes qui environnent ce temple. Nous visitâmes aussi celui de Castor & Pollux, celui d'Helène ; mais le temple de Jupiter surpasse tous les autres en magnificence ; il est le plus fréquenté.

La plupart des Joviniens adressent leurs sacrifices aux dieux inconnus ou anonymes, dans la crainte qu'en les détaillant ou en les nommant par leurs noms, ils ne viennent à se tromper ou à en oublier quelques-uns, qui, fâchés de leur oubli ou de leur négligence, pourroient les en punir en leur diftribuant beaucoup de maux.

SEPTIÈME

SEPTIÈME CIEL.

SATURNE.

CHAPITRE PREMIER.

DESCRIPTION champêtre.

LE génie nous enleva l'un & l'autre par les vagues de l'air pour franchir les espaces immenses qui séparent le monde de Saturne d'avec celui de Jupiter. Il nous fit passer entre les cinq petites planètes & traverser ce grand anneau lumineux qui semble couronner & éclairer en même tems le monde de Saturne.

Lorsque nous fûmes descendus dans ce globe, le génie s'appercevant que nous étions presque étouffés par la force de l'air, nous frotta tout le corps d'une liqueur spiritueuse qui nous fortifia, ranima nos esprits, & donna à nos sens une nouvelle vigueur. Il nous fit reprendre ensuite nos figures naturelles; & les gnomes arrivés, munis de tout ce qui nous étoit nécessaire pour la route, nous partîmes dans l'intention de ne rien laisser échapper de tout ce qui pourroit nous instruire.

Zachiel nous fit d'abord prendre un chemin qui nous conduifit à des payfages charmans; tantôt je voyois un laboureur qui fembloit donner la dernière façon aux champs , dont la culture ne me paroiffoit encore qu'ébauchée , tantôt j'entendois la voix d'une bergere laborieufe qui cherchoit à charmer la durée de fon travail par des chanfons; ici des faucheurs reprenoient haleine en aiguifant le tranchant de leurs faux; là des bergers affis dans un vallon fe racontoient leurs amoureufes aventures; d'un autre côté un vafte payfage offroit fucceffivement à mes regards mille nouveaux objets : j'admirois des plaines immenfes chargées d'épis , précieux dons de Cerès ; je voyois des terres où erroient des troupeaux, la plupart étoient confiés à la garde des chiens , tandis que les bergères, parées de leurs atours champêtres, danfoient un peu plus loin au fon des mufettes , pour célébrer le plaifir que leur promettoit une abondante récolte. A voir la joie qui règne parmi eux , on diroit que Zéphir & Flore fe font joints à leurs jeux innocens. Plus loin , on voyoit des montagnes ftériles , fur la cime defquelles les nues femblent fe repofer; au bas , de longues prairies émaillées de fleurs & arrofées de rivières ; d'un autre côté, des bofquets formés par la nature ; ces bofquets étoient entourés de vieux chênes qu'on croyoit que la ferpe n'avoit épargnés que

par respect pour les déités qui y résident, ou pour
retirer les Nymphes des forêts, lorsque les vents
ou la pluie les forcent à se mettre à couvert.

On respire dans ce monde une odeur sauvage
qui réjouit & satisfait l'odorat, & on ne voit ger-
mer dans cet heureux tourbillon aucune plante
venimeuse. En admirant tous ces divers points
de vue, je crus voir la nature dans son printems
donner l'essor à de nouvelles productions, & je
remarquai que dans ses admirables caprices elle
surpasse infiniment toutes les inventions de l'art.
Zachiel nous assura que les habitans de ces lieux
charmans y coulent des jours tranquilles ; les plaines y sont toujours peuplées de laboureurs ; les
bocages retentissent de mille concerts aëriens, &
ce peuple aîlé vole jusques sur la cime des chênes
pour y annoncer le retour du dieu qui les éclaire.

C'est ici, nous dit Zachiel, où je veux vous
faire admirer la grandeur de l'Être suprême; son
pouvoir se manifeste dans tout ce qui paroît à nos
yeux. Voyez ce papillon déployer ses aîles nuancées
de diverses couleurs; de petites taches de pourpre sont répandues sur un fond d'argent, & sur
le bord de ses aîles une lisière d'or se marie avec
les nuances d'un beau vert ; une petite aigrette
de plume argentée garnit sa tête mignone. Admirez cet autre insecte qui passe en bourdonnant,
il est couvert d'une armure noire, & porte sur

S ij

ses ailes d'un rouge éclatant le suc des fleurs qu'il
a ramassé sur cette prairie que vous voyez parée
des plus belles couleurs, & qui semble être ber-
cée par le zéphir. Remarquez cette noire forêt
de sapins, dont les tiges rougeâtres s'élancent
comme des flèches à travers des arbres épais. Voyez
ce fleuve majestueux & rapide sortir du sein d'une
montagne grisâtre, & rouler à grand bruit ses
flots argentés, & ses foibles ruisseaux qui s'échappent en murmurant sous l'herbe touffue, dont les
fleurs azurées s'élèvent au-dessus de leur surface;
leurs ondes amoncelées autour de leur tige tremblante, y forment de petits anneaux étincelans,
& ces fleurs semblent s'incliner à l'envi, comme
pour embrasser leur cours; leurs eaux limpides
coulent sous leurs voûtes émaillées & brillent de
la réflexion que forment leurs couleurs.

Plus loin Monime apperçoit une grande plaine,
elle admire cette riche variété dans les nuances de
sa verdure éclairée par le soleil; on y voit des
touffes de plantes déliées étendre entre le gason
leurs tendres rameaux & leurs feuillages diversi-
fiés; on voit la violette, symbole du vrai sage,
qui reste humblement confondue avec les plantes
les plus communes, & répand autour d'elle ses
plus doux parfums, tandis que des fleurs sans
odeur portent au-dessus des gazons leurs têtes
altieres, & cherchent fastueusement à s'attirer nos

regards ; on voit encore mille petits vermiffeaux
aîlés fe pourfuivre fur l'herbe : tantôt l'œil les perd
dans l'ombre verdâtre ; & tantôt on les voit en
foule s'agiter aux rayons du foleil , ou s'envoler
par légions, & faire dans les airs mille évolutions
brillantes ; d'autres , que les jeux tumultueux &
folâtres des zéphirs précipitent l'un fur l'autre à
travers le gazon, femblables aux flots qu'un fouffle
léger chaffe devant lui fur la furface des eaux ,
les tiges ondoyantes fe courbent en murmurant ,
& le petit peuple chamaré dont elles font l'afyle,
s'envole & comtemple avec effroi , du milieu des
airs , tous ces mouvemens.

Après avoir parcouru de vaftes campagnes , le
génie , pour nous faire prendre un peu de repos ,
nous fit loger chez un vieillard , qui nous reçut
avec ce zèle hofpitalier qui fait le charme de l'u-
nion, & qui femble , pour ainfi dire , rendre les
biens communs. Cet aimable vieillard vivoit avec
une nombreufe famille qui trouvoit fon plaifir dans
le travail & fon bonheur dans la médiocrité , regardant le fuperflu comme un fardeau pénible qui ne
fert qu'à corrompre les mœurs ; ces enfans aiment
la vie fans craindre la mort ; jamais ils ne fe font
laiffés éblouir par l'ambition : tranquilles fur l'a-
venir , ils ne fongent qu'à goûter le préfent ; leur
vie coule dans une paix inaltérable ; ils ne reconnoiffent d'autres loix que celles que leur impofe

la nature ; on ne leur voit point former de liens
malheureux , l'intérêt ni les honneurs n'ont jamais
préfidé à leur choix; ils adorent la vertu , la beauté
& les graces au fein même de la misère. Cette
famille repréfente celle de nos anciens Patriarches;
la complaifance & le badinage , toujours compagnes de l'union , règnent dans leurs cœurs &
animent leurs tendres careffes ; ils agiffent avec
nobleffe ; ce n'eft ni l'imitation , ni les loix qui
les dirigent ; leur cœur plein d'honneur & de
vertu les conduit fans effort à ce qui eft jufte.

Remarquez, nous dit Zachiel , que la béné-
diction repofe toujours fur l'habitation du jufte.
Celui dont le cœur eft droit , & qui met fa
confiance dans la divinité, ne doit jamais craindre
de porter fes pas dans un marais trompeur. Lorfque le jufte offre un facrifice, la fumée en monte
jufqu'au trône de la divinité , qui écoute &
reçoit avec plaifir les vœux & les offrandes des
hommes vertueux ; il vit en repos fous fon toit
paifible , fes Pénates favorables entendent fes difcours vertueux & le béniffent ; contens de leur
cabane qui les met à l'abri de la pluie & des vents
impétueux , elle leur tient lieu de palais; fi elle
n'eft point entourée de colonnes de marbre , elle
eft environnée d'arbres fruitiers & de pampres
toujours verts ; la fontaine voifine leur fournit de
l'eau claire , ils s'abreuvent du vin de leur récolte,

se nourrissent du fruit de leurs jardins, & de ce
que leurs troupeaux leur donnent; au défaut d'or
& d'argent leur table est couverte de fleurs odo-
riférantes; ils ne connoissent ni les desirs inquiets
ni les folles passions qui agitent les autres hommes; ils n'ont d'autres soins que celui de s'aimer,
de se prêter des secours mutuels & de chercher
leur bonheur dans la félicité commune. Cette
famille sert d'exemple à tout ce qui l'entoure; les
paysans dans leur chaumière trouvent chez eux
les secours d'une bienveillance réciproque, les
conseils sincères de l'amitié les font vivre en bonne
intelligence, & on voit les jeunes filles & les jeunes garçons badiner ensemble sous des berceaux
de pampres; ils en détachent les raisins mûrs,
pour se rassembler sous le chaume où un repas
joyeux les attend: c'est-là où la gaieté rustique
paroît accompagnée de ris éclatans.

Nous passâmes plusieurs jours avec cette aimable famille. Nous visitâmes leurs jardins qui semblent formés par la nature, dans lesquels se trouvent réunis l'utile & l'agréable; des noyers cein-
trés en berceau en forment les allées; sous leurs
feuillages verts habitent les doux zéphirs, l'aimable fraîcheur & le repos tranquille; au bout de
ces allées est une source d'eau pure qui murmure
sous un treillage, & dans le courant de sa course
on y voit jouer la cane avec ses petits; d'un autre

S iv

côté, de douces colombes se promènent sur le gazon, en redressant leur col émaillé de mille couleurs. Ces jardins sont remplis d'arbres fruitiers qui attirent les oiseaux qui s'appellent par leurs chants mélodieux, sans craindre aucun piège pour leur liberté. Là sont rangées plusieurs ruches dont les abeilles, sans cesse occupées du soin de leur république, semblent par leur travail servir d'exemple aux habitans de ces lieux. Ces abeilles se fixent ordinairement dans les endroits où règne la paix & le repos ; les prairies émaillées de fleurs les attirent ; c'est-là qu'elles prennent gaiement leur essor, qu'elles choisissent & rassemblent leurs provisions, pour en grossir à leur retour le trésor de leur république, dont tous les membres concourent avec un égal empressement au bien commun ; jamais il ne se trouve aucun citoyen oisif ; on les voit voltiger de fleurs en fleurs, & dans le cours de leurs recherches, plonger leur petite tête velue dans le calice des fleurs épanouies, ou s'ensevelir toutes entières entre les pétales qui ne s'ouvrent point encore, pour en tirer le suc qu'elles déposent dans un endroit séparé. Plus loin est la basse-cour, où différens animaux viennent en foule demander d'un air caressant la nourriture qu'on se fait un plaisir de leur distribuer.

Vous voyez, nous dit Zachiel, que le bonheur ne se rencontre pas toujours dans le vain & incommode appareil du luxe. Je conviens, dit Monime, qu'on ne trouve pas souvent dans un rang élevé, des sentimens qui honorent l'humanité. On doit se méfier des vertus des grands; il arrive quelquefois que leur élévation peut faire illusion ; la distance qu'il y a des grands aux personnes d'un état médiocre ne les représente qu'avec un microscope trompeur : mais les petits qui semblent épurés au creuset de l'indigence, ne nous en imposent point. Lorsqu'un homme a de la vertu, un jugement sain & le cœur rempli d'honneur, que sert d'examiner sa race ? L'éclat du rang est un vain titre, s'il n'est accompagné de grandeur d'ame, d'une probité sans tache, & de toutes les vertus qui doivent former un grand homme. L'or se trouve souvent dans le sable, le ver produit la pourpre, & l'huître nous donne des perles : mais ce n'est point avec des citoyens aussi parfaits qu'on doit faire ces réflexions. Vous, continua Monime, en s'adressant au vieillard, vous qui jouissez tranquillement du plus délicieux état de la vie, vous qui joignez le charme de l'union des cœurs à celui de l'innocence, nulle crainte, ni nulle honte ne trouble jamais votre félicité, puisque le sentiment de bonheur & de paix règne sans cesse au fond de votre ame.

Comment pourrions-nous agir autrement, dit

le vieillard ? Soumis au gouvernement d'un prince
dont la juſtice & l'équité forment tous les projets,
qui met dans toutes ſes démarches cette inébranlable fermeté qui accompagne toujours le vrai
courage ; un prince dont on ne compte les jours
que par les bienfaits, qui n'emploie ſa puiſſance
qu'à prévenir le crime plutôt qu'à déployer ſon
pouvoir pour le punir, qui répand par-tout le bonheur, ſans chercher à appeſantir le joug de la ſou-
miſſion. C'eſt par l'amour qu'il a pour ſes ſujets
qu'il les anime au bien. Les réſolutions de notre
monarque font une loi pour nous, parce que
nous ſommes convaincus qu'il ne cherche ſon
bonheur que dans celui qu'il peut nous procurer.
Ce prince, en prenant les rênes du gouvernement,
a mis le premier de ſes ſoins à donner un libre
cours au commerce, à former de nouvelles manufactures ; attentif à l'application que l'on fait de
ſes finances, il en emploie une partie qui ſert au
progrès des arts, & à encourager toutes perſonnes à talens. Ici on laiſſe la liberté aux gens de
lettres de dévoiler les abus dangereux, ſans permettre qu'on écraſe les talens de ceux qui déchi-
rent le bandeau de l'erreur. Cette liberté que nos
philoſophes ſe donnent dans leurs écrits, a appris
à nos poëtes & à nos orateurs à faire uſage de
cette noble éloquence, qui, en élevant les

sentimens, corrigent en même-tems les vices. Notre monarque a encore obligé les Juges à assurer le repos de l'état par une intégrité qui a fixé la jurisprudence : c'est par tous ces talens réunis que ce prince a formé le digne objet de nos attentions. Eloigné d'avoir cette confiance aveugle que quelques-uns de ses prédécesseurs ont donnée à leurs ministres, trop éclairé pour livrer les sujets à la conduite d'un homme, qui souvent peut être tenté de trahir ses intérêts & ceux de son peuple, pour ne s'occuper que de sa fortune, avec une pareille conduite, notre monarque ne doit pas craindre d'être obscurci par son ombre ; loin de chercher à se procurer une gloire d'emprunt, lui seul la répand sur les autres. Comme son principal but est le bonheur de ses peuples, toutes ses vues se tournent sur cet objet; les sages de la nation, ses ministres, tout y applaudit, parce que la plus puissante recommandation qu'on puisse avoir pour obtenir les faveurs de ce prince, est de penser & d'agir conformément à ses vues.

CHAPITRE II.

MŒURS des Habitans.

CE n'eſt que dans ce monde charmant où l'art
ſimple ſe prête avec docilité à ſeconder les agréables caprices de la nature ; jamais on ne les voit,
comme dans les autres mondes, ſe révolter contre
elle, ni regarder ſes productions comme une matière ſervile, pour les plier à des formes biſarres
& groteſques. Un mur de noiſetiers forme des
haies qui entourent leurs jardins, des-berceaux de
vigne leur ſervent de terraſſes, & les garantiſſent
des rayons du ſoleil.

En admirant toutes ces beautés de la nature,
je crus être dans la jeuneſſe du monde, c'eſt-à-
dire, lorſque les hommes n'étoient point encore
corrompus ; & lorſque les premiers germes des
arts naiſſoient de la nature ou des beſoins peu
nombreux de l'innocence. Cette magnificence des
campagnes, ces cabanes entourées d'animaux de
toutes eſpèces, que l'appât de leur nourriture
attire ; les oiſeaux qui habitent auprès, ſous d'épais
feuillages, égayent par leurs chants mélodieux ces
lieux champêtres.

Hommes audacieux! comment osez-vous entreprendre d'orner la nature par des arts qui ne peuvent que l'imiter de très-loin ? Vous construisez des labyrinthes, vous formez des boulingrins, vous taillez vos arbres en magots, vous ornez vos parterres de corbeilles , & vous méprisez les prés rustiques & les bois sauvages , où la nature fait régner par de confuses variétés un ordre caché , conforme aux règles secrètes de l'harmonie & du beau , dont l'effet se fait sentir à notre ame par le plus doux ravissement.

Nous quittâmes avec peine notre vieillard & sa famille pour poursuivre notre route , pendant laquelle Zachiel nous fit observer que ces peuples , accoutumés dès l'enfance au travail , ont le corps beaucoup plus agile ; ils ont aussi plus de sérénité dans l'esprit ; leurs plaisirs sont moins vifs , mais leurs passions sont plus modérées; ils jouissent d'une volupté tranquille qui n'a rien de sensuel , & d'une pureté inaltérable; la frugalité augmente leur force , la tempérance les entretient , & la vertu les conduit dans toutes leurs actions : ils ont pour maxime de préparer d'avance la jeunesse à tous les accidens fâcheux du climat; c'est, disent-ils , en diminuer l'intensité , & les préserver des impressions funestes que causent les élémens sur les constitutions foibles : c'est les sauver de mille

accidens auxquels le corps eft fujet , plus par mol-
leffe d'éducation que de tempérament. Il eft
certain que la nature a conftruit tous les êtres pour
vivre dans le fluide qui les environne; c'eft une
fottife de les en retirer par des précautions dont
on peut éviter la néceffité.

Vous devez remarquer , pourfuivit Zachiel,
que dans cette planète on fuit prefque toujours
l'impulfion fimple de la nature , le menfonge y eft
en horreur & puni févérement , & vous devez déjà
vous être apperçu que leur jugement brut eft
fupérieur à la politique des autres mondes : on
rencontre toujours dans leur conduite le modèle
d'une félicité parfaite ; éloignés d'imiter les habitans des mondes que nous venons de quitter , qui
ne s'attachent qu'à défigurer la nature en voulant la réformer. Qu'en eft-il arrivé ? Ils ont tra-
vefti les fentimens d'humanité qu'elle nous infpire ,
& donné, par un rafinement étranger à la fimplicité de fes principes , l'entrée à tous les vices capables de troubler , corrompre & deshonorer l'état
de fociété.

Ici les peuples font naturellement graves, mais
cette gravité eft fans mélancolie, fans être privée
de cette aimable gaieté qui n'eft point incompa-
tible avec la raifon ; paifibles fans indolence, la
vivacité de leurs defirs perd cette pointe aiguë , &

ne laiffe an fond de leurs cœurs qu'une émotion legère & douce. Les paffions des hommes qui font ailleurs leurs tourmens, ne fervent ici qu'à leur félicité ; ils n'éprouvent prefque jamais aucune agitation violente, ni aucune de ces maladies d'efprit connues dans votre monde fous le nom de vapeurs.

Vous verrez régner par-tout le goût de l'agri-culture & celui du commerce, qui font regardés comme deux colonnes fur lefquelles ils pofent tout l'édifice de leur politique ; ce font auffi les feuls qui les occupent le plus. Ces peuples ne font point entichés de ce fatal préjugé qu'on voit régner dans les autres mondes, & qui tient ceux qui cultivent des talens fi néceffaires au bien public, dans une honteufe obfcurité : mais loin d'avilir ces talens, ils y attachent une marque de diftinction, & l'humanité eft chez eux une vertu naturelle. Ils regardent leur prince comme l'image de l'intelligence fouveraine & comme leur père commun ; ils ont pour lui un refpect & une entière foumiffion à fes ordres ; liés par le ferment de fidélité, ils lui obéiffent par un fentiment d'amour & de reconnoiffance.

CHAPITRE III.

LE génie nous conduit dans la capitale de l'Abadie.

Nous étions au printems, & je crus voir l'Aurore dans fes habits de pourpre ramener avec elle les graces de la jeuneffe, le badinage enjoué, les ris, les jeux & l'amour ; qui en parcourant des yeux les boccages & les prairies, femble fourire d'avance à fes victoires prochaines. Déjà ce dieu déploie fon arc & fon carquois redoutable, les graces augmentent fon cortège, & cette troupe charmante arrive fur les premiers rayons que le foleil envoie à la terre. On voit alors l'innombrable effaim des oifeaux fe jouer parmi des colonnes enflammées qui traverfent les nuages, & vont faluer par leurs chants mélodieux le dieu du jour: on voit auffi de jeunes rofes pleines d'impatience s'empreffer de fortir du bouton ; on diroit que chacune d'elles veut être la première à s'épanouir, à exhaler fes doux parfums & à s'ouvrir à l'afpect du printems : les zéphirs l'annoncent par leurs jeux folâtres ; on les voit s'élancer de la colline dans le vallon, ils voltigent dans les bocages, traverfent les forêts, & revoient avec un fouris malin les lieux où ils ont découvert à l'amoureux berger

les

les attraits de la beauté qui les charme ; ils reconnoiſſent avec plaiſir les endroits où ils ont malicieuſement fait rougir la jeune bergère. Là ce ſont des troupeaux qui bondiſſent ſur l'herbe tendre; par-tout on croit voir la nature ſe renouveler, & l'on diroit qu'elle ſemble prendre plaiſir à ſe mettre en oppoſition avec elle-même , tant on la trouve différente ſous divers aſpects.

Monime interrompit mes réflexions pour me faire admirer la beauté des chemins qui conduiſent dans la ville capitale de l'Abadie. Ces chemins ſont ferrés , larges, commodes , & bordés d'arbres utiles. Arrivés dans cette ville, Zachiel, nous conduiſit chez deux jeunes veuves qui demeuroient enſemble & vivoient dans une union parfaite. Ces deux aimables perſonnes s'empreſsèrent à nous procurer toutes les commodités de la vie. Nous trouvâmes dans cette agréable maiſon une liaiſon ſûre & ſolide , une familiarité pleine de douceur , une converſation toujours cenſée , & toujours ſatisfaiſante. Nous n'avions point encore rencontré en perſonne une politeſſe plus franche & plus naturelle , ſans artifice & ſans fineſſe, tâchant de plaire , mais avec une délicateſſe éloignée de toute eſpèce d'adulation. Floride & Cléontine ne connoiſſent point d'autre art de gagner les cœurs & de ſe concilier les eſprits. Elles eurent la com-

Tome II.   T

plaisance de nous accompagner pour nous faire
remarquer les plus beaux endroits de la ville.

Cette ville est située sur le bord d'un lac qui va
se rendre dans la mer : elle forme un carré parfait;
les quatre principales portes sont terminées par
des arcs de triomphe d'architecture simple, mais
noble & majestueuse; toutes les rues sont larges
& alignées; de chaque côté sont des portiques qui
forment des galeries où les gens de pied marchent
commodément, sans craindre aucun accident; les
maisons sont régulières & entremêlées d'édifices
qui servent à l'utilité du public : on y voit des gre-
niers où règne sans cesse l'abondance; des fontaines
sont distribuées avec ordre & décorées d'emblêmes;
& leurs eaux coulent dans de grands bassins; on
apperçoit de belles places d'une vaste étendue, que
forment plusieurs corps de bâtimens. Le palais de
l'empereur est bâti à la romaine; il est au centre de
la ville; il n'est distingué des autres que par son
élévation & par une colonnade qui règne autour,
où l'on a placé les statues des grands hommes &
les simulacres de tous ceux qui ont travaillé à assurer
le bonheur de la nation.

Toutes les maisons sont bâties en pierre ou en
brique : elles sont bien voûtées, ce qui les met à
l'abri de l'embrasement. On y voit des aqueducs
qui conduisent en abondance une eau claire &

pure dans toutes les rues, afin d'empêcher la corruption de l'air & d'y entretenir la propreté ; ces eaux, par une pente douce & imperceptible, vont se perdre dans le lac. Les marchés publics sont vastes & concaves ; au milieu sont de grands égoûts, c'est par-là que les eaux qu'on lâche des fontaines, entraînent & précipitent chaque jour toutes les ordures, pour ne laisser aucun vestige qui puisse corrompre l'air

Le prince qui nous gouverne, dit Cléontine, occupé en père de famille, de la félicité de ses peuples, a ordonné que les enfans reçoivent une bonne éducation, qu'ils sucent avec le lait des principes qui tendent à former de bons, de fidèles & d'utiles sujets ; c'est pourquoi il veut que le premier soin des parens ait pour objet le tempérament, qui influe souvent sur la façon de penser. Dès le berceau, tems où la nature se plie à toutes sortes d'impressions, on les expose nuds à l'ardeur du soleil & aux injures des saisons ; on les plonge aussi dans des bains froids : c'est ainsi que le corps, accoutumé dès la plus tendre enfance, se trouve dans la suite exempt de mille maux, auxquels il est trop souvent asservi par la délicatesse, & c'est par-là qu'il s'habitue aux exercices les plus rudes & aux travaux les plus pénibles. Elle nous apprit aussi que des écoles publiques ont été insti-

tuées pour l'éducation de la jeuneſſe; tout enfant y
eſt reçu comme citoyen, ſans égard pour le rang
ni la fortune, parce qu'ils ſont perſuadés que le
peuple eſt compoſé d'hommes; jamais on n'y voit,
comme dans les autres mondes, de ces forçats de
l'humanité qu'ils emploient à labourer leurs do-
maines, ſans qu'ils puiſſent jouir du fruit de leurs
travaux. Ici un laboureur eſt regardé comme le
citoyen le plus utile; paiſible dans ſon habitation,
& au ſein de ſa famille, il jouit ſans crainte de
ſon travail.

L'éducation des enfans fait une partie eſſentielle
du gouvernement. Ces peuples regardent la jeuneſſe
comme le tréſor le plus précieux de l'état, & leur
éducation eſt pour eux l'objet le plus intéreſſant
pour la ſociété : le bonheur & la tranquillité
dépendent donc du ſoin qu'on prend de les
former au devoir qui entretient l'harmonie. L'eſprit d'un enfant, ſemblable à une cire molle, eſt
ſuſceptible de toutes les formes qu'on veut lui
faire prendre; les premières impreſſions ne s'effacent preſque jamais, & ces caractères qu'on leur
impoſe, influent ſur leurs mœurs & ſur leurs connoiſſances. L'homme n'eſt ſouvent que ce que
l'éducation le fait, il lui doit ſes vertus ou ſes
vices, ſes erreurs ou ſes préjugés, ſon ignorance
ou le développement de ſes idées, ſa pareſſe ou

l'amour du travail : femblable à un arbriffeau foible
& fans vigueur , il veut être cultivé, nourri &
greffé fur un arbre qui lui foit propre , & favorable à fa fubftance. Quel plus digne emploi peut-
on faire de fes talens , que de les rendre utiles au
bien de l'humanité ? N'eft-ce pas travailler pour
fon propre bonheur que d'élever la jeuneffe, de la
former aux vertus , de lui donner le goût des
fciences, de lui infpirer l'amour de la patrie, le
defir de la gloire, l'attachement inviolable au fouverain & le refpect dû à la religion.

Le premier foin de ceux qui préfident dans ces
écoles, eft d'infpirer des mœurs honnêtes avant
d'orner l'efprit ; ils commencent par éclairer le
cœur, par régler tous fes mouvemens, par développer fes fentimens afin de les épurer, par démêler tous fes goûts pour les rectifier , & par étudier fes paffions pour les modérer ; ils ne leur
donnent que des leçons de conftance, de fermeté,
de tempérance, de modération, & de toutes les
vertus qui forment les hommes, qui élèvent l'ame
& la mettent en garde contre les illufions de l'amour
propre, afin de la foutenir dans les revers, & de
lui faire éviter l'ivreffe de la profpérité : loin de
leur peindre la vertu fous de triftes images qui ne
fervent qu'à infpirer du dégoût pour elle, ils ne
la montrent au contraire qu'avec tous les charmes

T iij

du plaifir, dans une plaine fertile & riante, entourée de jeux qui conduifent vers elle par des
routes fleuries & des chemins faciles ; c'eft-là ce
qui la rend beaucoup plus puiffante fur les cœurs
portés à la chérir.

Après que nous eûmes admiré tout ce qui pouvoit intéreffer notre curiofité, nos belles veuves,
qui ténoient un rang diftingué dans la ville & qui
étoient faufilées avec ce qu'il y avoit de plus grand,
engagèrent Monime à faire quelques vifites : fa
beauté, fon efprit & fes graces ont toujours brillé
dans tous les mondes, fon caractère doux & liant,
la fit defirer dans plufieurs maifons où Floride &
Cléontine fe firent un plaifir de l'accompagner. Un
jour, invitée à dîner chez un des grands de l'empire, la compagnie étoit nombreufe, nous remarquâmes que ce feigneur honnête & officieux n'exi-
geoit aucun de ces refpects que demande ordinairement une hauteur affectée ; content de mériter
les éloges des perfonnes raifonnables, il n'en demande aucuns. Nous admirions cet air noble &
ouvert, ces difcours où la franchife annonçoit la
bonté de fon cœur, ce qu'il eft rare de rencontrer
dans les autres mondes. Auffi, au lieu de ces com-
plaifans déliés & alertes, dont les yeux perçans
voient & faififfent toutes les paffions d'un grand,
pour ne perdre aucune occafion de l'encenfer, nous

ne vîmes au contraire que de ces vieillards dont l'esprit géométrique semble appliquer la règle & le compas aux louanges qu'ils daignent donner.

Ces graves personnes s'emparèrent de la conversation, parlèrent de leur jeunesse; quelques-uns racontèrent les actions où ils s'étoient trouvés, sous la conduite de tels & tels qui commandoient les troupes; d'autres répétoient de vieilles histoires qu'ils avoient déjà racontées le matin : on parla des propriétés qu'on avoit découvertes dans la matière qui devoit servir d'appui pour édifier des systêmes brillans, mais que la plus légère objection pouvoir faire écrouler. Ce seigneur écouta tous ces discours avec complaisance, y répondit avec justesse & précision, leur fit sentir que le plus éclairé d'entre eux peut à peine lever un coin du voile dont se couvre la nature, qu'il y a peu de vérités susceptibles de démonstrations, même parmi celles qui font le plus universellement reçues. Les sublimes connoissances de l'homme se réduisent presque toujours à se contenter du probable, où ils n'arrivent encore que par la voie du doute. Quelle témérité n'y a-t-il donc pas, poursuivit ce seigneur, à vouloir sonder les profondeurs d'un abyme dont le bord est inconnu ? Personne n'osant contredire une réflexion aussi juste, chacun y applaudit, & la conversation finit. Nous sortîmes pour faire encore quelques

T iv

vifites chez des perfonnes qui intéreffent le cœur
& l'efprit par mille vertus, dont la première eft
celle d'obliger ; vertu qui fe rencontre communé-
ment chez les Abadiens, mais qui fe trouve rarement dans notre monde, où l'on voit féquem-
ment de ces langues indifcrètes divulguer les fervices qu'ils ont rendus, en enfler la nature & les
circonftances, les exagérer fans raifon, au point de
révolter ceux qui en ont été l'objet : il eft encore des
monftres qui ofent les reprocher, & vous difpen-
fent par-là de la reconnoiffance qu'on en doit avoir.
On rencontre auffi fouvent de ces protecteurs
ignobles, c'eft-à-dire, de ces hommes qui n'obligent qu'à force d'argent, de ces hommes faux qui
promettent toujours fans deffein d'obliger, ou qui
font dans l'impoffibilité de tenir leurs paroles ; ces
hommes vous défobligent doublement, en vous
faifant manquer l'occafion de vous adreffer à d'autres
qui, plus francs & plus zélés, vous euffent du moins
enfeigné les moyens de réuffir. On peut comparer
ces hommes à des arbuftes, dont les fleurs ne rendent ni fruits ni odeurs.

CHAPITRE IV.

LE *Triomphe de l'amitié.*

APRÈS que nous eûmes rempli les devoirs de la société, Floride & Cléontine nous engagèrent avec des graces si naturelles, d'aller passer quelques jours à leur maison de campagne, que nous ne pûmes nous refuser à leurs empressemens. Nous partîmes au lever de l'aurore. A peine eûmes-nous fait quelques milles que nous découvrîmes un vallon riant que forment deux côteaux couronnés d'arbres verts ; une échappée de vue offroit à nos yeux une habitation bâtie sur la pente d'une colline, une vaste plaine couverte des dons de Cerès & de ceux de Flore, entourée d'agréables vergers qui terminent le domaine de nos belles veuves. L'air étoit pur, le ciel serein, la terre brilloit encore des perles de la rosée ; & le soleil, à peine au demi-tiers de sa course, ne dardoit que des feux tempérés qu'un doux zéphir modéroit par son haleine. Cet endroit délicieux fit naître à Monime l'envie de s'y reposer ; un gazon semé de fleurs nous servit de siège ; la campagne inspiroit la joie & la confiance : oserai-je demander à ces belles dames, dit Monime en souriant, ce qui peut les engager à vivre l'une

& l'autre dans le célibat, si jeunes encore & ornées de toutes les graces de la beauté? Vous ne
devez pas manquer d'adorateurs, j'ai cru même
en distinguer plusieurs dans le nombre des personnes qui vous font assidûment leur cour. Il est
vrai, dit Floride, que Cléontine en a toujours
nombre à sa suite, malgré tous les soins qu'elle
prend de les éloigner : mais pour répondre à votre
question, apprenez qu'unies l'une & l'autre par les
liens de la plus tendre amitié, nous avons renoncé
à tout ce qui pourroit en diminuer le charme.
Elevées toutes deux dans le temple de Cybele, la
même éducation nous a été donnée, & nos sentimens se trouvant analogues, mêmes desirs, mêmes
inclinations, mêmes plaisirs & même goût pour la
liberté; c'est-là ce qui a formé cette amitié qui
nous a unies par des liens qui seront indissolubles.
Vous savez que l'inclination est un mouvement
agréable qui nous entraîne, & ce mouvement nous
est d'autant plus cher qu'il naît du fond de notre
tendresse & s'y entretient avec plaisir. Il est vrai
que l'amitié n'a pas toujours ce feu & ce brillant
de l'amour : mais sa gaieté est simple, sans ornement & sans art; unie comme elle, on ne la voit
briller que de ses propres graces, sans jamais employer la parure du bel esprit.

La famille de Cléontine, beaucoup plus favo-
risée des biens de la fortune que n'étoit la mienne,

la fit fortir du temple quelques années avant qu'on fongeât à m'en retirer; cet intervalle nous éloigna, fans altérer nos fentimens. Il n'eft pas difficile d'imaginer, à la vue des charmes de Cléontine, qu'elle ne fut pas long-tems fans s'attirer les vœux & les hommages de la plus brillante jeuneffe & des plus riches partis de la ville. Cléonbule qui n'afpiroit qu'à jouir du plaifir de voir fa fille bien établie, lui annonça un jour qu'il étoit tems de fe fixer, qu'il ne la vouloit point gêner & la laiffoit maîtreffe de faire un choix : je ne cherche, ajouta Cléonbule, qu'à rendre, s'il eft poffible, votre félicité parfaite : peu fenfible à l'éclat des richeffes, ni à celui des grandeurs, je préférerai toujours la vertu, le mérite, les talens & la bonne-foi, au vain éclat des honneurs; je vous avertis feulement que vous ne devez envifager dans l'union que vous allez contracter, que des plaifirs purs, qui ne doivent tirer leur fource que dans le mélange des ames qui reçoivent leur perfection d'une confiance & d'une complaifance mutuelles; c'eft à vous de choifir un homme dont la probité & les mœurs puiffent contribuer à vous rendre heureufe. Cléontine, pénétrée des bontés & de la tendreffe d'un père qu'elle chériffoit plus que fa vie, l'affura en le remerciant, que fa volonté feroit toujours la règle & le mobile de toutes fes actions.

Depuis cette converfation Cléonbule craignant

que la timidité, si naturelle à notre sexe, n'empê-
chât sa fille de lui déclarer ses véritables sentimens,
ce tendre père s'attacha, pour s'en assurer, à étudier
le caractère des personnes qui se rendoient assidûment chez lui : il examinoit les mouvemens de
sa fille à leur arrivée, & crut découvrir en elle
un tendre penchant pour un jeune homme d'une
figure intéressante & d'un mérite distingué ; ce
jeune homme fixa son attention ; la vérité régnoit
dans son cœur ainsi que sur ses lèvres ; Clitandre
étoit son nom, il étoit le seul qui n'eût point encore osé se déclarer ; cette timidité ne venoit que
de son peu de fortune. Cependant Cléonbule, convaincu des éminentes qualités qui brilloient dans
le cœur de Clitandre, se détermina par un généreux mépris des richesses à lui donner la préférence,
pourvu néanmoins que Cléontine ne fût point pré-
venue en faveur de quelqu'autre. Quel homme !
Quel père ! Quel tendre intérêt il prenoit au bonheur de sa fille & à celui de tous ceux qui l'entouroient.

J'ai un intérêt singulier à vous faire le portrait
de Cléonbule : c'étoit un homme d'environ cinquante ans, grand & bien proportionné dans sa
taille, mille graces étoient répandues sur toute
sa personne, son air étoit majestueux, sérieux sans
être farouche, un bon sens toujours guidé par la
raison, un goût vif, mais délicat, pour tout ce

qui s'appelle beauté de l'art, sa politesse étoit une
suite naturelle du desir qu'il avoit d'obliger, sa
générosité lui inspiroit un soin paternel pour tous
ceux que la providence avoit mis sous sa protection ; il joignoit à ces rares qualités l'attachement
le plus vif & la fidélité la plus inébranlable pour
son souverain : enfin Cléonbule a toujours été le
meilleur des pères, le plus tendre des époux, complaisant, rempli d'égards & ami chaud que rien
n'a jamais rebuté. Je me suis un peu écartée pour
rendre cette justice à la mémoire d'un homme qui
me sera toujours cher.

Ce fut dans ces heureuses circonstances que ma
mère me retira du temple de Cybèle. Mon premier
soin fut d'aller visiter Cléontine qui me fit connoître par mille tendres caresses la joie qu'elle avoit
de mon retour; tous mes plaisirs se trouvèrent dès-
lors réunis dans sa société. Quoique la maison de
Cléontine fût le rendez-vous de tout ce qu'il y
avoit de mieux dans la ville, cependant je ne tar-
dai pas à m'appercevoir de la préférence qu'elle
donnoit à Clitandre; elle m'en parloit toujours
avec éloge. J'avoue qu'il avoit fait aussi une vive
impression sur mon cœur; les graces d'une physionomie ouverte, mâle & animée, la vivacité de
son esprit que l'éducation avoit orné de mille talens, une ame noble, libérale, bienfaisante, sincère & ennemie de la dissimulation, mettoient au

grand jour ses vertus. Les fréquentes conversations que nous eûmes à son sujet, m'apprirent que mon amie se détermineroit volontiers en sa faveur, si les sentimens qu'il lui avoit inspirés se trouvoient conformes à ceux de son père.

Mais comment oser se persuader que Cléonbule fût aussi sensible au mérite de Clitandre que son aimable fille? Cependant Clitandre ne s'étoit point encore déclaré : mais a-t-on besoin de paroles pour exprimer les tendres feux que l'amour inspire ? Tout ne nous l'apprend-il pas? Mille soins empressés, des regards où brille le sentiment, cette crainte d'offenser, cette timidité dans ses expressions, cette douleur au moindre regard sévère, & mille autres petites observations qui n'échappent point à la vue d'une amante intéressée, & qui sont toujours les vrais interprètes du cœur.

Cléontine étoit plus rêveuse qu'à l'ordinaire, l'inquiétude qu'elle avoit sur son sort donnoit un certain air de langueur à ses yeux, qui la rendoit encore plus belle; pour moi, convaincue de son attachement, je ne songeai qu'à fortifier ses espérances, dans la vue de la tranquilliser.

Cléonbule, qui depuis long-tems observoit nos deux amans, s'apperçut avec plaisir du tendre penchant qui entraînoit sa fille & la forçoit de donner la préférence à Clitandre. Charmé de cette heureuse découverte, il ne voulut pas différer leur bonheur ; & pour s'assurer des sentimens & des vues que Clitandre pouvoit avoir sur son établissement, il l'engagea à venir passer quelques jours à sa maison de campagne; Cléontine ne fut point de ce voyage ; son père l'en exempta, pour ne point être distrait dans le projet qu'il avoit formé de sonder le cœur de son amant.

Dès le soir même Clitandre fut poussé si vivement par Cléonbule que , malgré la résolution qu'il avoit prise de ne se point déclarer , il fut enfin forcé de lui faire l'aveu de sa passion : mais le nom de Cléontine expirant sur ses lèvres, son trouble l'empêcha de le prononcer. C'en est assez , reprit Cléonbule en l'embrassant , remettez-vous & ne craignez point de m'ouvrir votre cœur ; regardez-moi comme un père qui vous aime & qui depuis long-tems ne s'occupe que de votre bonheur. Parlez-moi naturellement, ma fille est-elle instruite de vos sentimens? Croyez-vous qu'elle y soit sensible? Clitandre rougit; ce n'étoit ni la honte , ni la crainte des recherches qu'on eût pu faire sur sa conduite, cette rougeur provenoit d'un sentiment plus délicat ; il n'ignoroit pas l'empire que Cléonbule avoit sur sa fille : mais quoiqu'il l'aimât plus que lui-même , il auroit néanmoins renoncé au bonheur d'être uni avec elle , s'il eût pu croire qu'elle ne se fût donnée que par obéissance ; son trouble augmenta & l'empêcha de répondre : mais Cléonbule qui lisoit dans son cœur & qui pénétroit tous les motifs de ses craintes, le rassura : vous ne devez pas craindre, lui dit-il, que je veuille jamais contraindre les inclinations de ma fille; mon pouvoir ne s'étend pas jusqu'à la forcer de s'unir à un homme qui ne pourroit toucher son cœur; ce n'est donc que vous, dont je connois la probité, que je puis consulter sur cet article. Votre peu de fortune ne doit pas être une raison assez puissante pour vous éloigner de mon alliance ; un homme sage n'est jamais pauvre. Dans deux jours vous reverrez ma fille, ne lui parlez point de mes sentimens, tâchez de découvrir les siens, & s'ils sont tels que je le desire, je vous donne ma parole que rien ne pourra jamais apporter aucun obstacle à votre mariage. Clitandre, pénétré d'amour, de respect & de reconnoissance, en remerciant Cléonbule des graces qu'il lui faisoit, n'employa que des expressions simples, mais dont l'éloquence naturelle en fit sentir toute l'énergie.

Dès que Clitandre fut de retour, il se rendit dans l'appartement de Cléontine; elle étoit seule, son abord la surprit, son air inquiet l'intimida : Clitandre s'appercevant du trouble qu'il lui causoit, resta quelque tems sans oser lui parler; des soupirs échappés firent impression sur le cœur de Cléontine; son ame, pénétrée de ses inquiétudes,

ne

ne put supporter plus long-tems ce silence, elle
s'empressa de le rompre : qui peut, lui dit-elle,
causer l'émotion où je vous vois? Parlez, hâtez-
vous de m'instruire. Il est vrai, belle Cléontine,
que jamais personne n'a peut-être encore éprouvé
les perplexités que je ressens, cependant un mot
favorable de votre bouche les changeroit dans
l'instant en une félicité parfaite. J'ignore de quelle
espèce sont vos peines, dit Cléontine, mais s'il
dépendoit de moi de les alléger, vous ne devez
pas douter que je ne m'y emploie avec tout le
zèle dont je suis capable. Une réponse aussi favorable remit le calme dans l'ame de Clitandre &
l'enhardit à déclarer sa passion.

Il est des ames qui semblent liées par des chaînes
secrètes & qui s'entendent à demi-mot. Cléontine
ignoroit l'art de feindre ; son cœur étoit simple &
toujours guidé par la nature ; la froideur & la contrainte en étoient bannies ; jamais elle n'eut la
petitesse de s'abandonner à des soupçons, l'amour
de son amant lui parut aussi désintéressé que le
sien, elle écouta ses sermens avec un plaisir
qu'elle ne chercha point à dissimuler, & ne fit
voir dans sa réponse que l'impression de ses sentimens. Clitandre fit alors éclater les transports
de sa joie par mille discours sans suite. Pouvoit-il
mieux prouver son amour ? Le soir il remonta à
cheval pour aller apprendre à Cléonbule que son

Tome II.   V.

aimable fille ne s'oppofoit point à fon bonheur, & ils revinrent enfemble, pour faire les préparatifs de cette union qui fut terminée en peu de jours.

Tout fembloit annoncer à ces jeunes époux un bonheur fans fin : mais en eft-il fur lequel on puiffe compter? Tout ici bas eft fragile. Nous formons fans ceffe les plans d'une félicité durable; tous nos deffeins font vains, l'édifice avance infenfiblement; notre cœur frémit de joie en obfervant fes progrès; déjà il touche au point de perfection qu'il a en vue, lorfque tout à coup l'ouragan s'élève, renverfe l'édifice & détruit dans un inftant les plus belles efpérances.

Une année à peine écoulée dans le charme d'une union parfaite, le ciel avoit béni cette union par la naiffance d'un fils qui devoit faire les délices de cette aimable famille, lorfque Clitandre fut nommé au gouvernement de la province de Gronor; fon mérite, fes grands talens & fon intégrité lui acquirent cette place fans l'avoir follicitée. Clitandre voulant marquer fon obéiffance aux ordres de l'empereur, fe difpofa à partir, fans attendre fon époufe que Cléonbule devoit conduire, ne pouvant fe réfoudre à fe féparer de fa fille.

Cléontine me fit part de cette heureufe nouvelle; mais loin de pouvoir partager fa joie, j'en fus fenfiblement affligée; je craignois que le tems & l'éloignement ne lui fiffent perdre le fouvenir de

notre ancienne amitié ; & quoique je n'ofaſſe lui
montrer tout le chagrin que je reſſentois d'un
voyage qui alloit mettre une ſi grande diſtance
entre nous , cependant la douleur s'exprimoit ſi
parfaitement dans mes yeux , que Cléontine en
fut touchée , ſon cœur partagé entre l'amour &
l'amitié , lui fit alors enviſager ce voyage & les
honneurs qui l'attendoient, avec une ſorte d'inquiétude qui mit du trouble dans ſon eſprit ; nos
diſcours devinrent ſérieux , notre ſéparation en
faiſoit le ſujet.

Cléonbule, préſent à cet entretien, s'efforça en
vain d'y répandre plus de gaieté : d'où vient ce
trouble, mes chers enfans ? Vous devez tout eſ-
pérer du tems; peut-être ſerez-vous bientôt réunis
pour ne vous plus ſéparer. Les tems changent &
les évènemens ſont ſoumis à leurs viciſſitudes; un
nuage peut obſcurcir le ſoleil, mais il n'interrompt
jamais ſon cours. Ne peut-il pas arriver que l'aimable Floride trouve dans peu un établiſſement
digne d'elle, qui, en vous rapprochant l'une de
l'autre, reſſerre encore les nœuds de cette amitié
qui vous lie depuis l'âge le plus tendre ? Je ſuis
perſuadé que Floride eſt aſſez raiſonnable pour
préférer dans une union , celui qui mettra ſon
bonheur à la rendre heureuſe ; je ne préſume pas
qu'aucun objet ſoit encore parvenu à ſubjuguer
ſon jeune cœur, ainſi il y a tout lieu de croire que

V ij

la raifon fera fur elle ce que l'amour a coutume d'opérer fur d'autres. Ce difcours me fit rougir, & après avoir remercié Cléonbule des fentimens avantageux que je crus n'être dictés que par l'amitié qu'il avoit pour fa fille, j'embraffai mon amie les larmes aux yeux en lui fouhaitant un heureux voyage.

De retour au logis je me retirai dans mon appartement, ma mère vint m'y joindre. Cette tendre mère, auffi fenfible que moi au départ de mon amie, ne trouva d'autre confolation que celle de fe prêter à ma douleur, & de combattre avec douceur les raifons que je croyois avoir de m'affliger ; elle joignit à fes difcours des leçons utiles pour me former un nouveau plan de vie, dont la fimplicité devoit être la bafe & faire mon bonheur. J'écoutai avidement fes leçons , elles paffoient dans mon ame comme un ruiffeau d'eau pure qui coule entre des fleurs & fert à les rafraîchir. Ce fut ainfi que fes admirables confeils fervirent à me tranquillifer.

CHAPITRE V.

SUITE du Triomphe de l'Amitié.

DÉJA plusieurs jours s'étoient passés sans avoir reçu aucune nouvelle de Cléontine, je la coyois arrivée dans le gouvernement de Clitandre & je commençois à murmurer de son silence, lorsque je reçus un billet de Cléonbule qui m'invitoit à me rendre auprès de sa fille le plutôt que je pourrois ; j'y courus à l'instant : mais comment vous peindre l'excès de ma douleur, lorsqu'en entrant dans l'appartement de mon amie j'apperçus le père & la fille plongés dans une affliction que je ne puis décrire ! Saisie, les jambes tremblantes, je restai immobile, & respirant à peine, je n'eus pas la force de prononcer un seul mot ; tout gardoit un morne silence, un funeste pressentiment me fit soupçonner que quelque accident fâcheux ne fût arrivé à Clitandre ; je fis un mouvement pour m'approcher de Cléontine , qui levant les yeux vers le ciel , les laissa enfin tomber sur moi : le désespoir y étoit peint , son regard avoit quelque chose d'égaré qui me glaça d'effroi ; alors je saisis ses deux mains que j'arrosai de mes larmes ; les siennes n'avoient point encore coulé,

V iij

mais, en me regardant, ses yeux se mouillèrent :
je vois, ma chère Floride, que vous devinez une
partie de mes maux ; ses soupirs étouffèrent sa
voix.

Cléonbule qui avoit sans doute craint d'irriter
son désespoir, en me faisant d'abord le récit de
ce qui en étoit l'objet, m'apprit en peu de mots
que pendant la route de Clitandre, son cheval
s'étoit cabré & l'avoit précipité dans un abyme,
que cette chûte lui ayant fracassé tout le corps, il
étoit mort en peu de jours de ses blessures : je
vous ai envoyé chercher, ma chère fille, ajouta
Cléonbule, pour m'aider à consoler votre amie,
& à apporter aussi quelque soulagement à mes
maux. Hélas! Monsieur, m'écriai-je, de quoi suis-je
capable, sinon de m'affliger avec vous ? Je sais,
dit Cléonbule, que les consolations indiscrètes ne
font qu'aigrir les violentes douleurs : l'indifférence
& la froideur trouvent aisément des paroles, mais
la tristesse est le vrai langage de l'amitié; le vulgaire
ne reconnoît point les violentes afflictions, & les
grandes passions ne germent presque jamais dans
les ames foibles.

J'envoyai prier ma mère de me permettre de
passer quelques jours avec mon amie ; non-seulement elle me le permit, mais elle se fit encore un
devoir de venir partager notre douleur. Cléonbule
ne nous quittoit point, & quoiqu'il fût lui-même

accablé de peines, il prit néanmoins assez de force
sur son esprit pour en cacher la plus grande partie;
il employa tout ce que l'éloquence naturelle a de
plus consolant, pour adoucir les ennuis de sa
fille.

Ses soins ont réussi; la douceur de son caractère,
sa tendresse filiale, sa piété envers la divinité qui
n'a rien d'affecté, lui ont enfin procuré un peu
plus de tranquillité; tant il est vrai que la vertu
écarte tous les chagrins, elle remplit notre ame
d'une douceur intérieure qui fait le charme de
notre être, elle épure aussi nos plaisirs en nous
les rendant plus sensibles par le charme qu'elle
y met.

Cléonbule toujours tendre, attentif & complaisant, dit un jour à sa fille qu'elle ne devoit plus
s'occuper qu'à faire naître dans le cœur de son fils
toutes les vertus qui ornoient celui de son époux,
en lui inspirant cette énergie de sentiment qui
caractérise les ames nobles; il faut, ma chère
fille, en lui donnant le goût des sciences & l'amour
du travail, mettre de l'économie dans ses études,
ne point charger sa mémoire de mille choses inutiles qui paroissent accabler le jugement sous le
poids d'une fatigante érudition qui n'éclaire ni
l'esprit ni le cœur, éviter toute prévention pour
aucun système particulier; c'est à la raison à l'éclairer,
lorsqu'il en sera tems, sur le choix qu'il doit faire;

V iv

tâchons de le faire reſſembler à ſon père, dont
l'eſprit étoit ſi parfait, qu'il transformoit pour ainſi
dire celui des autres en lui même ; on ne pouvoit
le connoître ſans s'efforcer de l'imiter ; ſes lumières
étoient ſi ſublimes qu'elles pénétroient tous ceux
qui l'entouroient : toutes ſes vertus réunies doivent
être un nouveau motif de conſolation pour nous ,
puiſqu'elles nous aſſurent que la divinité toujours
équitable dans ſes jugemens a reçu votre époux
dans ſon ſein , & qu'il y jouit de la gloire promiſe
à tous ceux qui ſont fidelles à ſes loix. Cléontine
parut goûter ces conſolations ; l'amour qu'elle avoit
pour ſon fils, fit naître en elle le deſir de le voir
un jour digne ſucceſſeur des vertus de ſon père.

Je ne paſſois pas un jour ſans voir Cléontine : ſa douleur ſe diſſipant peu-à-peu , & le tems
de ſon deuil expiré, elle reparut dans le monde
avec plus d'éclat ; pluſieurs amans ſe déclarèrent ,
mais Cléontine leur annonça la réſolution qu'elle
avoit priſe de renoncer pour toute ſa vie à de nouveaux engagemens.

Obligée de faire un voyage avec ma mère, qui
nous retint plus d'une année éloignées de mon
amie, j'avois ſouvent de ſes nouvelles, par leſ-
quelles elle ne ceſſoit de nous donner des preuves
de ſa tendreſſe & preſſoit toujours notre retour.
Flattée de ſon empreſſement , j'engageai ma mère
à terminer ſes affaires. De retour, mon premier

foin fut de me rendre chez Cléontine, qui me reçut avec une amitié qui me fit juger que l'abfence n'avoit rien diminué des tendres fentimens qui nous uniffent. Cléonbule fit éclater auffi la joie qu'il avoit de me revoir.

Au bout de quelques tems, je m'apperçus de beaucoup d'altération dans l'humeur de Cléontine; une fombre mélancolie s'étoit emparée de fon cœur; je la trouvois fouvent trifte & rêveufe; j'en fus inquiète & la preffai de s'ouvrir à moi. Que tardez-vous, lui-dis-je, de répandre dans le fein d'une amie, des peines dont je ne m'apperçois que trop que votre ame eft pénétrée? Peut-il y avoir quelqu'un dans le monde qui foit plus propre à les partager qu'une amie qui vous a toujours été dévouée? Hélas! ma chère, s'écria Cléontine en m'embraffant, je connois vos fentimens & je ne doute point de votre amitié : mais en aurez-vous affez pour vous déterminer à changer mes peines en allégreffe? Que ce doute eft offenfant, repris-je! Attendez, dit Cléontine en me regardant fixement, vous ignorez encore toute l'étendue du facrifice que je n'ofe exiger; écoutez-moi, Floride, & répondez fans détour à mes queftions.

J'ai long-tems foupçonné la qualité des fentimens que mon père a pour vous, fon amitié reffemble fi fort à l'amour, que j'ai craint de m'y méprendre. Quoi, repris-je avec étonnement! vous

ofez foupçonner Cléonbule d'une foibleffe inju-
rieufe à fa gloire & à la mienne ? Pourquoi ce
foupçon feroit-il injurieux à mon père ? Pourquoi
le feroit-il à vous-même ? C'eft, dis-je, que Cléonbule a trop de raifon pour s'attacher à une perfonne qui ne peut être à lui. Vous connoiffez bien
mal l'amour, dit Cléontine, fi vous croyez qu'il
fe laiffe toujours guider par la raifon : mais ce ne
feroit jamais ce qui prouveroit l'abus que mon père
en feroit, puifqu'il trouveroit en vous un fujet auffi
digne de remplir tous fes defirs : mais vous, ma
chère Floride, qui pourroit donc vous empêcher
de répondre aux fentimens de Cléonbule ? Votre
cœur eft il fi fort attaché à Filidor, que rien n'en
puiffe plus rompre les nœuds, & m'en auriez-vous
pu faire un myftère, moi qui vous ai toujours
découvert jufqu'à mes plus fecrètes penfées ?

Hélas ! Cléontine, m'écriai-je avec douleur,
que vous abufez du pouvoir que vous vous êtes
acquis fur mon ame ! Moi, vous cacher quelque
chofe ! L'aurois-je pu ? & ne ferois-je pas indigne
de votre amitié, fi j'en étois capable ? Ne vous ai-je
pas fait part des tendres fentimens que Filidor a
toujours eus pour moi ? Cent fois je vous ai entretenue de fa paffion & ne vous ai point caché que
j'y étois fenfible ? Pourquoi feindre de l'ignorer ?
Cruelle amie, ajoutai-je, le premier de mes fentimens n'a-t-il pas été celui de vous aimer ? Dès

mes plus tendres années mon cœur se confondit dans le vôtre, je ne fus plus aimer & sentir que par vous, vous réglâtes tous mes sentimens, & je n'ai vécu jusqu'à présent que pour être votre amie; avant même vôtre union avec Clitandre, je vous consultai sur la passion de Filidor; il est jeune, bien fait, il a de la vertu, des mœurs, il est honnête, attentif, complaisant, il m'aime; mon cœur étoit libre lorsqu'il m'a adressé ses feux : que vous dirai-je ? J'en ai senti la contagion, & n'ai pu lui refuser une portion de ce cœur, que sans lui vous posséderiez encore seule. Mais que dis-je ? Ce cœur n'est point partagé, puisque vous régnez également dans le sien; & pour dissiper entièrement vos soupçons, apprenez que le père de Filidor doit faire dans peu les propositions de notre mariage; ma mère y consent, & j'ose me flatter qu'il sera bientôt conclu; ainsi, ma chère Cléontine, ne craignez pas que je trahisse jamais des sentimens que la délicatesse m'inspire, en consentant à une union que je redoute plus que vous, & je vous jure.... Arrêtez, cruelle, reprit vivement Cléontine, que ce fatal ferment ne devienne pas l'instrument de mes maux! Ah! Floride, que vous entrez mal dans mes sentimens! Est-ce ainsi que vous connoissez la force de l'amitié? Qu'elle raison aurois-je de craindre votre union avec mon père ? Elle seule au contraire peut combler mes defirs. Ma chère Floride. . . . . . . Hélas! . . . . . . Que vais-je lui dire? Aurois-je été capable d'un auffi grand facrifice? Cependant je l'exige. Oui, chère & tendre amie, j'exige de votre amitié que vous renonciez aux fentimens que vous a infpirés l'amour de Filidor, pour couronner celui de mon père, en faifant fon bonheur & le mien, & j'ofe me flatter qu'il pourra faire auffi le vôtre.

Je fens, continua Cléontine, que ma conduite eft contraire à la délicateffe, pardonnez-la en faveur d'un père que j'adore, & qui ne pourroit vivre s'il avoit le malheur de vous voir entre les bras d'un autre; je connois votre vertu & ne dois point craindre de vous précipiter dans des malheurs fans reffource : mon père vous aime, & la paffion qu'il a pour vous ne pouvant être affoiblie par aucune autre, elle en devient plus forte & ne trouve point de contrepoids pour l'affoiblir. La raifon qui gouverne, lorfqu'elle eft feule, n'eft pas affez forte pour réfifter au moindre effort; il n'y a que des ames de feu comme la vôtre, qui fachent combattre & vaincre : tous les grands efforts & toutes les actions fublimes font leur ouvrage, le facrifice que je demande eft digne de vous, & digne de notre amitié; c'eft, me direz-vous peut-être, une prétention bien ridicule de fe croire aimé pour foi-même. J'avoue que mon amitié eft fort intéreffée, c'eft mon bonheur que je recherche

dans la vôtre : mais, ma chère, vous n'ignorez pas
que l'amitié, ce sentiment si pur, ne fonde lui-
même ses préférences que sur l'intérêt personnel.
La naissance, la fortune, les talens, la jeunesse &
la beauté, ne sont que l'effet du hasard ; ce sont
néanmoins tous ces agrémens réunis qui nous
rendent aimables : mais ce n'est encore que le ca-
nevas de la tapisserie, la broderie en fait tout le
prix ; on aime en nous tous ces dons, on les confond avec nous-mêmes, nous ne devons donc pas
nous flatter des distinctions qu'on nous donne, il
ne faut les regarder que comme une monnoie dont
l'alliage fait souvent toute la consistance, & qui
perd plus ou moins de sa valeur au creuset ; c'est
à ce creuset que je veux mettre la vôtre. Vous
savez, ma chère Floride, la tendresse que mon
père a toujours eue pour moi ; vous l'avez partagée
cette tendresse ; & loin d'en être jalouse, elle n'a
jamais fait qu'augmenter celle que j'ai pour vous.
Cléonbule n'ignore pas la passion de Filidor, mais
il ignore qu'il est payé d'un tendre retour, & il ne
peut voir passer dans les bras de son rival l'objet
de son amour, sans la plus vive douleur ; son cœur,
oppressé par le chagrin qu'il en ressent, n'a pu
résister aux pressantes sollicitations que je n'ai cessé
de lui faire pour l'engager à me découvrir ses
peines ; il s'est enfin résolu de les répandre dans
mon sein ; sûr du vif intérêt que j'y prendrois, il

m'a remis le foin de contribuer à fon bonheur; &
-moi comptant fur votre amitié, j'ai tout promis
en le flattant d'une heureufe réuffite.

Ah! Cléontine, m'écriai-je, à quelle épreuve
mettez-vous le prix de la vôtre? Faut-il donc que
je facrifie Filidor, fon amour, ma tendreffe, ou
que je perde fans retour une amitié qui m'eft fi
chère? Non, vous ne la perdrez point, reprit
Cléontine, je connois votre cœur beaucoup mieux
que vous ne le connoiffez vous-même, l'amitié
triomphera de l'amour, & je vais annoncer à mon
père que mon amie confent enfin de le rendre
heureux, pour que nous jouiffions d'avance du
plaifir que nous nous propofons de paffer enfemble
le refte de nos jours. Arrêtez, lui dis-je, donnez-
moi au moins le rems de refpirer. Qu'avez-vous à
m'objecter, reprit cette chère & tendre amie?
J'avoue qu'étourdie de fa vivacité, rien dans ce
moment ne fe préfenta à mon efprit qui pût combattre fes raifons; l'empire qu'elle s'étoit acquis
fur mon cœur, cette éloquence naturelle qu'elle
emploie toujours avec fuccès lorfqu'il s'agit de
perfuader ceux qu'elle entreprend d'amener à fon
fentiment, en les transformant pour ainfi dire en
elle-même: tout cela, dis-je, m'ôta la force de répondre.

Cléontine s'appercevant que j'étois reftée dans
un morne filence, redoubla fes careffes; & comme

ſi elle eût voulu me faire honte des combats qu'il me falloit rendre pour adhérer à des ſentimens ſi contraires à mes deſirs, Cléontine, ſans faire ſemblant de s'appercevoir du trouble où j'étois, pourſuivit ainſi : ne vous reſſouvenez-vous pas, ma chère Floride, d'avoir entendu dire à Clitandre qu'on pouvoit diſtinguer trois ſortes d'amour parmi les hommes, l'un groſſier & bas qui leur eſt commun avec les animaux ; ce premier n'eſt conduit que par l'attrait du beſoin & du plaiſir : le ſecond, pur & céleſte, nous rapproche des dieux ; celui-là eſt, je crois, la peinture de l'amitié vive & tendre : le troiſième, qui participe des deux premiers, & tient le milieu entre les dieux & les brutes, ſemble plus naturel aux hommes ; parce qu'il eſt le lien des ames, cimenté par celui des ſens. Je voudrois bien ſavoir, ajoûta Cléontine, auquel des trois ſortes d'amour mon amie donneroit la préférence.

Étourdie de cette queſtion trop ſubtile pour mes foibles lumières, je ne balançai pas à donner mon ſuffrage en faveur du ſecond amour. Vous êtes vaincue, ma bonne amie, s'écria Cléontine en m'embraſſant avec une eſpèce de tranſport qui me ſurprit, vous cédez enfin à la tendre amitié, J'avoue, repris-je qu'il eſt impoſſible d'y réſiſter lorſque c'eſt vous qui entreprendrez d'en faire valoir les droits.

Mais, pour abréger une histoire qui pourroit à la fin vous ennuyer, j'ajouterai seulement qu'après bien des combats je consentis, non sans peine, de céder aux empressemens de Cléontine. Ma mère, qui trouva dans ce parti de grands avantages, acheva par ses sages conseils de me déterminer; ce sacrifice fut d'autant plus grand, que, malgré l'amitié que Cléonbule m'avoit toujours témoignée, j'avois pour lui une antipathie que j'eus peine à vaincre; je puis dire néanmoins avec justice que pendant les cinq années que j'ai passées avec lui, nous avons joui l'un & l'autre d'une paix qui n'a jamais été troublée par nulle sorte d'inquiétude; ses complaisances & ses attentions ont triomphé de mon cœur; l'amour avoit pris la place de l'indifférence, lorsque la mort nous l'a enlevé; j'avoue qu'alors livrée entièrement à Cléonbule, les droits de l'époux portèrent long-tems préjudice à ceux de l'amie : mais la douleur que nous éprouvâmes, l'une à la perte d'un père, & l'autre à celle d'un époux si tendrement aimé, réunit nos sentimens, ranima nos cœurs & les confondit de nouveau; j'avois long-tems partagé celui de Cléonbule, il s'étoit emparé de la plus grande partie du mien; c'étoit un double vol que j'avois fait à mon amie, une dette que j'avois contractée, dont je lui devois la restitution, & que je me suis engagée à payer pendant tout le cours de ma vie.

Contentes

Contentes l'une & l'autre de passer le reste de nos jours ensemble, Cléontine ne s'occupe que de l'éducation de son fils, je partage avec elle ses soins que nous regardons comme un devoir; c'est aussi ce qui forme nos plaisirs & fait couler nos jours dans une paix inaltérable.

CHAPITRE IV.

TABLEAU de la Cour.

Monime, après avoir remercié Floride de sa complaisance, se leva, & nous prîmes un petit sentier qui conduisoit à la maison de nos belles veuves. Cette maison simple, mais commode, est garnie de tout ce qui peut servir à des amusemens honnêtes, on y voit des jardins où l'art est si bien joint à la nature, qu'à peine y apperçoit-on la main des hommes. Cette maison est faite pour être habitée, on n'y voit rien que de riant & d'agréable, tout y respire la propreté & rien n'y sent le luxe; il n'y a pas un appartement où l'on ne trouve toutes les commodités nécessaires. Au lieu de cette multitude de gens désœuvrés qu'on nomme dans notre monde bonne compagnie, Floride & Cléontine ne rassembloient chez elles que des personnes qui intéressent le cœur par mille endroits avantageux, & qui ra-

chetent quelques petites foibleffes par une infinité
de vertus. Ces belles perfonnes trouvoient auffi de
l'amufement dans l'entretien des payfannes, qui a
fouvent des charmes pour des ames élevées. Il eft
certain qu'on trouve dans la naïveté villageoife,
des caractères plus marqués; plus d'hommes pen-
fent par eux-mêmes que fous le mafque uniforme
des habitans des villes, où chacun fe montre tel
que font les autres, plutôt que comme ils font
eux-mêmes; on trouve auffi en eux des cœurs
fenfibles aux moindres careffes, & qui s'eftiment
heureux de l'intérêt qu'on prend à leur bonheur;
leurs cœurs ni leurs efprits ne font point façonnés
par l'art, ils n'ont point appris à fe former fur le
modèle des perfonnes du monde, & ce n'eft qu'en
eux feuls qu'on peut trouver l'homme de la nature.

Remarquez, nous dit Zachiel, un laboureur
qui, au déclin du jour, voit la fin de fa tâche &
retourne gaiement, en fifflant un air de paftorale,
regagner fon habitation; fon appetit, excité par le
travail, dévore le repas frugal que fa femme lui a
préparé : ce repas le difpofe au fommeil; mais,
malgré fon peu de durée, le lever de l'aurore lui
annonce le moment agréable de retourner à fes travaux; il invoque Cérès, & dans fon état, il compte
plus de momens heureux que les grands de votre
ferre, qui, en fe levant, ignorent la plupart ce

qu'ils deviendront, & à quoi ils emploieront leur journée, au lieu que dans le laborieux villageois tout réveille en lui la sensibilité de son cœur, l'univers entier ne lui offre que des sujets d'attendrissement & de gratitude, par-tout il apperçoit la main bienfaisante de la nature, il recueille ses dons dans les productions de la terre, il voit sa table couverte par ses soins, il s'endort sous sa protection, il tient d'elle son paisible réveil, ses leçons se font sentir dans les disgraces & ses faveurs dans les plaisirs; les biens dont il jouit, & tout ce qui lui est cher, sont autant de nouveaux hommages qu'il rend à la nature; si le dieu de l'univers échappe à ses foibles yeux, il voit & adore par-tout le père commun des hommes, en honorant ainsi ses bienfaits suprêmes; n'est-ce pas servir autant qu'on le peut l'Être infini ?

Après avoir pris congé de nos aimables veuves, le génie nous conduisit au palais de la Nature, où l'empereur fait sa résidence ordinaire. Dans ce palais est un sallon qui l'emporte par sa grandeur & par sa régularité sur tout ce que j'ai jamais vu ; c'est dans ce sallon que l'Empereur rend la justice à tous ses sujets; un trône est élevé au milieu, & de chaque côté sont des sièges destinés pour ceux que leur mérite a conduits à des dignités qui les rendent dignes de les occuper. Je crus, en ad-

X ij

mirant cette illustre assemblée , voir Saturne tenir
conseil au milieu des dieux.

Nous n'eûmes pas de peine à obtenir une audience. Ce prince , dont la douceur & l'affabilité
font briller les autres vertus , nous reçut avec cet
air de bonté & de candeur qui le rend maître de
tous les cœurs. Jamais, nous dit Zachiel, le trône
n'avoit été rempli par un prince plus savant dans
l'art de régner. Ce monarque réunit tous les talens
& toutes les qualités qui forment le héros & le
conquérant. Il joignoit à ces rares talens le port le
plus majestueux & une beauté mâle, dont la noblesse des traits relève encore l'éclat ; cet extérieur
charmant , joint à la facilité de s'exprimer , lui
gagne les cœurs de tous ceux qui l'approchent , &
sa libéralité les lui attache pour toujours ; intrépide
dans les dangers, ferme & inébranlable dans les
revers, génie inépuisable en ressources, pénétrant,
les desseins les plus compliqués ne sont qu'un jeu
pour son imagination aussi vaste que féconde , &
il exécute avec autant de rapidité qu'il projette facilement.

Le conseil de l'empereur est composé de personnes d'une expérience consommée dans l'art militaire , dans l'administration des loix & dans celle
des finances. Ce monarque a toujours apporté une
égale attention à récompenser le mérite comme à

punir le vice. Le défaut d'intégrité dans le minif-
tère eft puni de mort ; il n'y a point de fautes
légères pour ceux qui exercent les charges publiques. Ce prince, toujours attentif au bonheur
de fes peuples, fait des informations fecrètes,
pour être informé de leur conduite. Si l'on obfer-
voit une pareille févérité dans quelques-uns des
mondes que nous avons vifités, ce feroit peut-être
le moyen de conferver une exacte droiture dans
l'adminiftration de la juftice, & de maintenir la
paix & la tranquillité parmi les citoyens.

Dans cette cour, où l'équité a toujours régné,
on regarde comme un deshonneur de s'endetter
pour fe procurer les faveurs du prince, qui ne
peuvent être le partage que de la vertu & des talens. Rien ne s'accorde à l'intrigue ; ce n'eft ni le
fafte, ni l'opulence, ni les titres, ni les exploits
des ancêtres, qui font obtenir la préférence, la
vertu feule a droit de fe préfenter : auffi n'y voit-on
jamais de ces courtifans oififs & dédaigneux qui,
toujours envieux des faveurs que la juftice n'accorde qu'à la vertu, ne s'occupent qu'à diminuer
le prix des belles actions, ou à chercher un fens
pour les rendre fufpectes. On ne voit point non
plus de ces hommes qui, par orgueil, intérêt ou
baffeffe, femblent fe faire un devoir de protéger le
vice & les rapines.

Dans cet heureux monde, jamais on ne voit la

X iij

nobleffe ancienne étouffer celle qui ne s'acquiert que par le mérite ; faite pour repréfenter la vertu dans tout fon luftre, elle n'eft, dit un de leurs favans, ni la décoration du vice, ni le titre de l'indolence, ni le piedeftal de l'orgueil ; contens de mériter des éloges, ce n'eft point par de baffes intrigues qu'ils cherchent à obtenir des dignités ; fans fafte dans leurs actions, fans hauteur & fans vanité dans leurs difcours, ils laiffent à la renommée le foin de les faire valoir.

Cette cour femble être le féjour de la liberté ; on n'y refpire point cet air d'efclavage qui fe fait fentir dans les autres mondes ; on n'y eft point vexé par des tyrans. Les grands de l'empire joignent à la douceur de leurs mœurs cette tendre bienveillance qui fait le charme de la fociété. Jamais chez eux l'intérêt ne balance l'honneur ; le plaifir qu'on reçoit de la tendreffe & de la bonté, eft le plus doux des fentimens ; lorfque le cœur en eft capable, comment peut-il fe livrer à d'autres ?

Lorfque les officiers font commandés pour fe mettre à la tête d'une armée, on ne les voit point entraîner avec eux le luxe qui fe pratique dans bien des mondes, où la table, le jeu, les fpectacles & les affemblées rempliffent tout leur tems ; ceux-ci occupés fur des plans & des cartes topographiques, ou étudiant des livres qui ont le plus de rapport à leur métier, se servent eux-mêmes d'instrumens de géométrie pour tracer leurs plans; on les voit examiner tous les travaux de l'armée, parcourir les lignes, s'avancer dans les tranchées & se trouver aux batteries; c'est-là ce qui forme de grands généraux.

Dans les tems de paix, de retour dans la capitale, ils visitent les arsenaux, les chantiers, les atteliers, les cabinets curieux, parce que chez ces peuples heureux la guerre n'est qu'une fermentation passagère, & que s'ils se bornoient au seul talent de la faire, ils deviendroient inutiles à l'état; c'est pourquoi on voit ces mêmes officiers s'appliquer à chercher les moyens d'étendre le commerce, d'établir de nouvelles manufactures, de rendre la terre plus féconde, d'augmenter la population, d'empêcher le luxe & de donner un libre cours à la circulation des espèces, afin qu'elle puisse fournir aux besoins multipliés de l'état.

Jamais on n'y rencontre non plus de ces milords de la finance, qui éffacent par leur luxe les plus grands de la cour. On est persuadé, dans cette planète, que les vertus & les talens sont aussi utiles à l'état que les armes; les négociations & l'administration du trésor public font leurs plus sérieuses occupations; modérés dans leurs plaisirs, ils ne prodiguent leurs biens qu'en faveur des pauvres, afin d'alléger le poids de leurs travaux; ceux dont les

X iv

malheurs ont renversé la fortune, trouvent dans leur bienveillance des secours d'autant plus précieux, qu'ils sont toujours accompagnés de consolations dictées par la vertu; ils sont bons & humains; ils aiment ce qui porte l'empreinte de l'honnête & du vrai; l'agréable ne les éloigne jamais de l'utile, leurs cœurs droits & bien faits ne s'occupent qu'à travailler au bonheur commun, afin de mériter l'estime du sage, en soutenant dignement le titre d'ami de l'humanité, parce que les hommes ne sont estimés qu'à proportion des biens qu'ils font.

Ils sont persuadés que la pauvreté humiliée devient souvent la source des crimes: c'est, disent-ils, le fruit de la honte qu'elle fait à ceux qui la souffrent. Mille gens endureroient patiemment l'indigence, s'ils n'avoient d'autres peines que celles des privations qu'elle entraîne avec elle; on ne les verroit point se livrer à des efforts criminels pour se tirer de leur misère, s'ils n'en portoient que la fatigue; mais accablés par le mépris & la honte, ils n'en peuvent soutenir le poids. Un honnête homme peut faire mauvaise chère, être vêtu simplement, être mal logé, mal chauffé; tous ces désagrémens se peuvent souffrir: mais si son indigence est connue d'une multitude de sots qui ne font consister le mérite que dans le luxe & la dépense, il essuiera bientôt cet humiliant mépris qui le défefpère & le porte à la fin à faire des actions baffes qui lui font oublier la vertu.

L'effet de leur morale eft de prévenir le vice dans les ames foibles, de les exciter à la vertu par l'exercice des fentimens honnêtes, & d'affermir dans les mêmes fentimens les ames vertueufes, qui fouvent ont befoin d'être réveillées ; c'eft un feu qu'il faut de tems en tems ranimer & nourrir pour l'empêcher de s'éteindre. Ce n'eft ni dans la prof-périté, ni dans l'élévation qu'on a befoin d'apprendre à aimer la vertu, c'eft dans l'abjection ou dans l'infortune.

L'empereur met fa gloire à entretenir la paix dans fes états, & c'eft par fes vertus qu'il oblige fes fujets de joindre l'amour à l'obéiffance qu'ils lui doivent ; il n'eft rien qu'il n'en puiffe efpérer, leurs biens & leur vie lui feront toujours prodigués dès qu'il en montrera le moindre befoin, & ce zèle va fi loin qu'ils fe croient trop heureux de trouver des occafions de lui donner des preuves de leur amour & de leur attachement ; tous les cœurs volent au-devant de ce prince, & fa vue eft un bienfait pour eux.

Ce monarque a foutenu des guerres fans fe voir dans la dure néceffité de vexer fon peuple ; le tréfor de fes épargnes a feul fourni aux dépenfes qu'entraînent toujours ces calamités ; une conduite pru-

dente & éclairée les a terminées en peu de tems :
mais à préfent on voit régner dans toute l'étendue
de cette planète une harmonie parfaite ; le même
efprit conduit les différens peuples qui l'habitent ;
les mêmes loix d'équité, de droiture & de bonne
foi, les animent, femblables à des ruiffeaux qui,
après s'être égarés quelque tems, reviennent enfin
fe réunir à l'Océan d'où ils s'étoient échappés.

Le capital des revenus de l'empire ne confifte
qu'en une feule taxe, on prélève fur tous les biens
de chaque citoyen le dixième des revenus de leurs
terres, que la plupart font valoir eux-mêmes, fans
être obligés à aucun autre impôt : les marchands
& les différens arts & métiers payent auffi la même
taxe, proportionnée aux gains qu'ils font, & ces
gens font obligés d'apporter à des tréforiers nom-
més par la cour, les contributions qu'ils doivent
payer, ce qu'ils font fans aucune contrainte, re-
connoiffant leur dépendance par ce fervice per-
fonnel. Cette façon de lever les impôts eft d'une
grande utilité pour le prince, en ce qu'elle épargne
des fommes confidérables qu'il faudroit donner à
une infinité de gens qui feroient chargés de lever
ces deniers ; d'ailleurs la multiplicité des impôts
entraîne toujours un grand nombre d'abus qui
tendent à ruiner les peuples, fans que le prince
s'en trouve plus foulagé dans fes preffantes nécef-

fités ; & fes peuples qui fe trouvent vexés n'adreffent plus au ciel que des plaintes & des murmures qui ne font encore qu'aigrir leurs maux.

C'eft par cette économie que les coffres de l'état & ceux des citoyens font également remplis. Le payfan y cultive avec foin fes terres, pour les rendre plus fécondes, fans craindre de nouveaux impôts. Les tréforiers, fidelles à leur prince, ne cherchent point à s'enrichir aux dépens du peuple. Les villes ornées de beaux édifices, ne font remplies que d'heureux citoyens charmés de les habiter ; d'autres ne fe plaifent pas moins à la campagne pour y jouir de l'abondance & de la liberté qui y règnent.

La cour, féjour des grands, offre ce que je n'ai remarqué que dans cette planète, c'eft-à-dire, qu'à l'exemple du prince, tous les courtifans y confervent un air de candeur & de vérité; jamais la baffe flatterie n'empoifonne leurs difcours; nullement attirés par l'envie d'y acquérir des titres & des honneurs, qui, comme je l'ai déjà dit, ne s'accordent qu'à la vertu ; un défintéreffement à l'épreuve, une probité fcrupuleufe, un efprit fage, ferme, profond & éloïgné de ce ridicule amour propre qui fe croit infaillible dans fes jugemens ; une affabilité qui captive les cœurs, attache & fubjugue la confiance de tous ceux qui les approchent ; une générofité éclairée & une noble

équité qui expofe au monarque les belles actions
de fes officiers; en un mot ces grands me parurent
véritablement grands , en ce qu'ils font doués de
toutes les vertus qui forment des hommes parfaits.

CHAPITRE VII.

CARACTERE des femmes.

DANS cette cour les dames y confervent un air
de modeftie qui fert d'exemple aux perfonnes de
la ville. Les modes ne font point connues dans
ce monde ; depuis plufieurs fiècles la même façon
de fe mettre s'y eft toujours confervée , jamais on
ne les voit occupées de frivolités ni de bagatelles ;
l'efprit orné de plufieurs connoiffances , rend leur
converfation intéreffante ; fans rien ôter à la vivacité de leurs faillies ; leurs réflexions ont toujours
un caractère grand & fublime, proportionné aux
objets qui les frappent; la férénité de leur efprit leur
fait goûter une volupté pure & tranquille qui n'a
rien d'âcre ni de fenfuel, & qui les élève au-deffus des femmes ordinaires ; elles ne reconnoiffent
point non plus de fentimens bas; on diroit que
dans ce monde l'ame y contracte une inébranlable
pureté.

Les Abadiennes , en fuivant toujours les pre-

miers principes de la nature, ne rougiffent point
de reconnoître l'amour pour le mobile de toutes
chofes : l'amour, je veux dire cet amour honnête
qu'on prendroit volontiers pour de la fimple amitié,
cet amour, dis-je, eft la règle & le frein des penchans de la nature ; c'eft par lui, qu'excepté l'objet
aimé, un fexe n'eft plus rien pour l'autre. On doit
fuppofer à l'amour plufieurs qualités eftimables
fans lefquelles on feroit hors d'état de les fentir.
Les Abadiennes fe livrent fouvent à ces plaifirs ;
elles font gloire d'aimer, non de cet amour fou-
gueux & inconftant que les fens enfantent & qui
difparoît lorfqu'il commence à s'affoiblir ; mais
d'un amour tendre & folide que le cœur infpire,
que la raifon & l'honneur dirigent, & qui ne peut
jamais diminuer par la certitude d'être aimé ; la
vérité règne dans leurs cœurs ainfi que fur leurs
lèvres ; elles ignorent l'art criminel de tromper &
de feindre un amour qu'elles ne reffentent pas, &
méprifent fouverainement quiconque abufe de la
foibleffe d'une amante crédule.

On peut donc croire que le véritable amour eft
le plus chafte de tous les liens ; fon feu fait épurer
les penchans naturels, en les concentrant dans un
feul objet. Le cœur vraiment épris ne fuit point les
fens, il les guide & couvre leurs égaremens d'un
voile délicieux. Cet amour toujours timide & mo-
defte, loin d'arracher des faveurs, ne cherche qu'à

les mériter ; le silence & le mystère aiguisent &
cachent ses doux transports, la pureté de sa flamme
honore & purifie ses caresses, & au sein même de
la volupté, la décence & l'honnêteté l'accompagnent ; & l'on peut dire que lui seul sait tout
accorder au desir, sans que la pudeur s'en puisse
offenser : mais ôtez de l'amour son plus grand
charme, qui est d'estimer l'objet aimé & de lui
prêter des perfections ; dès que l'honnêteté l'abandonne il n'est plus rien ; l'innocence jointe à l'amour
est le bonheur le plus doux & l'état le plus délicieux
de la vie ; ni la honte ni la crainte ne troublent la
félicité de deux amans vertueux ; au sein des vrais
plaisirs, ils n'ont point de reproches à se faire, &
peuvent parler de la vertu sans rougir.

C'est ainsi que nos belles Abadiennes nous dé-
peignent l'amour. Ne seroit-ce pas, ajoutent-elles,
un rare phénomène à offrir à la nature, qu'une personne qui se diroit heureuse sans aucun plaisir du
cœur ? Les ressorts d'une pareille statue ne seroient
pas aisés à analyser. Le plaisir du cœur doit être la
satisfaction intérieure qu'on ressent en aimant ce
qui est honnête. L'esprit peut-il être satisfait lorsque le cœur languit dans la tristesse ? Le défaut de
confiance lui donne des entraves, on n'ose expliquer sa pensée avec des personnes dont on se méfie,
l'intérêt de la conversation se trouve borné par cette
réserve mystérieuse, un froid monotone la glace,

& elle n'eſt plus remplie que de lieux communs, de propos découſus; & malgré un tas de frivolités le plaiſir s'égare dans les lacunes; au lieu qu'en compoſant ſa ſociété d'amis qui intéreſſent le cœur, ſûr de la diſcrétion des uns & des autres, c'eſt alors que l'eſprit s'aiguiſe, que la converſation s'anime, devient intéreſſante & fait deſirer de la recommencer ſouvent.

Chez ces peuples heureux, fidelles à garder leur parole, une ſimple promeſſe vaut un contrat. Peu ſenſibles à l'éclat des richeſſes, ils préfèrent toujours dans leur alliance un aimable caractère à une dot conſidérable; le mérite, la vertu, la bonne foi, font leurs règles : mais s'il arrive que deux perſonnes d'un caractère tout-à-fait oppoſé ſe trouvent jointes par un mariage que des parens auroient formé ſans conſulter cette union qui doit faire le lien des ames, la loi leur permet de demander des lettres de divorce qui leur ſont rarement refuſées; parce qu'ils penſent qu'il y auroit de l'inhumanité de forcer un homme & une femme de vivre enſemble le reſte de leur vie, lorſque leurs humeurs ſont incompatibles & qu'ils ne pourront jamais s'accorder; on leur permet de ſe marier; alors c'eſt aux époux à s'aſſortir; le penchant mutuel doit être leur premier lien, leur cœur leur premier guide; ce ſont-là les droits de la nature que rien ne peut abroger. Pour qu'un mariage ſoit heureux,

l'homme doit avoir des connoiſſances & des principes ; la femme , de la raiſon & un eſprit de
détail : & dans l'harmonie qui règne entr'eux, tout
doit tendre au bien commun ; chacun doit ſuivre
l'impreſſion de l'autre, chacun obéit, & tous deux
ſont les maîtres.

On reconnoît par tout dans cette planète la vigilance & l'attention du gouvernement, afin de procurer aux peuples la ſûreté, la commodité, l'ai-
ſance & le libre exercice de ſon induſtrie. Leurs
grands chemins entretenus avec ſoin, ſont bordés
d'un double rang d'arbres, & l'on voit ſur les côtes
de la mer des bois propres à la conſtruction des
navires, afin de procurer l'abondance par la facilité du commerce. Ce ſage gouvernement a encore
pourvu à tous les beſoins des voyageurs ; on n'y
rencontre point de ces refuges mercenaires établis
par l'intérêt ; mais on y voit de grandes maiſons
que de riches citoyens ont fondées dans des lieux
écartés. Ces maiſons ſont fournies de tout ce qu'on
peut deſirer, & elles ſont gratuitement ouvertes
à tous les voyageurs : mais dans les villes on ſe
diſpute à l'envi le bonheur de traiter ſes hôtes. Je
crus, en admirant cette humanité, être tranſporté
aux tems de nos patriarches, à ces tems de l'amour
& de l'innocence, où tous les hommes étoient
ſimples & vivoient contens.

Ceux qui par leurs talens ont procuré des biens
utiles

utiles à l'état, font immortalifés par des pyramides, des obélifques ou des ftatues, ces monumens font réfervés pour la gloire, les talens fupérieurs & les actions d'éclat, afin d'exciter l'émulation de ces peuples & les encourager à contribuer au bien public : mais l'on punit févèrement dans les généraux & les miniftres l'incapacité & le défaut d'expérience, toujours préjudiciables au repos de l'état.

Leurs vues font attentives fur le commerce, l'agriculture & la population. Les canaux & les grands chemins facilitent le tranfport des marchandifes & des denrées. Comme le crédit eft l'ame du commerce, le mobile des fortunes & des reffources de l'état, le gouvernement a fagement pourvu à tout ce qui peut entretenir la confiance & affurer le fort des créanciers, en établiffant une caiffe d'emprunt, où le citoyen porte avec fûreté fon argent, certain de le r'avoir lorfqu'il en aura befoin. Tout banqueroutier eft puni de mort, parce qu'un défaut de conduite entraîne celui de probité, par un abus de confiance également pernicieux au bonheur de la fociété.

Chez ces peuples on ne voit rien de faux dans leur façon de penfer, dans leurs goûts ni dans leur conduite; ils fe montrent tels que la nature les a formés, & ne jugent des chofes que par les lumières de la raifon : c'eft ce qui fait qu'on trouve

toujours de la justice & de la proportion dans
leurs vues & dans leurs sentimens; leur goût est
vrai, il est simple, il vient d'eux, ils le suivent
par choix & non par coutume ou par caprice; leur
langage est sans détour, sans art & sans façon;
jamais on ne les voit enivrés d'une vanité chimérique; contens d'un vêtement simple & sans aucun
ornement, on ne les voit point non plus envier
de ces palais magnifiques que l'art décore à grands
frais, de mille somptuosités inutiles au bonheur de
l'homme raisonnable; un asyle champêtre est tout
ce qu'ils desirent, un ruisseau dont le frais attire
sur ses bords, & dont l'onde argentine court
humecter en serpentant le pied d'une prairie, &
en rend l'émail plus brillant.

Après avoir parcouru de vastes provinces, nous
ne remarquâmes dans les différens peuples qui
les habitent, que de la candeur dans leurs mœurs
& dans leur conduite, de l'amour pour le bien
commun de la patrie; leur manière d'obliger
est si gracieuse, si bonne, ils vous préviennent
d'une façon si tendre, qu'ils ne font jamais d'ingrats.

Nous eûmes peine à quitter un si charmant séjour; on peut en juger par ce foible crayon de leurs
mœurs, de leur simplicité, de leur égalité d'humeur & de cette plaisible tranquillité qui les rend
heureux, par l'exemption des peines plutôt que par

le goût du plaisir : mais ce que je ne puis peindre ni cesser d'admirer, c'est leur humanité désintéressée, c'est ce zèle hospitalier qu'ils ont pour tous les étrangers; chacun vient avec un tendre empressement vous offrir sa maison, en vous marquant sa joie lorsqu'il obtient la préférence.

CHAPITRE VIII.

On ne rencontre dans ce monde que des points de vue agréables, des paysages rians, des prairies semées de fleurs, des tilleuls & mille autres arbrisseaux qu'agitent le zéphir; tout respire la simplicité, tout leur rit & forme leur amusement; l'enjouement, le calme & la fraîcheur ramènent, au déclin du jour, de jeunes filles ave cleurs amans qui se rassemblent sur la fougère pour se jurer de s'aimer toujours. Jamais la beauté ne règne avec plus d'empire qu'au milieu des fêtes champêtres; c'est-là qu'on croit voir les graces sur leur trône, parées de la simplicité que la joie & la gaieté animent. On ne jouit des vrais biens que dans l'innocence & la candeur; l'amour, l'amitié & la constance ne se rencontrent qu'où règne la liberté.

O beauté de la nature, s'écria Monime, qui seule avez le droit de toucher le cœur! Il ne vous faut que des actions simples, des personnages naïfs, de l'intérêt sans complication, de la gaieté sans grimace & sans effronterie; la vérité & la candeur sont vos vertus naturelles. O mortels privilégiés! Les dieux vous favorisent; vous ignorez ces noms faftueux dont se parent en vain les grands de notre terre, mais vous avez de l'humanité; vous possédez peu, mais vous le partagez sans avarice & sans défiance; vous êtes sensibles aux peines & aux infortunes des pauvres; contens de votre sort, vous passez vos jours en repos, sans ambition, sans defirs & sans envie; vous savez réprimer un aveugle transport; exempts de gémir sur les fautes de la veille, d'un sommeil tranquille rien ne trouble la paix; pour ceux que l'indigence abat, toujours pleins d'égards & de politesse, vous vous efforcez, du moins par vos caresses, d'adoucir les rigueurs de leur sort; vous n'appréhendez pas que la cupidité cherche à vous ravir des tréfors que vous trouvez dans le travail & l'innocence; un amour exempt de trouble vous unit, vous en voyez croître les gages sans aucune inquiétude, dans l'espoir de les voir un jour partager vos travaux; ils seront l'appui de votre vieillesse, ils vous fermeront les yeux & recueilleront en paix l'héritage inestimable que vous leur laisserez, qui sont vos vertus, vos mœurs & votre candeur.

Mon cher Zachiel, pourſuivit Monime, accordez-moi une grace, bornons ici nos voyages. J'y conſens, dit le génie : mais avant de retourner dans votre monde, il eſt néceſſaire pour votre bonheur que vous acheviez de viſiter celui-ci, afin que vous puiſſiez l'un & l'autre profiter des bons exemples qui s'y rencontrent. Pourquoi, mon cher Zachiel, dit Monime, voulez-vous nous obliger de retourner dans un monde où nous n'avons éprouvé que des diſgraces ? Ne pouvons-nous pas fixer ici notre ſéjour ? Avez-vous déjà oublié, dit le génie, que ce n'eſt que par une grace ſingulière que j'ai pu vous conduire dans les différens mondes que vous venez de viſiter; il faut, mes chers enfans, ſuivre l'ordre de la nature, & achever dans votre monde le tems fixé par les decrets du deſtin. Les graces que vous avez reçues ne ſe ſont peut-être encore jamais accordées à perſonne ; ce n'eſt que pour vous inſtruire & vous perfectionner que je vous ai fait voir un tableau vivant des différentes paſſions des hommes & de l'inconſéquence de leur conduite, afin de vous faire goûter ce qui eſt bon, utile & honnête, & vous faire éviter ce qui eſt mauvais. Le monde de Saturne forme un ſi grand contraſte avec les autres, qu'il ſemble que les vertus naturelles & la ſimplicité de ſes peuples doivent ſe rendre maîtres de tous les cœurs, & l'ame qui en eſt frappée, doit ſe faire un devoir & même un plaisir de les imiter : c'est afin que ces bons exemples restent gravés dans votre esprit, que j'ai choisi cette planète pour être le terme de vos voyages. Vous avez dû remarquer dans toute l'Abadie, qui est la partie la plus étendue de ce tourbillon, un charmant mélange de la vie champêtre avec celle des villes; une douce égalité y règne, & en y établissant l'ordre de la nature, forme une instruction pour les uns, une consolation pour les autres, & un lien d'amitié pour tous.

Nous visitâmes encore différentes parties de cette planète ; par tout on y remarque un singulier mélange de la nature sauvage avec l'art. Près d'une caverne où l'on ne s'attend qu'à trouver des ronces, l'on y détache des raisins mûrs ; d'un autre côté d'excellens fruits se rencontrent sur des rochers d'où l'on voit descendre de brillantes cascades. En avançant dans ces pays fertiles nous n'y vîmes aucune terre inculte : nous en faisions le parallèle avec celles des autres mondes, lorsque nous fûmes frappés, à l'entrée d'une ville, d'en voir sortir une grande affluence de personnes, qui couroient vers la montagne voisine. Monime, curieuse d'en apprendre le sujet, le demanda à Zachiel, qui nous dit qu'il s'étoit échappé du grand anneau qui semble couvrir le monde de Saturne, une espèce d'astronome qui venoit de leur prédire que le tems

approche où il doit arriver plusieurs catastrophes à
leur tourbillon, par la rencontre subite de quelques comètes embrasées, dont le violent choc
peut faire décrire à leur globe une orbite différente
de celle qu'il décrit à présent, & qu'ils doivent
craindre un embrasement universel; & ces bonnes
gens, frappés de cette nouveauté, courent sur la
montagne pour y implorer la divinité & la prier
de détourner de dessus eux un pareil malheur.

Ces peuples suivent la loi naturelle, ils ont plusieurs temples dédiés à Cybèle qu'ils honorent
beaucoup, & où les jeunes filles sont élevées avec
un très-grand soin; ils adorent néanmoins un être
suprême : mais ils regardent la nature comme une
divinité dont la force est répandue par tout, & essentielle à la matière; ils pensent qu'elle est comme une
espèce de sympathie qui lie tous les corps & les
tient dans l'équilibre, & qui, sans se décomposer
elle-même, a le secret merveilleux de varier les
êtres à l'infini; qu'on doit la regarder comme un
principe d'ordre & de régularité, qui produit éminemment tout ce qui se peut produire dans ce
vaste univers. Ils croient que les ames des bienheureux sont répandues dans l'air & qu'elles y
jouissent d'une entière liberté; que celles des méchans sont renfermées dans les entrailles de la terre
comme dans une prison, où ils expient leurs fautes
jusqu'à la résurrection; qu'alors plusieurs seront

Y iv

jointes aux bienheureux & reprendront des corps
fubtils & déliés.

CHAPITRE IX.

HISTOIRE abrégée de la famille de Monime.

APRÈS que Zachiel nous eut fait remarquer ce
qu'il y a de plus intéreffant dans cette planète, il
nous dit qu'il étoit effentiel pour l'éxécution des
projets qu'il avoit formés pour affurer notre commun bonheur, de redefcendre dans notre monde.
Cette nouvelle ne plut point à Monime, elle eût
bien voulu, ainfi que moi, paffer le refte de fa vie
avec des citoyens auffi parfaits : mais le génie, fans
écouter fes raifons & fans daigner y répondre, nous
attacha l'un & l'autre fur un groupe d'atomes crochus qui nous conduifirent & nous firent traverfer
cet immenfe univers par une pente affez douce
jufqu'au palais des génies, où Zachiel, après nous
avoir ranimés par un fouffle divin, nous fit reprendre
nos corps.

Alors le génie nous annonça que le tems de
nous quitter approchoit. Je ne puis pas toujours
être avec vous, nous dit Zachiel; cependant je ne
vous abandonnerai point que je n'aie rétabli la
princeffe Thaymuras fur le trône de fes ancêtres.

Vous êtes surpris, mon cher Céton, & peut-être fâché du mystère que je vous ai fait de la naissance de votre chère Monime. Élevés tous deux dès vos plus jeunes ans par les soins du Kaker qui ignoroit lui-même la naissance de Monime, vous avez toujours vécu dans une union fraternelle qui a entretenu cette tendre amitié que j'ai vu croître avec plaisir. Il est vrai que sous le nom d'amitié il vous est souvent échappé de donner des marques de la plus vive passion, forcé sans cesse de combattre des sentimens que Monime partageoit : mais avec cette différence, que dès son entrée dans le château des génies, elle a été instruite de sa naissance par le premier de sa race ; dès-lors le penchant de son cœur l'eût portée à vous la découvrir, si, forcée de vivre sans cesse avec vous, elle n'eût réprimé ce penchant ; son cœur toujours conduit par la raison, s'est enfin déterminé à vous cacher sa naissance, non pas dans la vue d'éprouver vos sentimens, jamais elle n'en a douté un instant, mais sa délicatesse eût été alarmée, si la connoissance que vous auriez eue de son élévation eût été capable de partager votre cœur entre l'amour & l'ambition ; le mélange de ces deux passions lui auroit été bien plus difficile à démêler, au lieu que l'ignorance où vous avez toujours été sur sa naissance ne lui laisse aucun doute de la pureté de vos sentimens.

Cette passion qui s'est manifestée malgré vous

dans Venus & dans Mars, loin de l'alarmer, n'a servi qu'à augmenter l'estime qu'elle avoit pour vous; & la délicatesse de vos sentimens qui s'est développée dans le monde de Jupiter, votre générosité à refuser mille établissemens avantageux, dans la seule crainte de vous éloigner, font une preuve indubitable de votre attachement à sa personne; enfin votre amour pour les sciences, votre application à vous instruire dans toutes sortes de talens, ces vertus réunies vous ont acquis des droits si précieux sur le cœur de Monime, que tous les monarques de l'univers ne peuvent jamais vous l'enlever.

Surpris de tout ce que le génie venoit de m'apprendre, je restai quelque tems immobile; & sans réfléchir à ces dernières paroles, je me précipitai aux pieds de la princesse : Ah! chère Monime, m'écriai-je, en lui prenant une de ses mains que je baisai respectueusement, vous n'êtes point ma sœur, & je puis à présent vous aimer sans crime. Hélas! Pourquoi ne m'avoir pas détrompé plutôt? Que vous m'auriez épargné de combats! Vous n'ignoriez pas ma passion ni les efforts que j'ai toujours faits pour la combattre; je la croyois criminelle, c'est elle qui va faire désormais le destin de ma vie : mais, que dis-je? Lorsque le ciel accorde un changement si favorable à ma destinée, faut-il que je renonce à mon amour? Est-ce à moi de prétendre à une main qui ne doit fans doute être réfervée que pour un fouverain? Oui, adorable Monime, vous méritez à tous égards d'être élevée au plus haut rang; une ame auffi belle, auffi grande, auffi vertueufe, & dont l'étendue des lumières eft fans bornes, doit être faite pour commander à l'univers, Quels font les peuples heureux qui vont être foumis à vos loix? Je vous perds, divine Thaymuras! Hélas! fi mon cœur en murmure, je faurai du moins renfermer dans les bornes du refpect & de la foumiffion un amour que je fens bien qu'il me fera impoffible de vaincre. La feule grace que je vous fupplie de m'accorder, comme la plus grande faveur que je puiffe recevoir, c'eft de me fouffrir auprès de vous, de me regarder comme le plus fidelle de vos fujets, celui qui eft le plus attaché à votre perfonne & qui vous fera toujours dévoué jufqu'au tombeau. Fatale ignorance! ajoutai-je en foupirant, que vous allez coûter cher à mon repos!

Tranquillifez-vous, mon cher Céton, dit Monime, ceffez des plaintes & des regrets qui pourroient à la fin m'offenfer, fi je ne les attribuois à l'émotion où vous êtes; il eft vrai que le rang où le ciel m'a fait naître m'a été développé dès mon entrée au chateau des génies. Cette vive amitié déja formée entre nous lorfque je vous croyois mon frère, s'eft changée en un fentiment plus vif depuis que j'ai découvert en vous de nouvelles perfections ; & les qualités solides dont votre ame est ornée, ont enfin resserré des nœuds que je regarde à présent comme indissolubles. Ne m'enviez donc plus la gloire d'être aussi généreuse que vous ; d'ailleurs vous ne devez pas ignorer que je tiendrai tout des bienfaits de Zachiel, sans lesquels il me seroit tout à fait impossible de me faire reconnoître de mes peuples, ni consé-quemment de remonter sur le trône de mes ancêtres ; il est donc juste, & je puis même ajouter qu'il est absolument nécessaire à mon bonheur, que vous participiez aux faveurs du génie, en partageant un trône que vous m'aiderez à conduire avec équité.

Ah! divine Thaymuras, m'écriai-je, ma vie pourra-t-elle suffire pour mériter d'aussi grands bienfaits? Que dis-je! N'y auroit-il pas plus de grandeur d'ame à refuser un honneur dont je me sens si peu digne? Zachiel, par pitié, daignez soutenir ma foiblesse en m'assistant de vos conseils; dois-je céder au penchant qui m'entraîne? Hélas! que faut-il que je fasse? Je meurs s'il faut renoncer à mon amour, & je ne pourrai jamais vivre tranquille si mon union avec ma princesse est contraire à sa gloire.

Calmez le trouble qui vous agite, me dit le génie, je me serois opposé à votre passion si je

n'avois jugé votre alliance nécessaire au bonheur
de l'un & de l'autre; un secret penchant m'a déterminé à prendre les intérêts de Monime: mais lorfque je me suis apperçu de celui qu'elle avoit pour
vous, loin de m'y opposer j'ai toujours contribué de
tout mon pouvoir à le fortifier. Je vous ai promis
d'employer ce même pouvoir à vous rendre heureux; il est tems de perfectionner mon ouvrage,
en vous donnant de nouvelles instructions. J'ap-
prouve votre délicatesse sur la gloire de Monime:
mais elle doit cesser en apprenant les malheurs
arrivés dans sa famille; cependant c'est à ces
malheurs que vous allez devoir tous les
biens qui vous attendent, & c'est par une suite
de ces mêmes malheurs que le prince George,
héritier du royaume de Géorgie, a été conduit
dans votre patrie, où le destin lui fit trouver dans
l'alliance de milady Céton, sœur du lord votre
père, une ombre de tranquillité qu'il avoit vaine-
ment récherchée dans différens climats: mais il
est nécessaire de vous donner un détail succinct
des malheurs de cette illustre famille.

Thaymuras, roi de Géorgie, fut assassiné il y
a environ cinquante ans, par Abas. Ce monarque,
forcé de soutenir plusieurs guerres contre le grand
Turc, le Sophi de Perse & le grand Kan de Tar-
tarie, se vit à la fin trahi par Abas son favori,
qu'il avoit élevé par degré à la qualité de chef de

l'armée. Ce traître , dont les vues ne tendoient qu'à s'emparer du trône , excita plusieurs soulèvemens , & parvint enfin par ses dangereuses insinuations à former une conspiration contre la vie de son souverain. Ses peuples rebutés depuis long-tems d'aussi longues guerres , se livrèrent avec fureur aux pernicieux conseils d'Abas , & ce prince malheureux fut assassiné dans son propre palais. Abas, alors à la tête des troupes , se fit proclamer roi de Géorgie , de Mingrelie & de Turcomanie. Ce tyran revint triomphant dans la capitale , s'empara du palais , & après s'être fait couronner , fit périr misérablement dans des prisons obscures tout ce qu'il put découvrir de la famille royale.

Un seul enfant échappa à la fureur du tyran ; cet enfant nommé le prince George , avoit pour gouverneur Erasme , qui étoit d'une des plus anciennes familles du royaume , d'une probité reconnue & d'un attachement à son prince, à toute épreuve. Erasme réunissoit en lui toutes les sciences & les talens utiles à l'art de bien gouverner. Dès qu'il apprit les premiers troubles qu'Abas avoit fomentés dans tout le royaume , il en prévit les suites , en avertit le roi ; lui fit connoître tout le danger de sa sécurité, la nécessité de punir les rebelles , en se mettant lui-même à la tête de ses troupes : mais ce monarque , loin d'écouter les

avis d'Erasme, se livra imprudemment dans plusieurs pièges que lui tendit Abas. Erasme, pré-
voyant alors tout le danger que couroit la famille
royale, fit consentir le roi de faire passer le jeune
prince dans la Mingrelie, & la diligence qu'il fit
pour le conduire, sauva la vie à George.

Ce sage gouverneur, instruit des cruautés que
le tyran venoit d'employer pour la destruction totale
de la famille de Thaymuras, ne trouvant point
de sûreté dans le royaume, se hâta de faire embarquer le jeune prince, en le faisant passer pour
son fils.

Après avoir erré long-tems dans différens
royaumes, pour tâcher de former un parti en faveur
du prince George, qui pût lui procurer les moyens
de remonter sur son trône, & ne voyant aucun
succès dans les différentes tentatives qu'il avoit
formées, craignant enfin d'être découvert & livré
au tyran, Erasme, dans cette cruelle perplexité,
engagea le jeune prince à se réfugier en Angleterre : mais ce royaume commençant aussi à se
ressentir des révolutions qui arrivèrent peu de
tems après, le prince n'en put tirer aucun secours.

Erasme, qui connoissoit depuis long-tems la
réputation du lord Céton votre père, & qui
n'ignoroit pas qu'il étoit un des premiers pairs du
royaume, & un de ceux qui étoient le plus avant

dans la confiance du Roi, ne fit aucune difficulté de s'ouvrir à lui fur la naiſſance du jeune prince & fur fes infortunes. Céton, l'homme du monde le plus généreux & le plus compatiſſant, employa d'abord ſon crédit & celui de ſes amis pour tâcher d'engager les pairs dans ſes intérêts : mais les troubles de ce royaume augmentant tous les jours, il n'y put réuſſir ; & pour adoucir en quelque façon les déplaiſirs du prince, & lui faire paſſer plus agréablement le tems qu'il devoit attendre de quelques révolutions favorables à ſes vues, il le préſenta à Milady ſa ſœur, veuve du comte de Pimbrok, qui vivoit dans une de ſes terres à quelques milles de Londres.

Cette jeune veuve joignoit à d'immenſes richeſſes la beauté, les talens à toutes les graces de la jeuneſſe ; l'on confia à la jeune comteſſe la naiſſance & les infortunes du prince, & elle mit en uſage tout ce que la décence put lui permettre de plus ſéduiſant pour le tirer de ſa mélancolie. George céda ſans beaucoup d'efforts aux charmes de la comteſſe ; & Eraſme, loin de s'oppoſer à cet amour naiſſant, travailla lui-même à en reſſerrer les nœuds par un mariage qui fut ſecrètement contracté d'accord avec le lord Céton. Ces deux jeunes époux vécurent quelques années dans une union parfaite, lorſque la mort vint enlever

la

la princesse, qui mourut en donnant le jour à Monime, & replongea le prince dans une mélancolie qu'il n'a jamais pu vaincre.

Son désespoir le porta d'abord à bannir tout le monde de sa présence, la lumière du jour sembloit même lui être devenue insupportable; le seul Erasme qui s'étoit toujours conservé une sorte d'empire sur son esprit, avoit droit d'entrer à tout instant dans le cabinet du prince. Ce tendre gouverneur, sensible à ses chagrins, les partagea long-tems sans entreprendre d'en diminuer la force; ce fut par ce détour adroit qu'il trouva les moyens d'employer les conseils que lui dicta la raison : mais s'appercevant que rien n'adoucissoit ses maux, il prit le parti de ranimer sa vengeance contre le meurtrier de son père & le destructeur de toute sa famille.

George sortant alors comme d'une espèce de léthargie, parut frappé des discours d'Erasme; la gloire avoit toujours régné dans son cœur; ce sentiment joint à celui de la vengeance, loin de s'affoiblir par le tems, n'avoit fait que se fortifier; c'est pourquoi, la haine & la vengeance se joignant à l'ambition, il pressa Erasme de fondre la plus grande partie de ses effets en argent, & d'employer toutes les ressources imaginables pour équiper une flotte qui pût lui procurer les moyens de rentrer dans son royaume , afin d'y faire un dernier effort pour remonter sur le trône de ses ancêtres.

Erasme employa tout ce que lui suggéra sa prudence ordinaire pour exécuter les ordres du prince, & le mettre en état de s'embarquer incessamment. Le lord Céton, oncle de Monime , fut prié de se charger de cette jeune princesse; George voulut bien la lui confier comme le gage le plus précieux de son amitié. Céton la remit entre les mains de Milady son épouse , lorsqu'il fut lui-même forcé d'abandonner sa patrie pour fuir les cruautés de Cromwel ; il la pria , conformément aux ordres du prince , de ne point lui déclarer le secret de sa naissance jusqu'à ce que le prince fût entièrement rétabli sur le trône de ses pères.

George , tranquille sur le sort de sa fille , s'embarqua pour la Georgie. Arrivé dans cette partie de la basse-Arménie , il ne voulut jamais s'écarter des sages conseils d'Erasme qui , par sa prudence & les correspondances qu'il avoit entretenues dans différentes provinces , parvint enfin par leurs intrigues à faire soulever la plus grande partie de la nation, en faisant publier l'arrivée du prince George , seul & unique héritier de la famille de Thaymuras, leur légitime souverain , & le seul à qui ils devoient obéir.

Cette nouvelle fit renaître dans le cœur de tous

ces peuples l'ancien amour qu'ils avoient toujours conservé pour cette famiile. Plusieurs vinrent se ranger sous les étendards du prince, le proclamèrent roi & marchèrent à sa suite: mais le Sultan à qui le traître Abas s'étoit soumis, apprenant que le prince s'avançoit à grandes journées, qu'il s'étoit déjà emparé de plusieurs places importantes, envoya une puissante armée au secours d'Abas. Celle du prince qui s'étoit considérablement augmentée se trouva bientôt à portée de l'ennemi, & l'on donna le signal de la bataille.

Cette bataille fut dès plus sanglantes, les Géorgiens, animés par la présence de leur prince, combattirent avec cette intrépidité qu'inspire la confiance dans le général & l'amour qu'ils avoient pour leur prince. George, animé aussi par plus d'un motif, y fit admirer sa valeur: mais son courage l'ayant emporté trop avant dans la mêlée, il se trouva entouré d'ennemis qui se disputoient la gloire de le prendre. Ce malheureux prince, s'appercevant du danger où sa valeur l'avoit emporté, se donna la mort pour éviter l'esclavage.

Les Géorgiens, accablés par ce coup de désespoir, perdirent entièrement courage, se sauvèrent en désordre, abandonnèrent leur champ de bataille, leurs équipages & toutes leurs munitions aux Turcs qui firent un butin considérable.

Peu de tems après, ces peuples se soumirent de nouveau au tyran, malgré les conseils d'Erasme qui, après avoir rendu à son prince les derniers devoirs, les avoit rejoints pour les assurer qu'il restoit encore un enfant du prince George qui devoit légitimement les gouverner un jour : mais ces peuples, naturellement timides, refusèrent de se fier à sa parole, & Erasme fut obligé de fuir lui-même pour éviter une mort cruelle que le tyran n'eût pas manqué de lui faire donner. Attentif sur les intérêts de Monime, je viens d'apprendre la mort du tyran, qui a été massacré dans une nouvelle révolte fomentée par la jalousie des grands du royaume. Hâtons-nous, mes chers enfans, de nous embarquer & d'aller montrer à ces peuples le seul rejeton d'une famille qu'ils ont toujours aimée.

CHAPITRE X.

MONIME reconnue pour héritière du royaume de Géorgie.

RIEN ne pouvant plus nous arrêter dans le château des génies, nous en partîmes pour gagner le port le plus prochain. Un vaisseau nous attendoit : nous nous embarquons , un vent favorable nous promet une heureuse navigation , les mate-lots pouffent des cris de joie , on lève l'ancre , on part ; les zéphirs enflent les voiles , le vaiffeau vole fur l'onde amère , fon fein agile fend les flots écumans & laiffe derrière lui de longs fillons ; tout répond à notre impatience : l'efpérance & le defir de vaincre nous occupe : on arrive enfin, après quelques mois d'une navigation des plus heureu-fes , dans un port de la Mingrelie.

Lorfque nous fûmes débarqués , nous apprîmes que tout le royaume étoit divifé par les factions des grands qui formoient différens partis ; les uns. attachés à la famille du tyran qui n'avoit point laiffé d'enfant , vouloient reconnoître pour leur roi fon plus proche héritier ; d'autres vouloient changer entièrement la forme du gouvernement pour en compofer une efpèce de république ; & d'autres enfin , qui étoient la plus grande partie , propofoient de fe mettre totalement fous la domi-nation du Sultan, en lui demandant un gouverneur.

Zachiel , inftruit de tous ces troubles , les jugea très-favorables à fes vues ; il commença par faire diftribuer la nouvelle du débarquement de la princeffe Thaymuras , fille unique du prince George , & feule héritière de cette maifon , & par conféquent leur légitime fouveraine , & la

Z iij

seule à qui ils devoient leurs hommages & leur obéiffance.

Cette nouvelle fit un effet furprenant fur l'efprit de ces peuples. Leur tendreffe & leur attachement pour la maifon de Thaymuras parut reprendre de nouvelles forces. Le génie, profitant adroitement de leur bonne difpofition, fit agir fi heureufement fon pouvoir, qu'il ramena tous les efprits à l'uniffon; femblable à un de ces torrens populaires où les plus indifférens & ceux dont on craint le plus d'oppofition font entraînés par la force du mouvement général, & donnent avec un zèle aveugle dans les fentimens du plus grand nombre; nous vîmes enfin la furie des grands défarmée, leur efprit partagé entre le défefpoir & l'efpérance, céder à des révolutions dont ils jugèrent que tous leurs efforts ne pourroient jamais retarder le fuccès.

Toute la nation fatiguée foupiroit depuis longtems pour le repos; d'ailleurs le tyran s'étoit livré à de fi violens excès, & ces excès avoient produit des fcènes fi fanglantes, que le fouvenir les en faifoit encore frémir d'horreur; ainfi le tumulte des paffions, affoibli par la réflexion, commença à faire place à l'efprit de fidélité, d'amour & d'obéiffance pour leur légitime fouveraine; chacun demanda à grands cris la princeffe, & l'on n'en-

tendit dans la ville capitale que le nom de Thaymuras qui fe répandit bientôt dans toutes les provinces du royaume.

Cependant les principaux de l'état n'étoient pas
fans crainte; la mort du roi, celle de toute fa
famille, l'exécution d'un grand nombre de feigneurs, l'emprifonnement de plufieurs perfonnes
diftinguées par leur mérite & par leurs talens, qui
toutes étoient péries malheureufement; tous ces
crimes multipliés fe repréfentèrent à leurs yeux,
& la crainte qu'on n'en pourfuivît la punition &
qu'on n'en confervât le plus implacable reffenti-
ment, les engagea d'implorer la pitié de leur
reine, qui, par le confeil du génie, voulut bien
accorder à tous fes fujets une amniftie générale.

Cette déclaration publiée les tira d'abord de
la cruelle incertitude qui les tenoit depuis long-
tems entre la crainte & l'efpérance, & leurs
agitations fe changèrent heureufement en une
joie fans mélange, qu'ils firent éclater en commun par des tranfports que les profpérités parti-
culières, quelque parfaites qu'elles puiffent être,
n'infpirent jamais au même degré. L'effet de la
déclaration que la reine venoit de donner, étoit
bien propre à foutenir une fatisfaction publique;
elle ne pouvoit rien offrir de plus conforme à
leurs efpérances qu'une amniftie générale, fans

Z iv

aucune exception, pour ceux qui se rendroient dans l'espace de huit jours à l'obéissance qu'ils devoient à leur légitime souveraine. La vue prochaine du rétablissement de l'ordre réunit tous les sentimens des différens ordres du royaume.

Le génie, après s'être assuré des dispositions des grands & du peuple, rassembla toutes les troupes auxquelles il présenta Thaymuras : voici votre reine, leur dit-il ; nul n'est plus digne de régner sur vous. Les malheurs de sa famille doivent vous être encore récens, ils doivent aussi vous la rendre plus chère ; rappelez-vous la douceur du gouvernement que ses ancêtres ont exercé sur vous, la paix, le repos & cette tranquillité dont jouissoient vos pères ; comparez leurs vertus & cette bonté paternelle qu'ils n'ont jamais cessé d'employer pour vous rendre heureux ; faites-en, dis-je, le parallèle avec les cruautés & les vexations du cruel Abas, qui n'a établi l'empire qu'il a usurpé que par le sang & le carnage. Sans foi, sans principe & sans honneur, le ciel vous l'a donné dans sa colère, pour vous punir de vos injustices & de votre ingratitude ; ce même ciel, touché de vos maux, veut bien vous en délivrer & vous donner en même-tems les moyens d'expier vos fautes, en vous soumettant à l'obéissance de votre souveraine : vous pouvez à présent signaler

votre zèle en travaillant vous-mêmes à l'affermir
fur fon trône ; mais vous ne pourrez y parvenir
qu'en fecouant le joug infame de la domination
du Sultan auquel la foibleffe du tyran vous a livrés.
Cette gloire vous eft réfervée ; ne vous alarmez
point des dangers , plufieurs braves guerriers fe
joindront à vous : mais avant de commencer des
exploits qui doivent vous combler de gloire , il
faut aller dans le temple rendre grace à la divinité,
& couronner en même-tems la princeffe.

Le génie parla encore long-tems avec cette
éloquence qui plaît , cette onction qui touche,
cette véhémence qui entraîne & cette force qui
fubjugue. Tous les officiers qui l'entouroient
parurent éblouis du feu divin qui éclatoit dans
fes yeux , fes difcours leur parurent au-deffus de
tout ce qu'on peut entendre du plus grand d'entre
les mortels ; le charme de fes paroles enleva tous
les cœurs : officiers & foldats , tous en furent
pénétrés. Alors un murmure d'applaudiffement fe
fit entendre , l'air retentit au loin du bruit des
tambours, des tymbales & du fon éclatant des
trompettes ; chacun fe difputa l'honneur de rendre fes premiers hommages à la reine; les foldats,
pour marquer leur alégreffe , répétèrent par des
cris redoublés : vive la princeffe Thayniuras, que
fon nom règne à jamais fur nous , que fa puiffance
& fa gloire s'étendent fur toute la terre.

Zachiel, profitant de cette ardeur, nous conduifit au temple, après avoir fait avertir tous les
grands de s'y rendre ; les peuples répandus dans
les chemins pouffoient mille cris de joie, & lorfque nous entrâmes dans le fanctuaire une décharge
d'artillerie fit entendre un bruit femblable à celui
du tonnerre. Un dais étoit préparé pour y placer
la reine qui, après qu'elle fut couronnée, reçut
avec beaucoup de majefté le ferment de fidélité d'un
grand nombre de fes fujets. On la reconduifit au
fon de mille inftrumens de guerre dans le palais
de fes pères. Quoique cette princeffe fût un peu
fatiguée d'une journée auffi pénible, elle parla
néanmoins à toutes les perfonnes qui l'entouroient
avec cette bonté & cette affabilité qui affujettit
tous les cœurs.

Le lendemain je fus des premiers faire ma cour
à la reine; plufieurs dames l'entouroient, & quoique la Georgie ait toujours produit les plus belles
femmes du monde, la reine, dans un négligé
fimple & fans ornement, les effaçoit toutes par
l'éclat de fa beauté. Surpris de voir, en entrant
dans fon appartement, les mêmes meubles qui
ornoient celui qu'elle occupoit dans le monde de
Jupiter, je crus d'abord que le génie nous y avoit
tranfportés pendant notre fommeil: la reine fe
doutant de mon erreur, me dit en fouriant: vous
voyez, mon coufin, tous les foins détaillés que

prend Zachiel ; ne diroit-on pas que je fuis encore dans l'empire des Joviniens, puifque je retrouve ici les immenfes richeffes dont j'étois comblée, & je puis à préfent furpaffer toutes les puiffances de la terre en magnificence : mais ces biens ne me doivent être précieux que pour les répandre fur mes fujets.

Zachiel qui entra, applaudit à des fentimens fi généreux : vous ne devez pas craindre, dit le génie, dépuifer vos tréfors ; le bien le plus précieux, & celui dont vous devez faire le plus de cas, eft de régner fur le cœur de vos fujets ; voilà ce qui doit faire votre grandeur, vos forces & la gloire de votre règne. Je profite du peu de tems qui me refte à paffer avec vous pour vous donner mes dernières inftructions fur la manière de bien régner. Je ne doute nullement que vous n'employiez les lumières de votre efprit & tous les foins que la raifon & le jugement pourront vous dicter, afin de vous perfectionner. Les voyages que je vous ai fait entreprendre ont dû éclairer votre efprit ; & j'ai remarqué avec plaifir qu'attentive à examiner les différentes paffions que l'amour propre & la fauffe gloire font jouer tous les jours fur le théâtre du monde, vous en avez connu les refforts différens qu'on y emploie ; vous avez remarqué les bonnes & les mauvaifes qualités, pour profiter des exemples de vertu qui s'y rencontrent & éviter les fauſſes démarches.

Vous n'ignorez pas, mes chers enfans, pourſuivit le génie, que je ne vous ai fait entreprendre de ſi longs voyages que pour vous mettre en état de diſtinguer avec jugement & ſolidité le bon d'avec le mauvais, le vrai d'avec le faux, afin que vous puiſſiez diſcerner le meilleur parti, pour vous y attacher inviolablement. Appliquez-vous l'un & l'autre à connoître les courtiſans qui vous environnent ; étudiez le caractère de vos miniſtres, tâchez de démêler leurs intérêts, corrigez, s'il ſe peut, leurs erreurs, leurs paſ-ſions ; éloignez des charges ceux qui ne mettent pas la douceur & l'humanité au rang des vertus eſſentielles ; que la faveur ni les recommanda-tions ne ſuffiſent pas pour vous déterminer dans le choix de ceux que vous voudrez mettre à la tête des affaires, ou placer dans les tribunaux de la juſtice. Avant de les rendre dépoſitaires de votre autorité, examinez-les vous-mêmes, afin de vous aſſurer de l'uſage qu'ils en feront. Soyez ſans ceſſe en garde contre les flatteurs & ceux qui attendent de vous quelques récompenſes ; ces gens, uniquement occupés de leur fortune ou de l'établiſſement de leur maiſon, ſe garde-ront bien de vous découvrir la vérité. Songez que le nombre des gens de bien est très-petit : il s'agit de pouvoir les distinguer. Vous avez encore à vous défendre des ambitieux, qui sacrifient tout à leur élévation & à leur puissance ; & des courtisans lâches & flatteurs qui ne se font aucun scrupule de trahir leur religion & leur patrie.

Les malheurs arrivés à votre famille, continua Zachiel, doivent sans cesse vous tenir en garde contr'eux. Alexandre souhaitoit de ressusciter pour un tems après sa mort, afin d'apprendre ce qu'on penseroit de lui: je ne suis point étonné, disoit ce prince à ses favoris, qu'on me loue maintenant, les uns me craignent & les autres veulent gagner mes bonnes graces. Si les souverains qui se trouvent toujours flattés lorsqu'on les compare à ce conquérant, pensoient aussi raisonnablement, ils ne se mettroient point en peine de se faire élever des arcs de triomphe ni des statues qui flattent leur vanité ; contents de bien gouverner leurs sujets & d'employer toutes choses pour les rendre heureux, ils leur laisseroient sans crainte le soin d'immortaliser le nom de leurs bienfaiteurs.

A quoi servent ces monumens que la vanité ou l'adulation de quelques ames intéressées leur ont fait dresser ? Ignorent-ils qu'un historien libre qui

n'accorde rien à la crainte ni à l'espérance, à l'a-
mitié ni à la haine, qui n'est d'aucun parti, qui
donne aux actions le prix qu'elles méritent, sans
se soucier de plaire ni d'offenser; que cet historien
fera voir sans doute d'un seul trait de plume le
ridicule de leur orgueil & la bassesse de leurs adulateurs. Pour vous, mes chers enfans, vous avez
acquis dans vos voyages un fonds d'expériences &
de lumières qui, lorsqu'elles seront guidées par
la raison, pourront sans doute contribuer à vous
garantir de tous les pieges que l'on s'apprête à
vous tendre.

Mais comme vous n'avez pas besoin actuellement des secours de vos ministres pour l'administration de vos états, je vous conseille de ne
vous confier déformais qu'à vos propres lumières
& à celles d'une personne que je vous ferai connoître avant la fin du jour. Je vous engage à vous
consulter tous trois lorsqu'il s'agira de quelque
affaire importante ; pesez sans précipitation les
raisons du pour & du contre, & quand vous serez
absolument déterminés sur un parti, suivez-le
avec sagesse, avec prudence & sur-tout avec dis-
crétion. Ne confiez à personne le secret de votre
état ; le seul moyen de faire réussir vos entreprises, est de ne jamais vous laisser deviner. Je ne
prétends pas par ces discours vous insinuer de

rejeter les avis de votre conseil, il s'en peut rencontrer qui pourroient vous être utiles. Ne dédaignez point sur-tout ceux des officiers qui ont vieilli sous le poids des armes. Ils pourront souvent vous donner des ouvertures auxquelles vos ministres ne penseroient peut-être jamais. N'oubliez pas que la manière de bien régner est que la volonté du prince soit toujours conforme aux loix ; ne souffrez jamais qu'on les enfreigne de quelque façon que ce soit. Ne chargez jamais vos peuples d'impôts trop onéreux, c'est le moyen de vous attirer leurs bénédictions & les faveurs du ciel. Ne favorisez jamais que des gens éminens dans les sciences ; écoutez toujours leurs avis, afin d'apprendre à gouverner dignement. Ayez toujours pour principale maxime, que l'autorité du roi cesse d'être légitime dès qu'il néglige de rendre la justice à ses sujets. La vertu, depuis long tems engourdie, va se ranimer à l'aspect d'une princesse vertueuse; sa presence peut se comparer à celle du soleil, lorsque sa lumière perce & dissipe les nuages ténébreux qui couvrent la terre, & qu'il ranime & vivifie tout ce qui est dans la nature.

Comme il est absolument impossible que vous puissiez entrer dans tous les détails qui concernent le gouvernement de vos états, vous devez vous

appliquer à choifir vous-mêmes ceux que vous
chargerez du détail des affaires, afin de pouvoir
démêler les différens emplois où chacun d'eux
peut être propre. Savoir choifir fes miniftres &
fes officiers, & les placer avec difcernement dans
les poftes qui leur conviennent, les corriger lorfqu'ils s'écartent de leur devoir, les modérer &
leur infpirer une bonne conduite par votre exemple; c'eft-là le vrai talent de bien régner. Je vous
ai dit fouvent que pour former de grands deffeins
il faut avoir l'efprit libre & entièrement dégagé
d'occupations puériles, afin de pouvoir penfer
mûrement, & d'étendre fes vues fur un avenir
éloigné, d'inventer, de prévoir & de lire dans le
paffé ; on doit arranger promptement fes projets,
fe préparer de loin & fe tenir fans ceffe en état
de lutter contre la fortune lorfqu'elle nous devient
contraire, & être attentif nuit & jour pour ne
rien laiffer au hafard.

Le ciel vous confie le gouvernement de ce
peuple comme un précieux dépôt : mais il veut
que par votre fageffe & votre modération vous
vous occupiez fans ceffe à faire fa félicité. Toutes les grandeurs & les richeffes qui vous environnent ne doivent fervir qu'à lui imprimer du
refpeĉt & de l'amour pour fa fouveraine. La
grandeur d'un royaume doit confifter principalement

lement dans la multitude des sujets qui fait ordinairement sa force, sur-tout lorsqu'ils sont attachés à leur prince par l'amour & les sentimens du
cœur. Vous devez les entretenir dans l'exercice
militaire pour ne point laisser énerver leur courage; vous devez encore maintenir la paix,
l'union & la liberté de tous les citoyens, entretenir l'abondance des choses nécessaires & marquer du mépris pour le superflu; les accoutumer
au travail & leur insinuer de l'horreur pour l'oi-
siveté, de l'émulation pour la vertu, de la sou-
mission aux loix & du respect pour la divinité;
il faut encore bannir le luxe de vos états, qui ne
sert souvent qu'à appauvrir le citoyen & à la
ruine des grands; par cette conduite vous dimi-
nuerez les besoins, en les réduisant aux simples
nécessités de la vie. Le luxe, poussé jusqu'à un
certain point, corrompt presque toujours les
mœurs; souvent il empoisonne toute une nation
par des rafinemens de volupté: on s'accoutume
à regarder comme des nécessités les choses les
plus superflues.

Soyez toujours affables & montrez-vous souvent l'un & l'autre à vos peuples; que vos vertus
& vos bonnes actions soient les ornemens de vos
parures, qu'elles soient la garde qui vous environne, afin que vos sujets apprennent de vous en

Tome II. A a

quoi confifte le vrai bonheur. Souvenez-vous que tous les biens que vous ferez s'étendront jufques fur les fiècles les plus éloignés , & que les maux peuvent fe multiplier jufqu'à la poftérité la plus reculée. Sur-tout ne vous écartez jamais de la crainte, du refpect & de l'amour que vous devez à la divinité ; ce n'eft que par elle que vous pofféderez tous les tréfors , c'eft elle qui produit la fageffe , la juftice , la joie & les plaifirs purs; elle produit encore la vraie liberté , la douce abondance & une gloire fans tache.

C'eft là , mes chers enfans , ajouta le génie , un foible tableau des devoirs que votre état vous impofe : mais il eft tems de vous faire connoître la perfonne que je deftine à vous aider dans l'adminiftration des affaires qui concernent vos états ; il eft même de la décence que cette perfonne affifte à la célébration de votre mariage. On vous attend au confeil, allez-y avec Céton, & n'oubliez jamais l'un & l'autre les principes que je viens de vous donner. Le génie fortit à l'inftant fans vouloir écouter les tendres expreffions de notre reconnoiffance.

CHAPITRE XI.

MARIAGE de Monime.

J'ACCOMPAGNAI la reine dans la chambre du conseil ; les grands & les ministres s'y étoient rassemblés ; son port majestueux, sa beauté, ses graces & les charmes de son esprit, lui gagnèrent bientôt tous les cœurs ; elle écouta avec attention les instructions que lui donnèrent ses ministres sur l'état présent du royaume ; elle donna ensuite ses ordres avec beaucoup de sagesse & de prudence. Alors les grands l'invitèrent, au nom de tout l'état, à vouloir bien leur accorder la grace de se choisir un époux qui pût contribuer à assurer & à perpétuer leur bonheur. La reine se leva, en leur promettant que dans peu elle leur feroit savoir sa volonté. Je remarquai que toute l'assemblée parut fort inquiète de ces dernières paroles, chacun d'eux aspirant sans doute à l'honneur de partager la couronne.

Rentré avec la reine dans son cabinet, nous y trouvâmes le génie avec un vieillard que j'abordai avec beaucoup d'émotion ; la reine, les yeux fixés sur lui, attendoit, pour lui parler, que Zachiel

A a ij

nous le fît connoître, lorſque nous prenant l'un
& l'autre par la main : voici vos enfans, lui dit-
il, qui avoient été confiés par vos ordres aux ſoins
du Kaker : mais, pour les ſauver de la tyrannie
qu'on vouloit encore exercer ſur eux, je les ai
ſouſtraits aux nouveaux dangers qui menaçoient
leurs têtes. Que vois-je, m'écriai-je, en me pré-
cipitant dans les bras de mon père! Ah! Zachiel,
je tiens de vous tout mon bonheur, il ne manque plus rien à ma félicité. Mon père me tint
long-tems dans ſes bras ; ſa tendreſſe ſe manifeſta
d'abord par des larmes. Revenu à lui, il ſe mit
en devoir de rendre ſes premiers hommages à la
reine, qui l'embraſſa avec beaucoup de tendreſſe.
Je ne ceſſerai jamais, dit cette princeſſe, de vous
regarder comme mon père, vous m'en avez long-
tems tenu lieu, & les ſervices que vous avez
rendus au roi George ſeront éternellement gravés
dans mon cœur.

Les premiers momens que nous paſſâmes avec
mon père ne furent d'abord employés qu'à lui
marquer la joie que nous avions de le revoir ;
cependant je lui trouvai l'air ſi abattu, que je
ne pus m'empêcher de lui marquer l'inquiétude
où j'étois ſur ſa ſanté. La reine qui les partageoit,
lui fit pluſieurs queſtions ſur ſes diſgraces : ſi je ne
craignois, ajouta cette princeſſe, de renouveler

vos peines, je vous prierois de nous apprendre les aventures qui vous ont conduit dans ce royaume. Elles font simples, dit mon père, & je puis satisfaire votre curiosité en peu de mots.

Après avoir quitté l'Angleterre, j'ai erré pendant long-tems dans différentes parties du monde, toujours obligé de me déguiser sous des noms empruntés : banni de ma patrie & n'osant y reparoître, j'ai employé tous les moyens imaginables pour retrouver une épouse qui, joint à la tendresse que j'ai toujours conservée pour elle, m'étoit devenue encore plus chère par le précieux dépôt que je lui avois confié : mais toutes les perquisitions que j'ai pu faire ont été vaines. Désespéré de ne pouvoir découvrir aucune de ses traces, ne doutant point qu'on ne m'eût poursuivi jusques dans ma famille, je pensai qu'elle pouvoit s'être embarquée pour vous soustraire à de nouvelles vexations : dans cette idée je me rembarquai, dans le dessein de parcourir différentes parties de l'Asie. J'ai long-tems été le jouet de la fortune ; après avoir essuyé plusieurs tempêtes, le hazard m'a enfin conduit dans ce royaume, où je ne fus pas long-tems sans apprendre la mort funeste du prince George. Je ne vous parlerai point de la douleur que je ressentis à cette nouvelle,

A a iij

il fuffira de vous dire que j'y ai vécu dans l'obfcurité d'une vie privée ; une maifon ifolée formoit
tout mon domaine.

C'eft-là où j'ai commencé à réfléchir avec un
peu plus de tranquillité fur les objets qui m'envi-
ronnoient autrefois ; j'ai trouvé que la raifon humaine, en examinant à loifir les détails & les viciffi-
tudes de la vie, jointes à la nature des fecours qu'elle
peut emprunter du monde pour la rendre heureufe,
eft incapable de fe procurer une félicité réelle,
indépendante des coups du fort, & entièrement
convenable à nos defirs les plus naturels, & au
but pour lequel nous fommes créés ; & je compris alors qu'un bon air à refpirer & les alimens
les plus fimples étoient fuffifans pour foutenir
notre vie, & qu'il ne falloit que des habits propres à nous défendre des injures de l'air, avec la
liberté de prendre autant d'exercice qu'il en faut
pour conferver la fanté.

J'avoue que les grandeurs, l'autorité & les
richeffes peuvent nous procurer des plaifirs &
beaucoup d'agrémens ; mais, d'un autre côté, ces
plaifirs influent terriblement fur nos paffions, &
femblent pour ainfi dire fertilifer notre ambition
& notre orgueil, notre fenfualité ou notre avarice ; & ces difpofitions de notre cœur, crimi-
nelles en elles-mêmes, contiennent les femences

de tous nos autres vices, & n'ont pas la moindre
relation avec les talens qui forment une personne
sage, ni avec les vertus qui constituent le caractère
de l'honnête homme.

Privé depuis long-tems de ce bonheur extérieur
& éloigné de ce fonds brillant, je suis pleinement
convaincu que la vertu seule à le droit de nous
rendre véritablement heureux : c'est ainsi que ma
vie s'est passée depuis quelques années dans le
mépris des honneurs & du faste qui les environne,
fuyant la compagnie des hommes & n'attendant
que la mort que je croyois proche, pour mettre
fin à tous mes ennuis.

J'étois dans ces dispositions lorsque Zachiel
s'est présenté à moi, j'ai combattu quelque-tems
ses raisons : mais qui peut résister aux insinuations
d'un génie du premier ordre ? Vaincu par l'éloquence de son zèle, je n'ai pu me défendre de
l'accompagner ; c'est par lui que j'ai appris la
mort de Milady & les soins qu'il s'est donnés
pour perfectionner votre éducation, ceux qu'il a
pris pour vous faire remonter sur le trône de vos
ancêtres, & enfin la gloire où vous prétendez élever
mon fils ; tous ces motifs réunis à l'attachement
&, j'ose ajouter, à la tendresse que j'ai toujours conservée pour vous, m'ont enfin déterminé à abandonner ma retraite ; je dis plus : ils ont réveillé

en moi cet amour qui nous eft fi naturel pour la vie , & je n'ai pu m'empêcher de gémir de ma foibleffe & du peu de tems qui me refte à employer à votre fervice : mais Zachiel qui ne met fa gloire qu'à faire des heureux , a bien voulu me faire prendre d'un élixir dont la force qui fe communique infenfiblement à toutes les parties de mon corps , le ranime en même-tems qu'il le pénètre , & je fens actuellement par votre préfence que tout mon être fe renouvelle : heureux fi les connoiffances que l'âge , l'expérience & mes malheurs m'ont fait acquérir , peuvent au moins contribuer à vous donner des lumières qui puiffent vous être utiles dans l'adminiftration des affaires qui concernent vos états , & vous prouver en même-tems mon zèle & mon attachement à votre perfonne !

Zachiel , continua mon père , m'a auffi informé du rang fuprême que vous deftinez à mon fils ; je me perfuade facilement qu'il lui a procuré affez de lumières pour le mettre en état de vous décharger du foin de mille affaires de détail qui concernent le gouvernement. Quoique le génie vous aït fans doute portée lui-même à cette alliance, c'eft néanmoins au choix de votre cœur, guidé par la raifon, à vous conduire dans une affaire de cette importance; n'écoutez aucun autre motif, & que l'intelligence des ames foit votre guide.

La reine, après avoir remercié mon père, ajouta: soyez persuadé, milord, que Zachiel par ses conseils n'a fait que confirmer le choix que mon cœur, d'accord avec ma raison, avoit formé depuis long-tems; l'alliance qui est déjà entre nous, jointe aux soins que vous avez pris de mon père & de ceux que vous avez eus de moi pendant mon enfance, mérite au moins cette reconnoissance de ma part; d'ailleurs les loix de ce royaume me permettant de me choisir un époux, quel choix pourrois-je faire qui fût plus digne de remplir mes desirs, & qui fût plus selon mon cœur? Je ne vous cacherai point que j'ai éprouvé Céton dans plusieurs occasions, & je puis vous assurer que sa vertu & sa probité ne se sont jamais démenties; ainsi, poursuivit la reine, le génie met le comble à toutes les faveurs que nous avons reçues de lui, en rendant à milord un père, à moi un oncle & un ami qui va faire désormais les délices de notre vie; c'est par-là qu'il prétend réparer le vide que nous aurions trouvé dans son éloignement; vide d'autant plus grand, qu'accoutumés à nous laisser conduire par ses soins, il nous eût été beaucoup plus difficile de marcher seuls; vous allez donc être à présent notre guide & notre soutien.

Quelques jours, après l'arrivée de mon père,

la reine, preffée par fon confeil de fe choifir un époux, déclara en pleine affemblée, que voulant fatisfaire pleinement les defirs de tous fes fujets, fans déroger aux loix établies dans fes états, elle avoit fait choix d'un de fes parens, digne, par fa vertu & les grands talens dont le ciel l'avoit doué, d'occuper la place qu'elle lui deftinoit. Le plus grand nombre applaudit au difcours de la reine : mais lorfqu'elle m'eut nommé, j'en vis plufieurs, qui fans doute s'étoient flattés d'obtenir fa main, marquer leur mécontentement ; cela n'empêcha pas que la cérémonie de notre mariage ne fût fixée à la huitaine, pour en célébrer la fête avec plus de pompe & de magnificence.

Ces huit jours furent employés à régler, de concert avec le génie, toutes les affaires qui concernent l'adminiftration du royaume. Zachiel fit lui-même le choix des perfonnes qui devoient remplir les premiers poftes, & nous eûmes tout lieu d'en être contens par la fuite, chacun fe trouvant placé fuivant fes talens particuliers, ce qui eft effentiel à la conduite d'un état : mais ce qui l'eft encore plus, 'c'eft de ne fe fervir que de gens dont les vertus, la tempérance & l'humanité font reconnues.

Le jour de notre mariage arrivé, les troupes furent commandées, toutes étoient habillées de neuf, elles formèrent un double rang depuis le palais jusqu'au temple. La marche commença par la maison de la reine, ensuite suivirent les premiers officiers de la couronne, & les grands du royaume précédoient un char magnifique : dans le fond étoit le génie à la droite de la reine, & mon père à sa gauche ; j'étois sur le devant à côté du ministre qui portoit le livre de la loi ; les plus grandes dames de la cour entouroient le char, & les femmes de la reine suivoient ; toutes étoient montées sur des chevaux richement ornés ; cette marche étoit fermée par un grand nombre de troupes. Ce fut dans cet ordre que nous fûmes conduits au temple au son de mille instrumens de guerre, dont l'air retentissoit de toutes parts.

Je n'entreprendrai point de décrire les cérémonies qu'on y observa, il suffit de dire qu'elles furent très-longues & très-mystérieuses : lorsqu'elles furent achevées, nous revînmes dans le même ordre au palais, & nous eûmes encore la satisfaction d'entendre tout le peuple qui, par des cris de joie redoublés, prioit le ciel de nous combler de ses bénédictions.

CHAPITRE XII.

GUERRE *contre les Turcs.*

MALGRÉ les fêtes que chacun s'empreſſoit de
nous donner chaque jour, nous ne pûmes vaincre
une ſombre mélancolie qui s'empara de nos cœurs,
triſte preſſentiment des peines que nous avions
encore à ſouffrir. Rien en apparence ne manquoit
à notre commune félicité, lorſque le génie nous
annonça qu'il étoit obligé d'obéir à des ordres
ſupérieurs qui le rappeloient dans un autre monde ;
cependant, ajouta-t-il, je ne veux point vous
abandonner que je ne vous aie entièrement affer-
mis ſur votre trône ; je vous avertis que votre
royaume eſt encore menacé des plus grands périls ;
le Sultan, à qui vous avez refuſé de vous rendre
tributaires, s'avance à la tête d'une armée formi-
dable, hâtez-vous de raſſembler toutes vos troupes,
joignez-y celles de vos alliés, la juſtice eſt de
votre côté ; implorez la divinité, elle ſeule peut
vous aſſurer la victoire ; c'eſt elle qui, la balance
en main, règle le ſort des combats. Souvenez-
vous que vous ne pouvez rien faire ſans la ſageſſe,
la juſtice & la prudence ; ce ſont ces vertus qui

doivent être vos guides dans toutes les actions de votre vie, & qu'avec ces seuls guides vous ne devez jamais rien craindre.

Mon père qui entra nous confirma cette triste nouvelle : vous n'avez point de tems à perdre, l'armée du Sultan s'avance à grandes journées, je viens d'en recevoir la nouvelle par un courier extraordinaire, & je me suis pressé de donner des ordres à vos officiers, de rassembler vos troupes ; je me flatte qu'avant huit jours mon fils pourra être en état de marcher à leur tête. Quoique je sois convaincue, dit la reine, du courage de Céton, je ne suis cependant pas sans crainte, si Zachiel ne nous assiste de ses conseils ; tremblante pour les jours de mon époux, effrayée des dangers où mes peuples vont être exposés, je prétends du moins les partager avec eux, & vous charger de la régence du royaume pendant mon absence.

J'entrepris en vain de faire changer de résolution à la reine ; effrayé des dangers où elle alloit être exposée, je priai Zachiel de se joindre à moi: j'ignorois les secours qu'il nous préparoit & les services qu'il avoit dessein de nous rendre, c'est pourquoi je fus très-surpris lorsqu'il me dit que, loin de s'opposer au dessein de la reine, il ne pouvoit qu'approuver la résolution qu'elle avoit formée de se mettre elle-même à la tête de ses troupes; qu'il étoit juste qu'elle partageât avec son époux les périls d'une guerre qui devoit nous combler l'un & l'autre de la plus grande gloire; que ses soldats, animés par son exemple, alloient devenir invincibles; & que tous ses sujets, frappés d'une résolution aussi courageuse, publieroient par-tout ses qualités héroïques & vraiment royales.

Au moment de notre départ nous trouvâmes des armes que Zachiel nous avoit fait préparer par des gnomes dans la caverne fumante du mont Etna. Ces armes étoient polies comme des glaces, elles brilloient comme les rayons du soleil. L'on remarquoit aisément sur le bouclier de la reine les fertiles campagnes de Cerès; la déesse paroissoit rassembler plusieurs hommes épars cherchant leur nourriture, & montrer à ces hommes l'art de cultiver la terre & de tirer de son sein fécond tout ce qui leur étoit nécessaire. On appercevoit aussi les moissons dorées qui couvroient de fertiles campagnes, & le fer destiné à tant de travaux ne paroissoit employé qu'à préparer l'abondance & à faire renaître tous les plaisirs. Sur le mien étoient gravés les exploits de Mars; ces deux boucliers étoient l'emblème de toutes les faveurs que nous devions recevoir de la part du génie.

Guidés par Zachiel, nous nous trouvâmes, aux

premiers rayons du soleil, au haut d'une colline qui domine sur une plaine qui nous parut couverte de charriots, d'hommes & de chevaux. L'ennemi se disposoit à y former un camp ; tout étoit en mouvement, & l'on entendoit un bruit confus, semblable à celui des flots en courroux, lorsque Neptune excite au fond de ses abymes de noires tempêtes ; c'est ainsi que Mars commence par le bruit des armes & l'appareil frémissant de la guerre, à semer la rage dans le cœur de l'ennemi.

Alors le génie m'ordonna de faire ranger nos troupes en ordre de bataille, puis s'avançant au milieu pour les haranguer, je vis briller sur son front quelque chose de divin ; sa voix me parut avoir la force du tonnerre, ses regards en avoient l'éclat, & le feu qui les animoit passa dans le cœur des officiers, les embrasa d'une ardeur guerrière & y alluma en même tems la soif d'une vengeance légitime. Alors le courage, le zèle & la fureur les portent à l'attaque & les aveuglent sur tous les périls qui peuvent en défendre les approches. Déja l'on voit s'élever un nuage de poussière : l'horreur, le carnage & l'impitoyable mort sembloient s'avancer à grands pas, lorsque la reine, pénétrée d'épouvante & d'horreur, s'arrêtant tout à coup, s'écria, en élevant ses mains vers le ciel : grand dieu ! Protecteur de tous les humains, soyez

notre juge; c'eft à regret que nous fommes forcés
de combattre; nous voudrions pouvoir épargner
le fang des hommes, nous ne pouvons même hair
nos ennemis, quoiqu'ils foient cruels, perfides &
injuftes; décidez entre nous, nos vies font dans
vos mains; s'il faut délivrer la Géorgie de l'efclavage, ce ne peut être qu'en abattant nos ennemis,
& ce n'eft que par votre puiffance que nous efpé-
rons la victoire; la gloire, ô mon dieu! n'en fera
due qu'à vous feul. S'adreffant enfuite à fes troupes,
c'eft pour vous affurer un bonheur tranquille & une
félicité durable que je combats aujourd'hui pour
vous; fecondez donc mes deffeins, & par une
noble ardeur à me fuivre, fignalez votre courage.

Cette généreufe princeffe fit faire en même tems
une décharge de toute fon artillerie; entourée alors
de fes premiers officiers, elle pouffa fon cheval dans
les rangs les plus ferrés des ennemis, culbuta leur
avant-garde, perça jufqu'au centre de leur armée;
fes troupes, animées par fon exemple, la fuivirent
& firent un carnage affreux de tout ce qui fe rencontra fous leurs coups. Je commandois l'aîle droite
qui combattit auffi avec beaucoup de courage.

Mais la reine s'appercevant que fon aîle gauche
commençoit à plier, entendant les cris de l'ennemi
qui fe croyoit déjà vainqueur, quitta l'endroit où
elle

elle venoit de combattre avec tant de danger & de gloire, s'avançant pleine d'indignation pour rallier fes troupes; & quoiqu'elle fût couverte du fang d'une multitude d'ennemis qu'elle avoit étendus fur la poufière, elle combattit encore avec autant de force, rappela à grands cris fes foldats, ranima par fon exemple leurs forces & leur courage, fit renaître dans leurs cœurs cette audace guerrière, & glaça en même tems l'ennemi d'épouvante & de frayeur. L'on les vit paffer rapidement d'une aveugle confiance à la frayeur la plus ftupide; ils jettent leurs armes, s'abandonnent tumultueufement à la fuite pour chercher un afyle fur le haut des montagnes.

Il fembloit, après tant d'exploits fignalés, que la victoire n'avoit ceffé pendant le cours de cette bataille de couvrir la reine de fes aîles, & qu'elle tenoit une couronne fufpendue fur fa tête; un courage doux & paifible animoit fes beaux yeux, on l'auroit prife pour Minerve elle-même, tant elle paroiffoit fage & mefurée au milieu des plus grands périls : c'eft ainfi que fut détruite cette puiffante armée qui menaçoit depuis fi long-tems toute la Géorgie. C'eft ainfi qu'une puiffance injufte & trompeufe, quelque profpérité qu'elle fe propofe par fes violences, fe creufe elle-même un précipice fous fes pieds. La fraude & l'inhumanité sapent peu-à-peu les fondemens d'une autorité injuste, & la font tomber par son propre poids, parce qu'elle a elle-même détruit de ses mains ses vrais soutiens, la bonne foi & la justice.

Après que nous nous fûmes emparés du champ de bataille, la reine ordonna que tout le butin fût abandonné aux soldats qui firent un profit considérable. On ne s'amusa point à poursuivre l'ennemi dans des pays dévastés. Le Sultan humilié envoya son grand visir pour dresser des articles qui devoient tendre à une paix générale ; le génie les dressa lui-même, & lorsqu'ils furent signés de part & d'autre, nous licenciâmes nos troupes, & nous nous rendîmes à petites journées dans la ville capitale, où nous rentrâmes triomphans ; les temples retentirent des vœux & des prières du peuple, & les autels furent chargés d'offrandes qu'on présenta à la divinité, en actions de graces pour les faveurs qu'elle venoit de nous accorder.

Plusieurs jours se passèrent en réjouissances, pendant lesquels nous fûmes complimentés par les différens ordres de l'état, qui tous s'empressèrent à nous témoigner leur reconnoissance, & la part qu'ils prenoient à la joie commune : mon père marqua la sienne en particulier à la reine par les louanges les plus délicates, ce qui parut un peu l'embarrasser, & lui fit demander qu'on retranchât par la fuite, des discours qui lui seroient adreffés, tout ce qui sentiroit l'adulation & la flatterie. Ce n'eft pas, ajouta cette princeffe, que je ne fois fenfible aux louanges, fur-tout lorfqu'elles me font données par un auffi bon juge de la vertu : mais je crains de les aimer trop, & je ne dois pas oublier que fouvent elles nous corrompent, nous rendent vains & préfomptueux; je dois donc employer tout le tems de ma vie à les mériter : mais celles qui me feront les plus agréables & les meilleures que vous puiffiez me donner, feront toujours celles que vous publierez en mon abfence, fi je fuis affez heureufe pour en mériter.

Quelques jours après, inquiet de l'abfence du génie que nous n'avions point vu depuis notre retour de l'armée, je m'en plaignis amèrement. J'étois feul avec la reine : feroit-il poffible, lui dis-je, que Zachiel nous eût fi cruellement abandonnés, fans nous en avertir? Ne pourrons-nous donc jamais goûter de plaifirs fans qu'ils foient mêlés d'amertume? Je ne le puis croire, dit cette princeffe; & quoiqu'il nous ait déjà prévenus fur fon départ, il n'ignore pas que peu fermes dans l'art de régner, il nous doit encore des confeils; nous fommes l'un & l'autre fon ouvrage, c'eft de lui que nous tenons tous les talens qu'il doit néceffairement tâcher de perfectionner.

Il me reste bien peu de choses à y ajouter, dit
le génie, en paroissant tout-à-coup au milieu de
nous; je crois qu'il ne manque plus rien à votre félicité, & je viens pour la dernière fois vous annoncer mon départ. Vous me désespérez, dit la reine;
accoutumée à me laisser guider par vos soins, comment pourrai-je si-tôt m'en passer? A peine m'avez-
vous rétablie sur le trône, que vous voulez déjà
me laisser livrée à mes propres lumières. Ce n'est
pas que je doute des talens de milord, ni des connoissances que son père a acquises par une expérience consommée : mais j'espérois de votre amitié
& de votre zèle des soins encore plus détaillés.

Que pouvez-vous attendre de plus, dit Zachiel?
Mes soins vous sont actuellement inutiles, votre
timidité vous fait craindre des choses qui ne peuvent
arriver; d'ailleurs je ne puis rester plus long-tems
avec vous, des ordres supérieurs, & auxquels je
suis forcé d'obéir, me rappellent ailleurs. Accordez-moi du moins, dit la reine, les graces que je
vais vous demander : la première est de vouloir
bien être le protecteur de ce royaume, & de venir
à notre secours lorsqu'il nous arrivera quelque
évènement imprévu : la seconde est de disposer le
cœur de mes sujets en faveur d'un époux que
vous même avez choisi, & que je brûle de voir
régner avec moi. Vous m'avez encore promis de
me donner une infinité de secrets qui peuvent nous

être par la fuite d'une grande utilité. Je ne puis rien vous refuſer, reprit Zachiel : je promets d'abord de vous avertir de tous les dangers qui pourroient menacer vos états; à l'égard des ſecrets que vous deſirez d'apprendre, je préſume que l'elixir univerſel eſt de tous celui qui peut vous être le plus utile : paſſons dans votre laboratoire, nous y trouverons tout ce qui eſt néceſſaire pour nos opérations.

Le génie fit pluſieurs expériences en notre préſence; il remplit, entr'autres, un grand vaſe d'élixir univerſel, & nous fit écrire enſuite le nom des plantes & des métaux qui en forment la compoſition. Zachiel, voulant alors profiter de tous les momens qui lui reſtoient pour nous donner ſes dernières inſtructions, nous parla ainſi :

Je vous laiſſe dans un royaume où la paix & la tranquillité vont régner de toutes parts; ſouvenez-vous, pendant cet heureux calme, de conſacrer une partie de vos jours à l'étude; tâchez de vous rendre ſavans dans tous les arts, en réfléchiſſant ſur l'utilité que vous en pourrez tirer. Occupez-vous à maintenir l'ordre, veillez ſans ceſſe ſur la diſcipline des troupes, qui, dans la paix, tend preſque toujours à s'énerver; que votre exemple ſerve à faire naître des généraux qui ſoient dignes de commander, & qui, loin de changer la guerre en un trafic honteux, prodiguent eux-mêmes leurs propres biens pour récompenfer la valeur des troupes. Ne négligez jamais rien de ce qui peut contribuer au bonheur de vos peuples. Appliquez vos foins à faire fleurir le commerce, à augmenter le nombre de leurs manufactures. Soyez fans ceffe attentifs à la population, c'eft un foin que vous ne devez jamais négliger, & qui fera toujours la force de vos états. Accordez des privilèges aux étrangers, lorfque vous les croirez capables d'encourager vos peuples & de les rendre plus induftrieux. Bien loin de fonger à les opprimer, écoutez toujours leurs plaintes, & ne manquez jamais d'y remédier dès que vous en ferez inftruits. Faites briller l'un & l'autre dans toutes vos actions & dans votre conduite ce caractère augufte & aimable d'un prince fage, jufte & débonnaire; fuivez en tout les fins que l'on doit fe propofer dans la monarchie, qui n'a été introduite que pour le repos & la profpérité des peuples.

La philofophie, la morale & l'hiftoire, pourfuivit Zachiel, peuvent encore répandre des fleurs fur vos pas. Vous êtes actuellement en état de choifir vos goûts & d'en décider; livrez-vous aux lettres dans vos quarts-d'heures de loifirs; continuez à femer dans votre efprit des connoiffances dont la moiffon fera la joie & l'agrément de votre vieilleffe. Le lord Céton eft un modèle qui doit fervir d'exemple à tous les hommes ; il a effuyé dans fa jeuneffe toutes les calamités que peut fupporter la nature humaine : mais il s'eft trouvé heureux d'avoir fu fe ménager des reffources qui lui ont fervi de confolations dans toutes fes traverfes, ce que ne trouve jamais un homme ennemi des beaux arts, qui n'a fouvent pour perfpective que la honte, l'ennui, la crainte de l'avenir, la douleur & le tombeau. Vous devez encore vous méfier de la vanité de certains favans qui mefurent la force de la nature fur la foibleffe humaine, & qui font regarder comme chimériques les qualités qu'ils ne fentent pas eux-mêmes ; de leur orgueilleufe raifon, fource affreufe de l'incrédulité, du renverfement des loix de la nature, & du défordre de la fociété ; qui profcrivent le fentiment, qui veulent tout affujettir aux loix du calcul, qui veulent tout approfondir, & qui, en cherchant les preuves de l'évidence, tombent eux-mêmes dans l'abyme qui leur dérobe la vérité & les écarte de la vraie route que doit tenir un favant, puifque le vrai but de la philofophie eft de régler nos mœurs, d'épurer nos goûts, d'élever notre ame & de la mettre en garde contre les illufions de l'amour-propre, en nous donnant des leçons de conftance, de fermeté, de tempérance & de modération dans les plaifirs, afin que nous fachions nous en priver pour les goûter avec plus de vivacité, parce que l'habitude de jouir des plaifirs en énerve l'attrait. N'oubliez donc jamais que la plus sûre méthode pour affurer le règne de la vertu, eft de prévenir les occafions du vice.

Ce furent-là les dernières leçons que nous reçûmes du génie, qui difparut à l'inftant, fans paroître écouter les tendres témoignages de notre reconnoiffance. Nous pafsâmes plufieurs jours à ne nous entretenir que des bienfaits que nous avions reçus de Zachiel, & des faveurs fingulières que ce génie bienfaifant n'avoit ceffé de répandre fur nous; & la reine, pour diffiper nos ennuis, m'engagea à écrire nos fingulières aventures: elle y travailla elle-même; & comme nous jouiffions alors d'un calme heureux, elles furent bientôt achevées.

J'ajouterai feulement que peu de tems après le départ du génie, la reine fit affembler fon confeil pour délibérer fur les fervices que j'avois rendus à l'état; elle déclara fes intentions, & il fut réfolu qu'on ne pouvoit mieux les reconnoître qu'en me faifant partager fa couronne, pour affermir leur puiffance, au cas que la reine vînt à mourir fans enfans, ce qui pouvoit leur fufciter de nouvelles guerres & les entraîner dans de nouveaux périls;

d'ailleurs,

d'ailleurs, ajouta un des miniſtres, nous ne pouvons rien faire qui ſoit plus conforme aux vœux de notre Souveraine, que de confirmer ſon choix en couronnant l'époux qu'elle s'eſt choiſi ; il eſt ſage, il eſt vaillant, il eſt l'ami de Dieu, parce qu'il l'aime & le craint ; il eſt le vrai héros de notre âge & paroît au-deſſus de l'humanité ; il eſt bon, il eſt ami tendre, il eſt compatiſſant & tout entier à ceux qu'il doit aimer ; il fait les délices des perſonnes qui vivent avec lui ; c'eſt-là ce qui doit toucher nos cœurs, ce qui doit nous attendrir & nous rendre ſenſibles à toutes ſes vertus.

Je ne rapporte toutes ces louanges que pour faire connoître les motifs qui déterminèrent les Géorgiens à me faire partager la couronne ; tous les grands du royaume ſe raſſemblèrent & vinrent en corps me l'offrir, en m'apportant, ſuivant leurs uſages, le livre des loix, pour me faire jurer deſſus de ne jamais les enfreindre. Alors ils renouvelèrent le ſerment de fidélité dans la même forme qu'ils avoient obſervée au couronnement de la reine. Je n'ignore pas, leur dis-je, les obligations auxquelles je m'engage ; le premier de mes devoirs eſt de travailler à votre bonheur, je ne m'en propoſe point d'autre, ma gloire va être attachée déſormais à la félicité de mes peuples, & je ne me croirai votre roi que lorſque je vous aurai rendus heureux. En acceptant la couronne, je vous

Tome II. Cc

donne un gage de l'envie que j'ai d'y travailler avec tout le zèle que vous devez en attendre.

La reine leur marqua combien elle étoit fensible à la juftice qu'ils me rendoient, & je fus couronné du confentement de tous les grands du royaume, & à la fatisfaction de tous les peuples qui vinrent des provinces les plus reculées pour participer aux fêtes qui fe donnèrent à cette occafion. Depuis nous eûmes encore plufieurs guerres à foutenir contre les Turcs : mais la fortune nous a enfin fait triompher de tous leurs efforts. Nous jouiffons à préfent de la paix, nous en goûtons les fruits ; la tranquillité & l'abondance règnent parmi nos fujets ; un prince & une princeffe font les fruits de notre union ; faffe le ciel que nous puiffions jouir long-tems du bonheur de les voir croître dans la vertu !

Fin du Voyage de Milord Céton.

TABLE

DES VOYAGES IMAGINAIRES

Contenus dans ce Volume.

Suite des Voyages de Milord Céton.

Fin de la Table.

BIBLIOTHEQUE   NATIONALE

SERVICE DES NOUVEAUX SUPPORTS

58, rue de Richelieu, 75084 PARIS CEDEX 02   Téléphone   266 62 62

Achevé de micrographier le :   7 / 2 / 1977

0   2   3   4   5   6   7   8   9   10   11   12   13 cm

Défauts constatés sur le document original

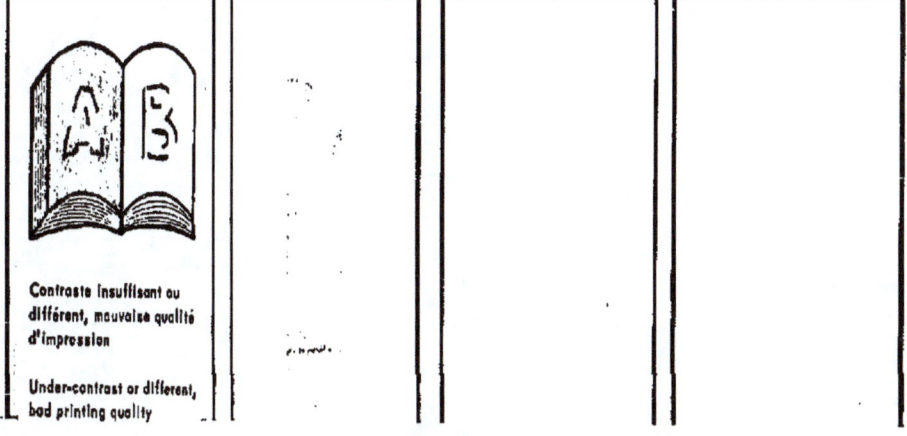

Contraste insuffisant ou
différent, mauvaise qualité
d'impression

Under-contrast or different,
bad printing quality